벗을 보내다 送友人

푸른 산은 북쪽 마을에 가로누워 있고
흰 물살은 동쪽 성을 감아 흐른다
여기서 한 번 이별하면
외로운 다북쑥처럼 만 리를 떠돌 테지
떠가는 저 구름은 나그네 마음
지는 이 해는 오랜 벗의 정
손을 흔들며 이제 떠나가니
쓸쓸하다 외로운 말의 울음소리여

青山橫北郭, 白水遠東城
此地一爲別, 孤蓬萬里征
浮雲遊子意, 落日故人情
揮手白茲去, 蕭蕭班馬鳴

風龍江湖

풍룡강호

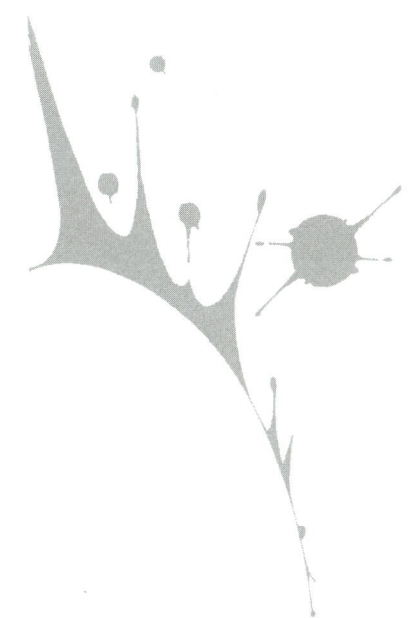

풍룡강호 2

써드 新무협 판타지 소설

초판 1쇄 찍은 날 § 2005년 4월 15일
초판 1쇄 펴낸 날 § 2005년 4월 25일

지은이 § 써드
펴낸이 § 서경석

편집장 § 문혜영
편집책임 § 유경화
편집 § 장상수 · 서지현

펴낸곳 § 도서출판 청어람
등록번호 § 제1081-1-89호
등록일자 § 1999. 5. 31
어람번호 § 제2-0577호

주소 § 경기도 부천시 원미구 심곡1동 350-1 남성B/D 3F (우) 420-011
전화 § 032-656-4452 팩스 § 032-656-4453
http://www.chungeoram.com
E-mail § eoram99@chollian.net

ISBN 89-5831-501-6 04810
ISBN 89-5831-499-0 (세트)

風龍江湖

풍룡강호

Fantastic Oriental Heroes

써드 新무협 판타지 소설

2

풍룡· 이름을 떨치다

도서출판 청어람

목차

第十二章
사천당가

*사*천당가.

강호십대세가 중 한곳인 사천당가는 독과 암기술로 강호에서 그 위
치가 독보적인 가문이다. 혈족을 중심으로 이루어진 가문으로 인원이
많지 않지만 단결력과 충성도가 높아 당가인이 살해당할 경우 상대가
누구든 어디에 숨어 있든 반드시 찾아가서 복수를 하는 탓에 그들과의
마찰을 피하는 것이 일반적인 상황이었다.

"대단하군."

관평위의 말에 황군명도 고개를 끄덕였다. 당이록은 어깨를 으쓱하
고선 단운평에게 말했다.

"여기부터가 사천당가의 영역입니다."

거대한 나무가 눈에 들어오는 울창한 숲의 위용에 모두는 감탄해 마

지않았다.

"안내하게."

황군명의 말에 단운평은 묘한 눈으로 숲을 바라보았다.

"무서운 곳인 것 같군."

단운평의 말에 당이록이 답했다.

"예, 저 안은 독초와 독충이 가득합니다. 원래가 울창한 숲이었는데 거기에 당가인들이 긴 시간 동안 꾸준히 나무며 독초 등을 심어가며 더욱 숲을 울창하게 가꿔 심마니들이나 전문적인 사냥꾼들이 아닌 이상 이곳에 들어갔다가는 생명을 보장받기 힘듭니다."

당이록의 말에 단운평은 조용히 고개를 끄덕였다. 그는 무공을 익히며 오감을 깨우기 위해 자연에 몸을 던진 적이 있었다. 때문에 울창한 숲이 지니는 위험이 얼마나 대단한 것인지 충분히 알 수 있었다. 저 거대한 나무들이 햇볕을 차단하게 되면서 숲은 두 종류의 것을 만들어낸다. 수많은 독충, 독초와 같은 인간에게 해가 되는 많은 것들과 쉽게 구할 수 없는 수많은 영약의 재료들. 긴 세월 당가가 만들어낸 하나의 기적이 바로 이 숲일 것이다.

"다행이군. 길을 아는 자가 있어서."

단운평의 말에 당이록은 고개를 끄덕이고는 앞으로 향했다.

당이록은 몇 시진 전에 자신이 당가인이라는 것을 밝히고는 자신이 당가의 일원임을 속였던 이유를 설명했다.

"독에는 재능이 없었다?"

"예. 불행히도 저는 독술을 익히기에는 자질이 너무 부족했습니다."

독술을 익히기 위해서는 어릴 적부터 조금씩 독을 복용하거나 신체의 일부분을 약한 독으로 중독시킨 후 자생적인 치유력으로 독을 이겨 냄으로써 내성을 기르는 과정을 거쳐야 한다. 조금씩 독에 대한 내성을 강화시켜 나가면 어느 순간 강한 독에도 중독이 되지 않고 또 강한 독을 다룰 수도 있는 독공의 고수가 될 수 있는 것이다.

그러나 당이록은 불행히도 내성은커녕 약한 독에도 거품을 물고 쓰러질 정도로 독에 대한 저항력이 약했다. 몇 번의 시도 끝에 결국 당이록은 독술 수련을 그만두게 되었고, 그 순간부터 암기술에 전념했던 것이다.

이후 천수비도라는 별호를 얻을 정도로 비도술에 능숙해졌지만 당가인들은 독에 대한 내성이 없는 이를 당문의 식구라고 인정하지 않았다. 물론 그것만으로 그를 당문에서 인정하지 않은 건 아니다. 거기에는 또 다른 이유가 있었다.

"선친께서 현 당가주님과 사이가 좋지 않았습니다."

당이록의 부친은 현 당가의 가주인 혈룡 당공의와 가주 직을 놓고 치열한 다툼을 하였는데 전 당가주가 손을 들어준 사람은 결국 혈룡 당공의였다. 그 이후 당이록의 부친은 당가의 주류에서 점점 밀려났고, 천앙의 폭풍이 일어나 천앙의 무리들과의 혈투 끝에 사망한 것이었다.

불행히도 당이록의 모친은 무공을 전혀 모르는 인물로 당가주를 따르는 많은 이들이 노골적으로 당이록 모자를 멸시해도 어떠한 해결책을 가지지 못했다. 현 당가주에게 밀려 비주류로 전락한 후 사망한 부친과 무공을 모르는 모친을 둔 당이록이 독에 대한 내성마저 없었으니 그가 비도술을 그럴싸하게 익혔다 할지라도 그를 인정해 줄 만한 사람이 없었던 것이다.

"때문에 당가를 떠나 천하를 주유했지요. 그러다가 만난 것이 저 녀석입니다."

당이록이 손가락으로 가리킨 사람은 황군명. 황군명은 그 당시 소림의 속가제자로 있다가 천하에 이름을 알리겠다는 포부를 가지고 천하를 주유하고 있었다.

"별로 돌아가고 싶지 않겠군."

단운평의 말에 당이록이 고개를 끄덕였다. 당이록이 당가로 돌아가면 단운평에게 보이고 싶지 않은 많은 것들을 보이게 될지 모른다. 때문에 미리 말하는 것이다. 당이록과 함께 간다는 것만으로도 단운평 역시 당가의 무리들에게 좋지 못한 대접을 받을 가능성이 컸기 때문이다.

"가자."

짝!

단운평은 자신을 바라보는 당이록의 등짝을 후려치고는 마차로 돌아갔다. 당이록은 그의 그러한 행동이 힘내라는 의미라고 생각하고선 단운평의 등을 바라보며 미소를 지었다.

단운평 등이 사천당가로 가고 있는 이유는 풍운회가 사천에 있다면 사천당가가 그 소재를 알고 있을 거라는 생각에서였다. 아무리 풍운회가 잘 숨어 있다고는 하나 풍운회의 본거지가 사천이라면 사천의 패자인 당가가 그것을 모를 리가 없다.

사천 백성들의 안전을 위해 당가가 하는 일은 상당히 많았다. 사천에서 행패를 부리는 사파 무인이나 떠돌이 무사들을 처리해 주는 것이 당가였고 관부에서 지나치게 백성들을 억압할 때 관부에 항의를 하는 이들도 당가였기에 사천의 백성들은 당가를 경외시하고 있었다. 때문에 당가의 모든 정보가 당가로 모였고, 또 모든 일이 당가와 관련되어 있지 않을 수 없었다.

"마차가 다니기에 좋은 길은 아니군."

관평위는 마차 밖을 바라보다 길이 점차 좁아지고 있음을 깨닫고 말했다.

"적이 쉽게 쳐들어오지 못하게 하기 위해서예요."

주화령의 대답에 관평위는 고개를 끄덕였다. 소수의 인원으로 구성된 당가가 가장 피해야 할 적은 머릿수를 믿고 쳐들어오는 이들. 길이 넓으면 동시에 많은 적이 쳐들어올 가능성이 크기에 이러한 길을 만들어놓은 것이 틀림없었다.

"저긴가?"

거대한 벽으로 둘러싸인 건물이 보이자 단운평은 마차를 세웠다. 거대한 벽만큼이나 거대한 정문은 당가의 위용을 분명하게 나타내고 있었다.

"이록, 우리가 왔음을 알려라."

단운평의 명에 말에서 내린 당이록이 당가의 정문으로 향했다. 당가의 정문을 지키고 있던 무사 두 명은 허름한 마차가 당가 앞에 서자 호기심 어린 눈으로 바라보다가 정문으로 다가오는 당이록의 얼굴을 보고선 인상을 찌푸리며 언월도(偃月刀)와 창(槍)을 들이밀었다.

"이곳엔 웬일로 오셨소?"

창을 들고 있는 무사의 말에 당이록은 단운평을 돌아보고선 창을 든 사내의 정강이를 힘껏 찼다.

퍽!

"어이쿠!"

"내 비록 당가에서 떨거지 취급을 받는 입장이지만 나 역시 당가의 자손이다. 내 집에 오는데 무슨 일이 있어야 하는가? 당력, 죽고 싶은가 보구나!"

존경하는 대형 앞이다. 예전 같으면 조용히 지나쳤겠지만 지금은 그럴 수가 없었다.

"큭, 독도 다루지 못하면서 당가의 자손이라고?"

언월도를 들고 있는 사내의 비웃음 섞인 말에 당이록은 분노하지 않을 수 없었다. 황군명과 주화령이라는 자신의 동료 앞에서 무시당하는 것도 불만이었지만 자신이 존경하는 단운평 앞에서 무시당하는 것은 참기 힘든 일이었다. 하지만 더 이상 소란을 피우면 단운평 등이 곤란하게 될 수도 있다는 생각에 화를 가라앉히며 자신의 일격에 정강이를 쓰다듬고 있는 당력를 노려보며 조용히 말했다.

"어서 내원에 연락해라."

"당이록이란 이름이 뭐가 그리 대단하다고 보고를 하고 말고 하라는 건가? 저 뒤는 뭐지? 같은 떨거지들인가?"

언월도를 든 사내의 연이은 빈정거림. 당가의 정문에 들어서는 모든 이에 대해서 정문을 지키는 자는 반드시 내원에 보고를 올리는 것이 당가의 규칙이었다. 정문에 온 사람이 적이든 혈맹을 한 동료이든, 설사 당가의 인물일지라도 내원으로 연락하지 않는다면 집법원에 의해 큰 벌을 받게 된다. 그럼에도 불구하고 언월도를 든 사내가 이처럼 말하는 것은 당이록에게 꺼지라는 말이나 다름없었다.

"그 건방진 입만큼 실력이 따라줬으면 좋겠군."

단운평은 차갑게 말하며 말에서 내려섰다. 그러자 황군명 역시 마차에서 내려 당가의 정문으로 다가갔다. 언월도를 든 사내는 단운평이 자신에게 한 걸음 한 걸음 다가서자 온몸에 소름이 돋음을 느끼고는 그를 바라보았다.

"당신은 누구요?"

당력은 자신의 형 당고가 경악에 찬 눈으로 자신을 바라보자 단운평에게 물었다. 당고는 불행히도 당가의 정문을 지키는 자는 먼저 방문자의 신분을 알아내야 한다는 기본적인 사항을 지키지 않았다. 동생인 당력이 이제라도 물어본 것은 다행이지만 너무 늦었다.

"단운평."

단운평의 독특한 목소리에 당고는 그의 말을 알아듣지 못했다. 그러나 다행히 동생인 당력이 알아듣고 되물었다.

"단운평이라면 그… 풍룡 단운평이란 말이오?"

당력이 되묻는 말에 당고도 눈앞의 상대가 누구인지 알아차리고는 파리한 안색으로 그를 바라보았다.

"어서 내원에 연락하는 게 좋을 성싶은데."

당이록이 냉소 띤 얼굴로 말하자 당력이 급히 내원으로 달려갔다. 현 당가주와 같은 천하구룡의 일원이라면 자신이 행한 태도는 무례였다. 떨거지라는 표현까지 사용한 지금 서두르지 않는다면 자신이 어떻게 될지 모를 일이었다.

"당가가 두려운 이유는 독도 암기도 아니고 혈족들의 철저한 단결력이라고 들었건만 그것도 아닌가 보군."

관평위의 말에 당고는 아무런 말을 할 수가 없었다.

"한번 겨뤄보고 싶군. 나를 떨거지라 취급하는 자의 실력이 어느 정도인지 궁금하군."

단운평의 말에 당고의 안색이 푸른색에서 하얀색으로 바뀌었다. 말 그대로 하얗게 질려 버린 것이다. 풍룡이라는 이름이 강호에 알려진 지 그 시간이 얼마 지나지 않았지만 그의 무력이 자신과는 비교도 할 수 없는 지경이라는 것은 누구보다 당고 본인이 잘 알고 있는 일이었다.

"대형, 그만 하시고……."

그래도 인척인지라 당이록이 나서며 그를 말렸다. 물론 적극적인 의사 표현은 아니었지만.

"물러서라!"

단운평의 차가운 목소리. 당이록은 기분이 묘했다. 한편으로는 당고를 혼내주기를 바랐지만 다른 한편으로는 자신의 부탁을 들어주길 바랐기에 그의 차가운 목소리가 신경이 쓰였다.

그때였다. 당가 안쪽에서 누군가가 달려나오고 있었다.

"풍룡 단 대협이십니까?"

당력과 함께 내원에서 달려나온 사내의 물음에 단운평은 아무런 말 없이 고개를 끄덕여 보였다.

"저를 따라오십시오. 접객당으로 안내하겠습니다."

그의 말에 단운평은 당고를 가만히 응시하며 아무런 대답을 하지 않았다. 단운평의 머리칼 때문에 그의 눈이 보이지 않았지만 그가 응시하고 있음을 모를 리 없는 당고는 움찔움찔하다가 내원에서 나온 총관 당해가 무서운 눈길로 자신을 바라보자 고개를 숙일 수밖에 없었다.

"저 녀석이 무슨 실수라도 한 것입니까?"

당해의 물음에 단운평은 당고에게서 시선을 돌려 자신의 마차를 바라보았다.

"마차를 둘 만한 곳이 있소?"

그의 물음에 당가의 총관인 당해는 그제야 단운평의 뒤쪽을 바라보았다. 당력은 당이록과 단운평에 대해서만 보고를 했기에 그들의 뒤를 신경 쓸 틈이 없었는데 제법 많은 이들이 마차 쪽에 있었다.

"멍청한······!"

고개를 돌려 소리를 치던 당해는 단운평이 있다는 것을 깨닫고는 당력을 무서운 눈으로 노려볼 뿐 더 이상의 호통은 없었다.

"일행 분이 모두 몇 분이나······?"

덜컥.

마차 문이 열리고 일행 모두가 마차에서 내려 단운평의 곁으로 왔다.

"저 마차는 소중한 것이니 잘 부탁드리오."

단운평의 말에 당해는 당고를 향해 눈짓했다. 그 의미를 깨달은 당고가 급히 마차로 달려갔다.

"저를 따라오십시오."

두 번째 건네는 말에 단운평은 고개를 끄덕이고는 당해의 뒤를 따랐다. 내원으로 향하면서 당해는 작은 목소리로 당이록에게 당고와 당력이 어떠한 실수를 했는지 물었고, 그의 물음에 황군명이 그것에 대한 설명을 해주게 되면서 당해의 안색이 변했다. 당이록은 그의 표정에서 앞으로 당고와 당력이 어떠한 처벌을 받을지 짐작할 수 있었다. 당해가 규율에 얼마나 엄격한지는 당이록 역시 많은 경험을 통해 알고 있었던 것이다.

'인과응보다, 이 녀석들아.'

접객당에 들어선 단운평 일행은 조용히 자리에 앉아 있었다. 짧은 시간이었으나 황군명이 몰았던 마차 안에 있던 관평위 등은 온몸이 뻐근해 자리에 편히 앉아 피로를 풀고 있었는데 시간이 지나도 아무런 연락이 없자 단운평을 제외한 모두는 조금씩 초조해졌다.

"이록 네가 가서 상황을 알아보는 것이 어떠냐?"

황군명의 말에 당이록이 고개를 저었다.

"고의적이라는 걸 알고 있잖아."

당이록의 말에 황군명은 신음성을 토해내었다. 알고 있다. 상대를 기다리게 하여 초조함이 극에 달하는 순간 모습을 드러내는 것이 어떠한 대화를 할 때 상당히 유리한 고지에 올라서는 일이라는 것은. 하지만 기다리게 하는 입장일 때는 참을성있게 기다릴 수 있지만 지금처럼 반대의 상황에 접했을 때는 참을성이 발휘되기 쉽지 않다.

"우리가 물어봐야 하는 것은 풍운회의 위치라고 생각했다."

긴 침묵 끝에 단운평이 입을 열자 모두의 시선이 그에게로 향했다.

"하지만 이곳으로 오면서 이록이나 군명에게 들은 말을 생각해 보면 사천에 당가 모르게 풍운회가 존재할 수 있을 것인가라는 의문이 들더군."

단운평의 말에 황군명과 당이록의 표정이 급속히 변했다. 그러나 관평위와 주화령의 표정은 변함이 없었다.

"그렇다면… 풍운회와 당가가 관련이 있다는 말입니까?"

당이록의 물음에 단운평 대신 관평위가 대답했다.

"가능성이 크다는 말 같군."

관평위의 말에 단운평이 고개를 끄덕였다.

"무림맹이나 천앙을 적대시하는 풍운회를 묵인한 것뿐이라 할지라도 상당한 관계라 할 수 있겠군요."

황군명의 말을 끝으로 다시 침묵이 이어졌다.

드르륵.

문이 열리고 얇은 입술을 가진 차가운 느낌이 드는 중년 사내가 들어왔다.

"가주님."

급히 고개를 숙이는 당이록. 혈족 체제의 당가였지만 가주에 대한 예절은 다른 어느 곳에 못잖을 정도로 엄격했다.

"오랜만에 보는구나."

당가의 가주인 당공의의 말에 당이록은 가늘게 몸을 떨었다. 당가를 떠날 당시 당공의에게 인사도 하지 않고 도망치듯 떠났다. 부드러운 표정으로 말하는 당공의였으나 그의 몸에서 풍기는 기운은 그리 가볍지 않았다.

"단운평이오."

자리에서 일어나 포권을 해 보이는 단운평. 그의 포권에 당공의 역시 포권을 해 보였다.

"당가의 가주인 혈룡 당공의라네."

그의 하대에 황군명과 관평위가 움찔했다. 나이에서는 단운평이 아래이지만 같은 강호구룡의 일원이자 현재 단운평은 풍운회주로 알려진 상태이다. 초면에 하대를 할 정도의 위치에 있는 단운평이 아닌 것이다. 하지만 둘은 쉽게 나서지 못했다. 상대는 혈룡 당공의. 당공의의 명성을 알고 있는 그들로서는 그저 당공의를 노려볼 뿐이었다.

혈룡 당공의.

당대의 사천당가주인 당공의는 단운평이 풍룡이라는 별호로 강호 팔룡을 구룡으로 만들어 버리기 이전부터 강호의 용으로 불리었고 그 명성만큼이나 뛰어난 무공으로 천하를 진동시킨 인물이다. 천앙이 아직 모습을 드러내지 않았던 시절 당공의는 사파와 정파 간 피비린내 나는 항쟁에서 사천이 전장이 되자 당가의 정예를 이끌고 사파와 결전을 치렀다. 당가 외부로의 업적뿐만 아니라 당이록의 부친이 사망한 후 차기 문주로서의 당가 내부의 혼란도 막아서며 그 명성을 떨칠 수가 있었다. 당시 그가 사파의 고수들을 쓰러뜨린 무공은 바로 그의 독문무공인 사십구비도천류(四十九飛刀天流)로서 마흔아홉 개의 비도가 하늘을 수놓으면 천하가 피에 잠긴다는 전설 아닌 전설이 강호에 널리 퍼지게 되었다. 그 후 사천당가주가 된 당공의의 명성이 주춤하려 했으나 천앙의 폭풍시 그의 비도가 여전히 천앙의 피를 천하에 뿌려 사천의 혈룡의 비도는 시간이 흘러 이미 완성의 단계에 접어들었다는 평가를 듣고 있었다.

"무엇 때문에 당가에 찾아왔는가?"

당공의의 물음에 단운평은 가만히 그를 바라보았다.

"풍운회."

단운평의 말에 당공의 역시 단운평을 가만히 바라보았다.

"풍룡이 풍운회주라는 것은 알고 있는 이야기지. 그런데?"

단운평은 당공의 쪽으로 한 걸음 걸어갔다. 그러자 당공의 역시 한 걸음 단운평 쪽으로 걸어왔다.

꿀꺽.

팟!

당이록의 침을 삼키는 소리와 함께 단운평의 손이 움직였다.

콰직!

단운평의 우수가 당공의가 들어온 문을 부숴 버렸다. 그리고 단운평의 출수와 동시에 이뤄진 당공의의 출수는 단운평의 좌수에 의해 잡혀 있었다.

"대단하군."

당공의는 자신의 손이 단운평의 손에 닿는 순간 단운평이 팔과 함께 몸을 비스듬히 돌려 충격을 흘려버리자 감탄했다. 하나 단운평은 그의 말에 어떠한 반응도 보이지 않았다. 단운평이 고개를 돌려 물어본 대상은 문 뒤에 있는 사내였다.

"누구냐?"

단운평의 출수로 인해 부서진 문 뒤에 서 있던 사내는 차가운 눈빛으로 단운평을 바라보았다.

"당가에 손님으로 찾아와서 문을 부수다니 이 무슨 무례요!"

사내의 일갈에 단운평은 고개를 돌려 당이록을 바라보았다.

"가주님의 호위입니다."

당이록의 설명에 단운평이 고개를 끄덕이자 이번에는 당공의가 물었다.

"무슨 짓인지 설명해 주겠나?"

당공의로서는 단운평의 갑작스런 움직임이 기습이나 다름없었기에 선공을 취하지 않을 수 없었던 것이다. 그러나 이번에도 단운평은 당공의의 말을 무시했다.

"어째서 내게 살기를 뿜어댔나?"

단운평의 말에 당공의와 그의 호위는 어처구니가 없었다. 살기를 감지했다고 해서 당가에서 저러한 행동을 한단 말인가. 당공의 역시 자신의 호위가 단운평을 향해 살기를 뿜어댄 것은 알고 있었지만 그것은 당가와 가까운 세력의 사람이 아닌 이상 누구에게나 행하던 일이다. 보이지 않는 압박을 통해 상대와의 대화를 유리하게 이끌어가기 위한 전략인 것이다. 상대가 불쾌하게 여길지 몰라도 엄연히 당가로 찾아온 손님에 불과하기에 당가 내에서 소란을 피울 수 없는 입장임을 노린 것이다. 더군다나 호위가 하는 행동이니 당가주의 허락 하에 이루어진 것임을 알 수 있기에 그것에 대한 언급 자체가 불가능했다. 물론 상대가 일파의 장로급 이상인 경우 무례가 되기에 이런 일을 하지는 않았다.

"호위가 살기를 품는 경우는 상대를 제압할 때다."

단운평 역시 호위무사로 있었다. 자신이 살기를 드러내는 경우는 상대가 호위의 대상에게 위협을 가할 경우뿐이다. 자신이 당공의에게 어떠한 위협을 가한 적도 없고 또 그러한 의도도 없었건만 호위가 저렇게 노골적으로 살기를 뿜어댄다면 결론은 하나였다. 당공의는 자신의 질문에 순순히 답해주지 않으리라는 것이다. 당공의의 손짓에 의해 호위가 당공의의 뒤로 물러섰다.

"당가의 명성에 비해서는 비겁한 방식으로 대화를 하는군."

단운평의 말에 당공의의 표정이 변했다.

"무례하군."

당공의는 팔을 늘어뜨리고선 단운평을 노려보았다. 단운평은 점점 붉게 변하는 그의 얼굴을 힐긋 보고선 묵뢰로 손을 가져갔다.

"가, 가주님."

당이록의 목소리에 당공의의 눈이 당이록에게로 향했다.

"너에게도 책임을 묻겠다."

당공의의 물음에 당이록는 심장이 덜컥 내려앉는 듯한 기분을 느꼈다. 단운평을 데려온 사람이 당이록이니 책임을 지라는 말이다. 움찔했던 당이록은 급히 몸을 움직여 화소영의 앞으로 갔다.

"당가에서 행패를 부리다니……."

당공의의 팔이 움직였다.

第十三章

사곡

　　손이 닿을 듯이 가까이 있던 단운평과 당공의는 무시무시한 눈으로 서로를 바라보았다. 그리고 동시에 조금씩 뒤로 물러섰다. 지금의 거리에서 가능한 것은 박투. 당공의는 비도가 위력을 발휘하려는 거리까지 멀어지고 싶었다. 상대는 도법뿐만 아니라 권법도 경지에 이른 인물로 알려져 있다.

　단운평 역시 거리를 두려 했다. 상대는 당가의 가주. 그의 몸에 직접 손을 대는 것이 꺼려지는 것이 사실이다. 어릴 적 수많은 약을 먹으면서 생긴 내력으로 인해 어지간한 독에는 내성이 있었지만 당가의 독은 그 위력이 천양지차다.

　팟!

　허공에서 소리가 들린 순간 단운평의 손도 움직였다.

　티딩!

무언가가 묵뢰에 의해 튕겨났다. 그리고 단운평 특유의 움직임이 시작되었다.

핏!

당공의의 뺨에 가늘게 선이 그어졌다. 닿지 않을 거리임에도 생겨난 상처. 단운평의 도기가 당공의의 몸에 상처를 입히자 당공의의 뒤에 있던 사내가 앞으로 뛰쳐나왔다. 살기를 뿜어대는 일 이외에는 나서지 말라고 당공의가 사전에 주의를 주었지만 호위를 맡고 있던 그로서는 지금의 상황에 가만히 있을 수 없었던 것이다.

'비에 젖은 천하를 밝히는 한줄기 빛이 있으니……'

단운평은 호위를 맡은 사내가 앞으로 달려들자 다시금 도를 허리춤으로 가져갔다가 출수를 하였다. 쾌속의 발도술. 풍운뇌력도법의 초식 섬(閃)이다.

"윽!"

호위무사의 목젖 바로 앞에 멈춰 있는 묵뢰. 다시금 팔을 움직이려던 당공의는 단운평의 발도를 보고선 움직임을 멈췄다.

"명불허전이군."

보이지도 않을 정도로 빠른 발도다.

"계속하시겠소?"

단운평의 물음에 다시금 화가 치밀어 오르는 당공의였으나 어깨를 으쓱해 보이며 대답했다.

"도를 거두게. 당가인에게 도를 들이댄다는 의미는 알고 있는가?"

단운평은 그의 말에 조용히 도를 거둬들였다. 상대에게 도를 들이댄다는 것은 적을 적대시하겠다는 의미다. 더구나 이곳은 당가. 당가 전체를 적으로 삼겠다는 생각이 있는 것이 아니라면 지금은 물러설 때였다. 그리고 단운평으로서는 충분히 자신의 힘을 상대에게 알렸다.

"당가와 풍운회가 관련이 있을 거라고는 충분히 생각할 수 있는 일. 어느 정도 관련이 있는 것이오?"

단운평의 물음에 당공의의 한쪽 눈썹이 꿈틀댔다.

"당가와 풍운회가 관련이 있다니 무슨 말인가?"

되묻는 당공의. 그의 태도에 황군명이 나섰다.

"풍운회가 대형의 이름을 팔고 있으니 그 정도는 알 자격이 있다고 생각합니다만."

"풍운회에 대해서 아는 바가 없네. 그리고 지금은 풍룡과 이야기 중이네."

차가운 눈빛으로 말하는 당공의. 그는 눈빛으로 황군명에게 이렇게 말하고 있었다.

'너 따위가 끼어들 상황이 아니다.'

"큭."

황군명은 이를 악물고 고개를 돌렸다. 당공의의 말처럼 황군명이 나설 자리가 아닌 것이다. 당공의는 사천의 패자 사천당가의 가주였고 자신은 단운평의 단순한 일행일 뿐이었다.

"풍운회와 어떤 관계인 거요?"

다시 묻는 단운평. 당공의는 단운평의 목소리에서 그가 확신을 가지고 있다는 것을 알 수 있었다.

"휴, 어떻게 안 건가?"

당공의는 한숨을 쉬며 인정했다, 당가와 풍운회가 관련이 있음을.

"저 친구 덕분에 풍운회의 본거지가 사천임을 알 수 있었소. 사천에서의 일을 당가가 모르고 있을 리 없지 않소."

단운평의 확신은 당가의 힘을 믿는 것을 바탕으로 하고 있는 것인지라 당공의의 표정도 조금은 풀렸다. 내심 자신이 강호에 모습을 드러낸 지 얼마 지나지 않은 애송이와 함께 평가되는 것이 불만이었던 것이다. 그리고 풍운회에서 그를 인정한 것은 그의 무공의 연원 때문이지 그의 실력 때문이 아니었다. 그것을 누구보다 잘 알고 있는 당공의였기에 자신의 호위에게 살기를 내뿜도록 지시한 것이었다.

　"따라오게."

　당공의가 부서진 문을 넘어 방을 나서자 단운평을 필두로 하여 모두가 그의 뒤를 따랐다.

　"천하의 당가에도 무림맹의 눈은 있다네."

　당공의의 전음성에 단운평은 아무런 내색도 하지 않고 조용히 그의 뒷모습을 바라보았다. 무림맹 역시 사천당가와 풍운회의 관련을 의심하지 않았을 리가 없다. 그럼에도 불구하고 아직 그러한 사실이 공표되지 않은 것은 그만큼 철저하게 풍운회와의 관계를 의심할 만한 증거를 남기지 않았다는 의미이리라.

　"어디로 가는 것이오?"

　단운평의 전음에 당공의는 힐긋 주변을 살피고는 말했다.

　"이록이를 이곳까지 데려다주었으니 사곡을 구경하고 싶다는 정도의 부탁은 들어줘야겠지."

　혼잣말이라고 하기엔 조금 큰 목소리. 그의 말에 당이록의 표정이 변했다.

　"사곡이라니?"

　황군명의 물음에 당이록은 낮은 목소리로 비역에 대해서 설명했다.

　"당가에는 세 곳의 사곡이 있어."

당가의 삼대사곡.

당가의 가주와 장로급 이상만이 출입이 가능한 비역(秘域)으로 사곡(蛇谷), 사곡(砂谷), 그리고 사곡(死谷)으로 일컬어지는 세 장소를 의미하는데 각각의 장소는 다음과 같은 특성을 지니고 있었다.

첫 번째 비역 사곡(蛇谷)은 용독술과 의술을 익힐 수 있는 곳으로 각종 독사와 독초가 가득하여 피독주 없이 들어가면 반 각도 지나기 전에 중독이 되는 위험한 곳이다. 특이한 점은 각종 독사와 독초가 가득한 그곳에 영약들이 함께 존재하고 있다는 것이다. 같은 곳에서 자라건만 어떤 것은 독초가 되고 어떤 것은 영약이 되는 이유는 아무도 몰랐지만 때문에 용독술과 의술을 함께 익히는 공간이 되었다.

두 번째 비역 사곡(砂谷)은 자연적으로 생긴 동굴에 인위적으로 암기와 기문 장치 등을 설치해 둔 곳으로 동굴 바닥을 모래로 가득 채워서 기문 장치를 쉽게 알아차릴 수 없도록 만들어둔 곳이다. 차기 당가주로 결정된 이들이 이곳에 들어가 수련을 하는 곳으로 사곡의 동굴 곳곳에 당가의 비전이 숨겨져 있다고 한다.

마지막으로 사곡(死谷)은 가주와 장로급 이외의 사람도 들어갈 수 있는 곳이다. 단, 무공을 전폐한다는 전제 조건을 만족시킨다면 말이다. 당가에 숨어든 간자나 당가에 사로잡힌 적, 혹은 당문 출신임에도 불구하고 당문의 안위를 고의적으로 해치려고 한 자들을 가두어두는 곳이 바로 사곡(死谷)으로 각종 장치와 독물이 가득해 당가주나 장로급의 당가 무인들도 피독주와 기문 장치를 멈추는 열쇠를 가지지 못하고선 들어설 수 없는 위험한 곳이었다. 긴 세월에 걸쳐 당가의 재인(才人)들이 기관을 설치해 기관 장치의 수를 짐작조차 할 수 없는 곳이어서 이곳에 갇힌 이들은 죽어서만 돌아 나올 수 있었다. 당공의가 사곡으로 간다고 말했다면 세 곳 중에서 사곡(蛇谷)일 것이 틀림없었다.

"저, 저희는 이곳에 있는 것이……."

갑자기 걸음을 멈춘 화소민의 얼굴에는 핏기가 없었다. 그와는 다르게 그녀의 옆에 있는 화소영의 표정에는 변화가 없었다.

"아무래도 독이 가득한 곳이라면 아내와 처제는 데려갈 수 없을 것 같네. 난 그녀들과 함께 이곳에 남겠네."

관평위의 말에 단운평은 고개를 끄덕였다. 그리고는 당공의를 바라보았다. 당공의는 화소민의 음성에 걸음을 멈추고 있다가 당이록을 바라보며 말했다.

"네가 있던 곳으로 데려가라."

당이록이 당가에 머물 때 사용하던 방으로 데려가란 말이었다. 당이록은 단운평을 따라가고 싶었지만 당공의와 단운평의 눈빛을 거역할 힘이 없었다.

"화령아, 너도 이곳에 있는 것이……."

"괜찮아요."

하얗게 질려 버린 주화령의 안색에 황군명이 걱정스레 바라보며 말했지만 주화령은 단숨에 그의 말을 거절했다.

'뱀을 두려워하는 것인가?'

단운평은 주화령의 얼굴을 돌아보고는 기분이 좋아졌다. 주화령이 뱀 따위를 두려워한다는 것이 묘하게 마음에 든 것이었다.

파박!

단운평은 가볍게 바닥을 박차고 앞으로 나가 당공의 옆에 섰다.

"일종의 시험 같은 것이오?"

단운평의 물음에 당공의는 숨겨진 단운평의 얼굴이 궁금해졌다.

'제법 머리도 있는 모양이군.'

강호 초출의 무사치고는 너무나 상대를 잘 알고 있다. 당공의는 조용히 고개를 끄덕이고는 앞으로 달려나갔다.

"이룩이 독에 약하다고 해서 함께 보내신 건 아니죠?"

황군명의 물음에 단운평은 그에게로 고개를 힐긋 돌렸다가 다시 앞을 바라보았다.

"당가를 얕보는 거냐?"

황군명은 단운평이 한 말의 의미를 알 수가 없어 멍하니 그를 바라볼 뿐이었다.

"만에 하나 당가에서 평위 가족을 잡아두려 한다면 평위 혼자 그걸 감당할 수 있겠나?"

"아……!"

황군명은 그제야 단운평의 말을 알아들었다. 최악의 상황이 발생하게 될 경우 당가에 대해서 잘 알고 있는 당이룩이 없으면 무공을 익히지 못한 두 여인과 함께 관평위가 도망칠 수 없다는 말이다.

물론 당이룩이 있어도 당가 안에서 밖으로 도망칠 수 있을지 그 가능성은 희박했지만 적어도 당이룩이 있다면 독은 함부로 사용할 수 없을 것이다. 아무리 당이룩이 이곳에서 천시되고 있어도 그 역시 당가의 핏줄이었기에.

"저곳이군."

당가를 나와 숲 속을 한참 동안 달려 도착한 곳은 거대한 구덩이였다. 커다란 장원 하나가 들어갈 정도의 큰 구덩이 안에는 화초가 가득했는데 화초 사이로 이리저리 움직이고 있는 것들은 크고 작은 뱀들이었다.

"제법 깊군요."

주화령은 구덩이 속의 뱀들을 본 뒤 떨리는 목소리를 최대한 진정시키며 말했다. 하나 주화령이 태연을 가장하려 해도 그녀의 이마에 송골송골 맺힌 땀방울을 본 단운평이나 황군명은 그녀가 얼마나 긴장하고 있는지 충분히 알 수 있었다.

"저기로 내려가네."

당공의가 가리킨 곳에는 굵은 밧줄이 매달려 있었다.

"그리고 저곳으로 들어가야 한다네."

당공의의 손가락은 밧줄을 타고 내려가서 구덩이를 가로질러야 도달할 수 있는 곳을 가리켰다. 커다란 구멍. 동굴의 입구가 보였다. 당공의는 단운평의 반응이 궁금했다.

"뱀들이 줄을 타고 오르지 않는 것을 보니 약이라도 바른 모양이군. 내가 먼저 내려가겠소."

단운평은 조금의 주저함도 없이 줄을 잡고 아래로 내려갔다. 그러자 주화령이 그 뒤를 따랐고 이어 황군명이 줄을 잡았다.

"대단한 자군. 아니, 대단한 자들이군."

주화령이나 황군명이 조금의 주저함도 없이 내려가는 것은 단운평이란 사내에 대한 믿음 때문일 것이다. 당공의는 단운평이라는 사내가 부럽기도 하고 또 신기하기도 했다. 자신이 받은 정보로는 당이록 등과 단운평이 만나 함께 지낸 시간이 그리 길지 않건만 저렇게 믿음을 준다는 것은 쉽지 않은 일이다. 아니, 서로 속고 속이는 것이 일반적인 무림에서는 불가능한 일이다.

당공의는 아래를 바라보다 그 역시 줄을 잡고 아래로 내려갔다.

"신기한 물건이군."

당공의가 품에서 조그만 주머니를 꺼내 단운평 등에게 나눠 주자 뱀들이 그들 주변으로는 모이지 않았다. 아니, 슬금슬금 그들을 피해 딴 곳으로 움직였다. 코를 찌르는 악취여서 황군명과 주화령은 눈앞이 어질어질해질 지경이었으나 주머니 없이 이곳을 지나갈 자신이 없었기에 최대한 숨을 참으며 발걸음을 옮겼다. 동굴 쪽으로 가까이 가자 동굴의 입구는 하나였으나 안에 보이는 길은 두 갈래임을 알 수 있었다.

"풍운회주로서의 자격을 알아볼 걸세."

당공의가 손가락으로 가리킨 방향은 두 개의 갈래 중에 왼쪽 방향이었다.

"저들과 나는 이쪽으로 가서 기다리겠네."

"형님께서 풍운회주가 되겠다는 말을 한 적은……."

급한 마음에 황군명의 입에서도 형님이라는 말이 튀어나왔다. 그러나 그것에 대해 신경을 쓰는 이는 아무도 없었다.

"됐다. 내게 자격을 묻는 이들이 어떠한 수준인지 알아보는 것도 좋겠지."

단운평은 가볍게 목을 돌려 긴장을 풀고선 동굴의 왼쪽 길로 몸을 옮겼다.

"이쪽 길도 만만한 곳은 아니다."

당공의는 한마디 말을 남기고는 오른쪽 길로 향했다. 그의 말에 황군명은 급히 그의 뒤를 따라 움직였다. 그 순간 주화령이 왼쪽 방향으로 몸을 던졌다.

"나는 풍룡을 따라갈 거예요. 처음부터 그를 따르기 위해 온 길, 편히 길을 가려는 생각은 없어요."

순식간에 사라진 주화령. 황군명도 급히 그쪽으로 가려 하자 당공의가 입을 열었다.

"함께 힘든 길을 가겠다는 생각은 좋지만 짐이 될 거라는 생각은 하지 못하고 있군."

흠칫.

고개를 돌려 바라본 당공의의 표정은 너무나 진지했다.

'그 정도란 말인가?'

황군명은 흔들리지 않을 수 없었다. 당공의의 말이 사실이라면 자신이 저곳으로 향하면 그만큼 단운평의 짐이 무거워지는 것이다. 단운평이 죽음의 길에 접어들었다면 주저없이 함께할 것이다. 하지만 당공의의 말에 의하면 자격을 알아보는 시험이다. 그렇다면 자신이 가서 그의 시험을 망쳐서는 안 된다. 그가 고민을 하고 있자 당공의는 몸을 돌려 오른쪽 길로 향했다. 당공의의 움직임에 황군명은 더 이상 생각을 할 수가 없었다.

'어쩔 수 없군. 형님, 화령이를 부탁드립니다.'

함께 다닌 시간 동안 황군명에게 주화령은 친동생이나 다름없는 존재가 되어 있었다. 황군명은 단운평이 사라진 곳을 가만히 바라보다가 급히 당공의의 뒤를 따라 움직였다.

"단 대협, 잠시만요!"

단운평의 뒤를 따라온 주화령은 단운평을 부르며 급히 신법을 전개하려 했다.

"멈추시오!"

그러나 그녀는 옆에서 들리는 목소리에 급히 몸을 세울 수밖에 없었다. 단운평이 바로 옆에 서 있었건만 눈치채지 못하고 있었던 것이다. 주화령의 얼굴이 빨갛게 변했다. 급한 마음이라고는 하나 자신의 옆에 있는 사람의 기척조차 읽지 못하다니……. 주화령은 자신의 경솔함을 반성하고는 다시 냉막한 얼굴로 돌아갔다.

"쉽게 움직일 수가 없는 곳이오."

동굴의 천장에 박혀 있는 야광주 덕분에 한 치 앞이 보이지 않는 어둠 속은 아니었지만 야광주만으로 대낮처럼 환하지는 않았다. 때문에 동굴 앞쪽이 훤히 보이지 않았던 주화령은 안력을 높여 단운평이 바라보는 곳을 살펴보았다.

"아……!"

동굴 벽에는 구멍이 촘촘하게 뚫려 있었다.

"화살일까요?"

주화령의 물음에 단운평이 가만히 고개를 끄덕였다.

"몸을 가볍게 한다면 어디까지 뛸 수 있소?"

아무것도 밟지 않고 이곳을 뛰어넘어 보겠다는 단운평의 말이다. 주화령은 동굴의 높이를 살피고선 대답했다.

"이 정도 높이라면 높게 뛰어오를 수가 없겠군요. 기껏해야 이 장(二丈) 정도일 것 같아요."

그녀의 말에 단운평은 고개를 끄덕이고는 말했다.

"화살 구멍이 보이는 곳은 대략 삼 장 정도가 되니 어쩔 수가 없군."

이러한 밝기에서 삼 장 너머 자그마한 구멍들을 볼 수 있다는 것에 주화령은 조금 놀랐지만 그보다 어쩔 수가 없다는 말에 실망감이 앞섰다.

'설마 되돌아가자는 말인가?'

순간 단운평의 팔이 주화령의 허리에 둘러졌다.

"헉, 무슨……?"

그러나 주화령은 채 말을 잇지 못했다. 자신의 몸이 엄청난 속도로 앞으로 나아가자 아찔한 기분이 든 것이다.

타닥.

바닥에 발이 닿았건만 단운평은 여전히 주화령의 허리에 두른 팔을 풀지 않았다. 잠시 멍했던 주화령은 지금의 상황에 화가 치밀어 올라 그를 밀쳐 내려 했다.

"움직이지 마시오."

단운평의 심각한 어조에 주화령은 고개를 들어 위를 바라보았다. 천장에도 구멍이 가득 뚫어져 있었다. 단운평 역시 천장은 생각하지 못했던 것이 틀림없다.

"그런데 왜 화살이 나오지 않은 거지?"

주화령은 주변을 둘러보며 자신이 발을 딛고 있는 위치를 살펴보았다.

묘한 위치. 동굴 벽 옆면에 구멍이 뚫려 있는 곳과 동굴 천장에 구멍이 뚫려 있는 곳의 경계 부근이다. 아마도 단운평은 신법을 전개하던 순간 눈에 들어온 천장의 구멍 때문에 순간적으로 천근추의 수법을 전개해 아래로 내려온 것이리라.

'어떻게 하려는 거지?'

지금 그들이 서 있는 곳은 두 발을 모으고 서 있어야 하는 공간. 앞에는 화살이고 뒤쪽 역시 기문 장치가 동작하는 공간. 충분한 도움닫기를 할 거리도 없는 상황에서 되돌아가는 것이나 앞의 공간을 뛰어넘는 것, 둘 다 무리가 있었다.

"몸을 최대한 가볍게 하시오."

주화령을 안은 단운평의 팔에 힘이 들어가기 시작했다.

"어떻게 하려는 거죠?"

"저곳까지 던질 것이니 바닥에 닿는 순간 받게 될 충격은 감수해야 할 것 같소."

주화령은 고개를 저었다.

"불가능해요."

천장 쪽은 야광주가 붙어 있어 어디까지 구멍이 뚫려 있는지 주화령에게도 보였다. 남은 거리는 대략 삼 장. 결코 가까운 거리가 아니었다.

"준비하시오."

단운평은 조금의 흔들림도 없었다.

"성공한다손 치더라도 당신은 어떻게 할 거죠?"

주화령이 단운평을 부르는 호칭이 달라졌다. 어려워진 상황에 주화령의 감정이 격해진 것이다. 단운평의 눈가에 자그마한 경련이 일어났으나 주화령으로서는 알 수가 없는 일이었다.

"걱정할 거 없소. 난 걸어서 갈 테니."

'걱정? 내가 이 사람을 걱정하고 있는 건가?'

황군명이나 당이록과는 달리 주화령은 아직 단운평이라는 사내에게 완전하게 승복하고 있지는 않았다. 주화령이 보기에 단운평은 다른 이와 마음을 나누는 사람이 아니었다. 관평위와는 어떨지 모르겠지만 황군명과 당이록에게는 마음을 보여주지 않는다. 의남매를 맺은 황군명과 당이록이 단운평을 따르고 있기에 자신 역시 따르고 있을 뿐이지 단운평이 자신들을 위한다고는 느끼지 못하고 있는 주화령이었다.

"걸어서 간다니 무슨……?"

이번에도 말을 채 잇지 못했다. 엄청난 힘으로 던져진 주화령은 빠른 속도로 인해 몸의 균형을 잡을 여유가 없었다. 때문에 몸을 잔뜩 웅크려 충격에 대비했다.

"윽……!"

바닥을 몇 바퀴나 구른 뒤에야 멈춰 선 주화령은 어깨에서 통증을 느껴 어깨를 감싸며 몸을 일으켰다.

"저, 저건……?"

고개를 들어 단운평 쪽을 바라본 주화령은 놀라운 광경에 멍하니 입을 벌리고 있었다.

파박!

주화령을 앞으로 던진 후 단운평은 오른발로 한 걸음 뒤쪽을 박차고 앞으로 달려나갔다. 오른발이 바닥에 닿는 순간 화살이 빗발치듯 쏟아져 나오기 시작했다. 위에서만 나올 줄 알았던 화살은 양 옆에서도 나오고 있었는데 단운평은 허공으로 몸을 던짐과 동시에 몸을 회전시키며 도를 휘둘렀다.

후두둑.

단운평의 몸에 닿기 직전에 묵뢰에 의해 꺾어진 화살들이 바닥으로 떨어지며 독특한 소리를 내었다. 평범한 화살이 아니란 이야기였다.

"하앗!"

인간의 몸은 구름처럼 허공에 머무를 수 없다. 때문에 단운평의 몸도 점점 아래로 내려왔다. 단운평은 묵뢰로 동굴의 벽을 후려갈긴 후급히 몸을 비틀어 벽을 발로 걷어찼다.

파박!

단운평의 몸은 무서운 기세로 회전하며 앞으로 쏘아져 나가면서 화살 속을 스쳐 지나갔다.

"후~"

바닥에 발이 닿자 단운평은 길게 숨을 내뱉었다.

'조금만 더 길었더라면 위험했을지도.'

단운평은 자신의 소맷자락에 생긴 구멍을 보고선 긴장하지 않을 수 없었다. 앞으로 얼마나 많은 기관이 있을지 모르는 일이다. 더군다나 자신의 옆에 있는 주화령. 위험을 각오하고 함께 온 것은 고마운 일이지만 그녀가 있음으로 상황이 힘들어졌다. 단운평은 자신을 멍하니 바라보는 주화령을 보고선 무의식 중에 고개를 절레절레 흔들어 버렸다. 주화령은 단운평의 행동에 자신이 어떠한 모습으로 있는지 깨닫고는 얼굴을 붉혔다.

"갑시다."

단운평이 앞장서자 주화령은 급히 따랐다. 그 순간 주화령의 머리를 스쳐 지나가는 생각이 있었다.

'어째서지?'

황군명이나 당이록에게는 하대를 하고 있건만 자신에게는 반존대를 해주고 있다. 인식하고 있지 못했건만 단운평이 자신을 대하는 태도가 다른 이들과 달랐던 것이다.

'그러고 보니……'

더군다나 자신을 칭할 때는 주 소저라는 말을 사용하고 있다. 그 사실을 깨닫게 되자 주화령은 기분이 묘했다. 나쁘지 않은 기분. 주화령은 급히 단운평의 뒤를 따랐다.

"같이 가요!"

第十四章

관평위, 그리고 폭룡

　관평위 일행은 당이록의 안내를 받아 당가의 후원으로 향했다.

　"이곳이 내가 사용하던 방입니다. 들어가서 쉬십시오."

　당이록의 부드러운 태도. 관평위는 그것이 자신이나 자신의 아내가 아닌 자신의 처제인 화소영을 위한 태도임을 알 수 있었다.

　"록아!"

　방문을 열려는 순간 들려온 목소리에 관평위는 고개를 돌렸다. 흰머리가 희끗희끗 보이는 중년 여인. 중년 여인이 모습을 보이자 당이록이 급히 그쪽을 향해 달려갔다.

　"어머니!"

　가만히 모친의 손을 잡고 무릎을 꿇은 당이록은 더 이상 아무런 말도 할 수가 없었다. 비록 중년의 나이였으나 자신이 당가에 있을 때는 나이보다 훨씬 젊어 보이던 모친이다. 그런데 어느새 흰머리가 제법 보인다. 더군다나 잡고 있는 손은 또 왜 이리 거친 건지. 모든 것이 자신의 잘못인 것 같아 당이록은 고개를 숙였다.

"아픈 데는 없니?"

부드러운 모친의 음성에 당이록의 눈에서 눈물이 흘러내렸다. 그 모습에 관평위 역시 눈물이 치솟았다. 관평위의 모친이 홍등가에서 몸을 팔다가 사귄 여러 사내들에게 버림을 받고 결국 병에 걸려 죽었다는 것을 알고 있는 화소민은 조용히 관평위의 손을 잡아주었다. 화소민의 따뜻한 손길에 관평위는 그녀에게 조용히 고개를 끄덕여 보였다.

"돌아왔다고 하더니 정말이군, 당가의 수치."

갑자기 들려온 목소리. 당이록은 고개를 돌려 목소리의 주인공을 찾았다.

"당청……."

당이록은 상대가 어릴 적부터 자신을 싫어했던 당청임을 알 수 있었다.

"한번 당가를 떠났으면 다시는 돌아오지 말았어야지."

당청의 이죽거림에 당이록은 천천히 몸을 일으켰다.

"당청, 지금은 너와 이야기하고 싶은 생각이 없으니 조용히 사라져라."

당이록의 차가운 눈빛에도 불구하고 당청은 피식 웃고선 말했다.

"다른 이들과 함께 왔다는 소리는 들었다만 내 앞에서 그런 말을 할 정도라면 제법 알려진 놈들인가 보구나."

당청은 힐긋 관평위를 보았다. 그리고는 관평위의 옆에 있는 두 여인에게 가볍게 미소를 지어 보였다.

"건방진 놈이군."

자신의 부인과 처제에게 보내는 미소에 욕망이라는 감정이 묻어 있다는 것을 알아챈 관평위의 입가에 차가운 미소가 걸렸다.

"네놈은 누구냐?"

관평위의 양 옆에 절색의 미녀들이 있는 광경이 거슬린 당청의 물음에 관평위는 그녀들을 뒤로한 채 앞으로 걸어갔다.

"상대에게 묻기 전에 자신의 이름을 밝히는 것이 예의가 아닐까?"

"화위무사 따위에게 알려줄 이름은 없다."

관평위의 가족임을 알면서도 그러한 눈빛을 보냈다는 것이다. 관평위의 얼굴에 살기가 돌기 시작하자 당이록은 갈등하기 시작했다.

'말려야 하나, 아니면……'

의도적으로 시비를 걸고 있다는 것은 누가 보아도 분명한 일이었다. 그러나 이곳은 당가. 당청과 관평위가 충돌할 경우 결코 가볍지 않은 문제가 생긴다. 혹시나 이 일로 인해 중상을 입는 이가 생겨난다면 관평위 가족이 당가를 쉽게 빠져나갈 수 없게 될 것이 분명했다.

당이록이 고민하는 사이 관평위는 앞으로 성큼성큼 걸어나왔다.

차르륵.

관평위가 허리춤에 감긴 세류편을 풀고서 당청을 노려봤다.

"운평이가 참을성이 부족하다고 생각했었는데 나 역시 마찬가지였군."

당가 내에서 당가인을 공격한다는 것은 심각한 결과를 가져올 일이지만 당청의 말을 듣고도 가만히 있을 수는 없었다. 더군다나 자신의 아내가 있는 자리에서 저러한 소리를 듣고 참을 사내는 없을 것이다.

쇄액!

순간 당청의 팔에서 뻗어져 나온 비도. 관평위는 세류편을 부드럽게 휘둘러 비도를 쳐냈다. 그리고 자신이 당청을 공격하면서 발생하게 될 결과에 대해서 생각하는 것을 멈췄다.

차르륵!

앞으로 달려나가며 관평위가 휘두른 세류편은 당청의 미간을 향해 뻗어나갔다.

"음."

당청은 자신의 비도를 부드럽게 튕겨낸 편의 움직임을 생각하고는 허리를 숙인 채 앞으로 달려갔다. 관평위는 팔을 움직여 당청의 뒤통수를 뚫어버리고 싶었지만 그럴 수는 없었기에 손목을 움직여 당청의 목을 감으려 했다.

"역시… 출신은 어쩔 수가 없구만."

당청은 비웃음과 함께 몸을 비틀며 세류편을 피하고서 품속에서 붉은색의 조그마한 물체를 꺼내 관평위에게 던졌다.

"조심하십시오! 그건……!"

당이록은 당청이 던진 것이 당가비전의 암기 혈접(血蝶)이라는 것을 알고 경고를 하려 했으나 두 사람 간의 간격이 멀지 않았기에 당이록이 소리침과 동시에 혈접은 이미 관평위의 가슴 언저리까지 다가가 있었다.

"엇!"

관평위는 급히 갈지자를 그리며 뒤로 물러섰다. 재빠른 움직임 덕에 혈접은 관평위의 가슴을 스쳐 지나며 가벼운 상처만을 내고 당청에게로 돌아갔다.

"제법이군."

당청의 눈이 차갑게 빛나자 관평위는 당청의 생각을 알 수가 있었다.

관평위의 입장에서 그는 무공을 모르는 두 여인과 함께 당가에 들어와 있는 인물. 이러한 상황에서 당가의 일원인 자신에게 상처를 내었다가는 무사히 당가를 빠져나갈 수가 없다. 반면에 당청의 입장에서 관평위는 풍룡의 일행이기는 하지만 한낱 화위무사에 불과한 인물. 관평위를 제압해 굴복시키더라도 큰 문제가 될 것이 없었고 만에 하나 죽이게 되더라도 당가의 힘으로 무마시킬 수 있다는 생각을 하고 있었다.

물론 관평위가 풍룡과 절친한 사이라는 것을 알았다면 이렇게 행동할 수 없었겠지만 불행히도 당공의가 없는 상황에서 그에게 그러한 사실을 알려주는 이는 없었다.

"진심이군."

당청의 눈빛에 서린 살기에 물러설 의사가 없음을 알게 된 관평위는 다시금 허리로 손을 가져갔다.

차르륵!

관평위의 양손에 들린 편. 세류편은 하나가 아니라 두 개였다.

휘잉!

가볍게 휘두르기 시작한 세류편은 금세 무서운 속도로 관평위의 주변을 맴돌기 시작했다. 그러나 당청은 태연했다. 자신의 손에 들린 혈접은 상대 무기의 움직임 사이를 뚫고 들어가 상대를 해하도록 만들어진 무기. 더군다나 관평위가 자신에게 전력을 다해 덤빌 수 없을 것이라고 확신하고 있었다.

"당청, 관 대협에게 비무를 청하다니 용기가 있구나!"

갑작스런 당이록의 큰 목소리. 순간 당청은 움찔하지 않을 수 없었고, 관평위는 미소를 지었다. 당이록은 일이 커지게 되면서 주변에 사람들이 모이고 있음을 알아채고 관평위가 당청을 편하게 공격할 수 있도록 만들어준 것이다. 당이록이 당가에서 얼마나 천대받고 있는 입장인지는 알 수가 없었지만 지금의 충돌을 처음부터 지켜본 유일한 무인이었기에 다른 이들이 납득할 수밖에 없다. 관평위와 당청은 충돌의 당사자였기에 결과가 생긴 후에는 어떠한 말을 해도 변명에 불과했기 때문이다.

붕붕!

관평위의 자신감이 커지면서 세류편의 움직임이 커졌다.

"죽어라."

당청의 혼잣말과 동시에 혈접이 관평위의 세류편을 향해 날아들자 관평위는 빙그르 돌면서 연신 세류편을 휘둘렀다.

'좋아.'

세류편의 환영들을 뚫고 사라진 혈접의 모습에 섬뜩한 눈빛을 짓던 당청은 세류편 사이에서 갑자기 바닥으로 떨어진 혈접의 모습에 깜짝 놀랐다. 혈접은 상대의 기에 반응하는 암기. 저렇게 바닥으로 떨어졌다는 것은 관평위의 지금의 움직임이 내공이 없는 상태에서의 움직임이라는 것이다.

웡웡!

점점 더 빨라지는 관평위의 움직임과 함께 당청은 품으로 손을 가져갔다.

'제, 젠장.'

가져온 혈접은 단 하나뿐. 사실 혈접은 비장의 한 수로 마지막 순간에 사용해야 할 물건이건만 마음이 앞선 것이다.

파밧!

당청이 품의 비도를 꺼내 던진 순간 관평위의 오른쪽 손목이 꺾이면서 오른쪽의 세류편이 일직선을 그리며 앞으로 쏘아져 나갔다.

쨍강!

맑은 소리와 함께 당청의 비도가 세류편과 부딪쳐 부러지자 관평위는 왼손을 휘둘러 다른 세류편을 움직였다.

차르르!

세류편 특유의 소리와 함께 세류편이 당청의 목을 향해 날아들었다. 당청은 몸을 반쯤 옆으로 움직이면서 비스듬히 몸을 숙였다. 그 순간 관평위의 신형이 앞으로 쏘아져 나가며 오른손이 다시 움직였다.

차르륵!

"윽!"

당청은 순식간에 자신의 목을 감아온 세류편에 의해 경악성을 토했다.

"머, 멈춰라!"

어느새 달려온 당가의 무사들이 당청의 목에 세류편이 감기자 소리를 질렀다. 하나 관평위는 태연하게 세류편을 잡아당겨 당청을 끌어왔다.

"캑."

당겨지면서 목젖이 자극되어 컥컥대는 당청의 모습에 당이록은 급히 당가의 무인들과 관평위 사이로 움직였다.

"비무의 결과가 나지 않았으니 아직 움직이지 마십시오."

"무슨 소리를 하는 거냐? 이미 결과가 나지 않았느냐? 어서 당청을 풀어주도록 해라!"

중년 무인의 외침에 관평위는 아무런 말 없이 당청의 목에 감긴 세류편을 풀고 발로 당청의 오금을 지그시 밟았다.

"헉!"

관평위가 오금을 밟은 탓에 무릎을 꿇은 자세가 되어버린 당청은 급히 몸을 일으켰다.

"사과는 잘 받았다."

관평위는 일어선 당청의 등 뒤에서 작은 목소리로 말하곤 돌아섰다. 다른 당가인들 앞에서 무릎을 꿇은 당청은 수치심에 얼굴이 붉어졌다.

"비천한 화위무사 주제에……."

당청 자신도 모르게 나온 말. 돌아서서 화소민의 옆으로 움직이던 관평위는 바람 소리가 날 정도로 격하게 몸을 돌려 세류편을 휘둘렀다.

쇄액! 팅!

가벼운 소리와 함께 세류편은 허공에 멈춰 있었다.

"진정하게."

어느새 당청 앞을 막아선 채 관평위의 세류편을 막아선 중년 사내. 사내의 입가엔 부드러운 미소가 걸려 있었다.

"승자라면 패자의 푸념 정도는 이해해 주게."

부드러운 음성의 주인공은 다름 아닌 혈선의 당공진. 당문의 가주인 당공의의 친동생이자 당가제일의 의원이었다.

"당숙 어르신, 오랜만에 뵙습니다."

당이록의 고개가 숙여졌다. 유일하게 당이록과 그의 모친의 안부를 신경 써주던 인물이 바로 당공진이었다. 당이록의 인사에 당공진은 가볍게 고개를 끄덕여 인사를 받고선 다시 관평위를 향해 고개를 돌렸다.

"이쯤해서 물러서는 것도 용기일세."

당공진의 말에 관평위는 급히 고개를 돌려 화소민이 있는 곳을 바라보았다. 언제 나타났는지 화소민과 화소영 주변을 여인들이 둘러싸고 있었다.

차르륵!

관평위는 손목을 움직여 세류편을 팔에 감았다. 원래는 허리춤에 감아서 보관하는 것이지만 상황이 상황인만큼 보다 빠르게 펼칠 수 있는 위치로 두었다.

"관평위입니다."

관평위의 포권에 당공진도 포권을 해 보였다.

"당공진이라고 하네."

당공진은 손을 움직여 독기 가득한 눈으로 관평위를 바라보는 당청의 혈을 짚었다.

"이 녀석을 데려가라."

당공진의 말에 주변에 있던 당가의 무인 중 두 사람이 급히 달려와 당청을 들고 어디론가로 달려갔다.

"다들 돌아가거라."

부드러운 당공진의 목소리와 다르게 번뜩이는 그의 안광에 주변에 있던 무인들이 하나둘씩 사라졌다.

"그건 그렇고, 자네, 그 세류편은 어디서 났는가?"

당공진의 말에 관평위의 표정이 변했다.

"어떻게 세류편을 알고 계십니까?"

관평위가 어린 시절 우연히 시장 구석에서 구한 것이 바로 세류편. 세류편의 손잡이 부근에 숨겨져 있던 무서(武書) 덕에 지금과 같은 무공을 익힐 수 있었건만……

"예전에 세류편을 본 적이 있다네."

"그럼… 이 편법의 주인을 알고 계신 겁니까?"

자신이 익힌 무공의 연원도 모르고 열심히 익혀왔다. 단운평을 만나기 전에 당했던 패배 이외에는 단 한 번의 패배도 경험하지 못한 만큼 자신의 편법에 대해서는 자신이 있었다. 하지만 마음 한구석에 자신이 편법을 택한 것이 잘못된 것이 아닌가 하는 불안감이 항상 들었던 관평위였다.

"어허, 자네는 자신이 익힌 무공의 연원을 모르고서 그렇게 익혔나 보군. 그건 말이지……."

관평위는 긴장감에 침을 꿀꺽 삼켰다.

"괜찮나요?"

주화령은 표정에는 미안한 기색이 가득했다. 그도 그럴 것이, 조금 전 그녀의 실수로 인해 작동된 기관 덕분에 단운평은 묵뢰로 무시무시한 기세로 움직이는 철퇴를 베어야 했다. 찢겨진 소매 사이로 보이는 단운평의 팔은 거무튀튀하게 변해 있었다.

"괜찮소."

단운평은 태연히 말하고선 다시금 한 걸음 한 걸음 발끝에 모든 신경을 모아가며 움직였다. 사실 단운평의 지금 상태는 그리 좋지 않았다. 잠깐의 방심에도 작동하는 무시무시한 기관 장치는 단운평에게 한계를 초월한 움직임을 요구했다. 게다가 주화령으로 인해 체력의 소모가 배가 되어 단운평의 등에서는 연신 땀이 흘러내리고 있었다.

"동굴이 어디까지 있는 걸까요?"

기관 장치를 피하기 위해서 몇 번이나 단운평의 품에 안겼던 탓인지 단운평에게 느껴지던 거리감이 많이 사라진 주화령이었다.

　"목적지까지 거의 다 온 것 같소. 저기 앞쪽은 훨씬 밝아 보이니 말이오."

　"그럼 잠시 쉬어가는 게 어때요? 저기에서 기다리는 이들이 적이 아니라는 보장도 없으니까요."

　주화령의 말에 단운평은 가만히 생각을 하는 듯하더니 조심조심 동굴 벽을 만져 보고 나서는 벽에 등을 대고 자리에 앉았다. 그러자 주화령도 조심조심 움직여 그의 옆에 앉았다.

　"휴~"

　단운평이 길게 숨을 내쉬자 주화령은 고개를 돌려 단운평을 바라보았다.

　"얼굴… 얼굴을 한번 볼 수 있을까요?"

　주화령의 요구에 단운평은 순간 당황했다.

　"함께 다닌 지도 꽤나 시간이 흘렀는데도 단 대협의 얼굴을 제대로 본 적이 없어요. 일행이라면 적어도 얼굴 정도는 알고 있어야 하지 않나요?"

　이어지는 주화령의 말에 단운평은 조금 갈등을 하는 듯하다가 한 손으로 머리칼을 쓸어 올렸다.

　"아!"

　주화령의 입에서 터져 나온 소리.

　'역시…….'

　단운평은 자신의 얼굴이 얼마나 위협적으로 보일지 알고 있기에 예상했던 반응대로라고 생각했지만 기분이 유쾌할 리는 없었다.

"한번 만져 봐도 될까요?"

얼굴 가득한 상처들. 하지만 주화령은 단운평의 생각과는 다르게 위협감을 느끼고 있진 않았다. 오히려 그의 얼굴에서 느껴지는 아픔에 친근함을 느끼는 주화령이었다. 그 이유는 그녀의 몸에도 적지 않은 상흔들이 있기 때문이었다. 그녀와 그녀의 사부 외에는 알고 있는 이가 없는 그 상처들은 무공을 익히면서 생겨난 것도 있지만 대부분은 어린 시절 생겨난 것이었다. 그러한 주화령이었기에 단운평의 상처에 동질감을 느끼게 된 것이다. 하나 단운평으로서는 알 수 없는 일.

"그건… 음… 그러시오."

주화령의 묘한 눈길에 단운평은 고개를 끄덕이고 말았다. 차가운 그녀의 얼굴과는 다르게 뜨거운 감정이 실려 있는 그녀의 눈빛에 단운평이 당황했던 것이다.

'어……'

두근거리는 가슴. 단운평은 얼굴이 달아오르는 기분을 느꼈다. 하지만 그건 말 그대로 찰나의 일. 동굴 안쪽에서 느껴지는 기운에 단운평의 얼굴은 다시금 차갑게 변했다.

폭룡(暴龍).

편의 달인으로 알려진 고수로 복면으로 자신의 얼굴을 가리고 다녔기에 그의 정확한 정체를 알고 있는 이가 없었다. 다만 하나의 편으로 강호의 수많은 고수들과의 비무에서 연신 승리를 얻어 어느새 폭룡이라는 별호로 불리게 된 인물이었다.

그러던 어느 날 강호팔룡 중에서 수위를 차지하던 검룡이 폭룡을 꺾었다는 소문과 함께 폭룡은 더 이상 정체를 드러내지 않았다. 실제로 폭룡이 검룡에게 패해서 더 이상 강호에 나타나지 않았는지 다른 이유로 나타나지 않는지는 아무도 알 수 없었지만 그 소문 이후로 폭룡은 이름만 존재할 뿐 강호에 모습을 드러내지 않았다.

"우연히 폭룡의 비무를 본 적이 있었네. 그때 폭룡이 사용하던 편이 바로 그 세류편이라네. 세류편을 완전히 펴거나 감을 때 나는 특유의 소리를 분명하게 기억하고 있네."

당공진의 말에 관평위는 몸이 덜덜 떨렸다.

'내 무공이 그 폭룡의 무공이라는 말인가!'

이 순간 관평위는 그동안 가지지 못했던 스스로에 대한 믿음을 가지게 되었다.

"아마 폭룡의 세류편은 아닐 걸세. 그가 가진 세류편은 하나뿐이었으니. 아마도 그의 동문의 것이 아닐까 생각되는군."

당공진의 설명에 관평위는 고개를 끄덕이고는 자신의 팔에 감긴 세류편을 바라보았다.

"그건 그렇고, 아버님께서 자네들을 보고 싶어하셔서 데리러 왔네. 함께 가주겠나?"

당공진의 말에 관평위의 표정이 하얗게 질려 버렸다. 당공진의 부친이라면 전대 당가주이자 천하를 독으로 오시한 인물 독왕 당거영을 말하는 것이 아닌가. 천하 독공의 일인자 독왕 당거영. 그와 만나야 한다는 소리에 관평위의 등에서는 식은땀이 흘러내렸다. 일이 잘못될 경우 독왕에게서 무사히 벗어날 자신이 없을 뿐만 아니라 독왕이라는 강호의 거두 앞에 간다는 자체가 큰 부담이 되었던 것이다.

"나를 따르게."

천천히 어디론가로 향하는 당공진의 뒤를 따라 관평위는 화소민의 손을 꼭 잡고서 움직였다. 그리고 그 뒤를 화소영과 당이록이 따랐다.

'묘한 향이군.'

당이록은 화소영 쪽에서 풍기는 묘한 향기에 슬며시 고개를 돌려 그녀의 얼굴을 바라보았다. 조금도 긴장하는 기색 없이 걷고 있는 그녀의 표정은 너무나 당당해 빛이 나는 듯했다.

'어떠한 상황이 와도 화 소저는 내가 지킬 것이다.'

남 모르게 조용히 다짐하는 당이록이었다.

제법 넓어진 공간으로 들어서자 주화령은 안도의 한숨을 쉬고는 주변을 둘러보았다.

"긴장을 풀지 마시오."

단운평의 딱딱한 목소리. 주화령은 단운평이 응시하는 쪽으로 고개를 돌렸다. 네 사람의 인영이 보였다.

"역시 대단하군."

들려온 목소리는 당공의 것이었다. 그렇다면 옆에 있는 세 사람 중 한 사람의 정체는 당연히 황군명일 것이다.

"주화령, 오랜만이군."

황군명의 옆에 서 있던 사내가 비릿한 웃음을 지으며 앞으로 나섰다.

"대, 대주."

주화령의 목소리가 떨렸다. 사내의 이름은 요호. 주화령이 속해 있던 낭인대의 대주 마랑 요호였다.

"오랜만이군. 아직도 날 대주로 생각하고 있는 건가? 내가 불러도 오지 않길래 나 따위는 잊어버린 줄 알았는데 말이지."

마랑 요호는 미소를 지으며 말했다. 그의 옆에 있는 황군명의 얼굴은 하얗게 질려 있었다. 그리고 나머지 사람은······.

"오랜만입니다, 보주님."

단운평은 가볍게 고개를 숙여 인사를 했다. 남은 사내의 정체는 다름 아닌 금룡 곽마효였다.

"오랜만이네."

곽마효의 표정은 그리 밝지 않았다.

"인사나 하지. 난 요호라고 한다."

곽마효의 표정을 살피던 단운평에게 요호가 말을 건넸다. 단운평은 요호에게로 눈을 돌리더니 손을 묵뢰로 가져갔다.

"무, 무슨······."

황군명은 급히 말리려 했다. 요호가 인사를 청할 뿐이건만 왜······.

"살기를 내뿜으며 하는 인사라면 이것뿐이겠지."

단운평의 말에 당공의는 요호를 바라보았다. 위험한 만큼 강한 자라는 것은 알고 있었지만 자신이 모를 정도로 단운평 한 명에게만 살기를 집중시킬 수 있다는 것에 조금은 놀랐다.

"사실 내가 이곳에 온 건 말이지, 풍운객의 후인이라는 자가 나타났다고 해서 만나려고 온 거야. 풍운객의 이름을 등에 질 자격이 없는 자가 풍운객의 후인임을 자처하는 것은 그냥 두고 볼 수가 없어. 나는 거짓말쟁이를 제일 싫어하거든."

요호의 말로 충분히 알 수 있었다. 요호와 풍운객 사이에 어떠한 관련이 있는 것이 틀림없었다.

"자격이라······. 이유는 나중에 묻기로 하지."

유들유들한 요호의 목소리에 단운평의 눈빛에 다시금 살기가 감돌았다. 단운평은 묵뢰를 뽑아 들고 앞으로 달려나갔다. 그러자 요호 역시 들고 있던 창을 들고 앞으로 달려나왔다.

붕!

머리 위를 스쳐 지나가는 창날은 신경 쓸 여유가 없었다. 바닥에 닿을 정도로 몸을 낮춘 단운평은 바닥에 묵뢰를 꽂아 넣고선 옆으로 몸을 돌리면서 다리를 휘둘렀다.

"읍!"

요호는 호흡을 멈춤과 동시에 뒤로 물러났고 단운평은 묵뢰를 뽑아 들고 다시금 앞으로 뛰어나갔다.

쩍!

단운평의 왼쪽 주먹이 요호가 창을 들고 있는 오른쪽 어깨에 부딪치며 끔찍한 소리가 났다.

"우윽! 하압!"

요호는 단운평의 주먹을 튕겨내듯 어깨를 튕겼고, 단운평은 오른발을 축으로 해서 부드럽게 회전해서는 왼쪽 팔꿈치로 오호의 얼굴을 가격하려 했다.

붕!

무서운 소리와 함께 날아드는 단운평의 팔꿈치는 요호가 고개를 반대쪽으로 꺾으면서 허리를 굽혀 허공에서 바람 소리만 내고 스쳐 갔다. 요호는 단운평의 공격을 피해내자마자 왼손으로 자신의 오른쪽 어깨를 잡아당겼다.

우드득!

반쯤 탈골되었던 어깨를 강제로 끼우고서 왼손으로 창을 잡아 왼쪽 아래에서 오른쪽 위로 봉을 휘둘렀다. 요호 가까이에 있던 단운평은 땅을 박차고 뒤로 물러나 창을 피하고는 요호가 몸의 균형을 찾기 전에 다시금 앞으로 이동했다.

"욱!"

단운평이 휘두른 도를 창으로 막은 요호는 충격으로 인한 진동에 손이 저렸다. 특히나 오른손은 힘이 충분히 들어가지 않아 그 충격이 더했다.

"이 녀석!"

요호는 창을 쥔 손에 힘을 주고는 힘껏 창을 내질렀다.

파바박!

허공을 뚫는 듯한 소리. 단운평은 묵뢰의 옆면으로 요호의 창을 간신히 막고선 뒤로 물러섰다.

"찌르기인가?"

단운평의 물음에 요호는 묵묵히 고개를 끄덕였다. 자신의 비장의 수를 가볍게 막아선 단운평이다. 다음은 자신이 단운평의 공격을 막아야 할 차례임에 요호는 아픈 오른팔을 들어 창을 잡았다.

파박!

바닥을 차는 소리와 함께 요호의 시야에서 단운평의 모습이 사라졌다. 요호는 급히 뒤로 물러서며 창을 잡은 손에 힘을 주었는데 그 순간 그의 눈에 단운평의 모습이 보였다.

'위라니……'

순간적으로 단운평은 위로 솟구친 것이었다. 많이 높지 않은 동굴의 높이라 뛰어오르리라고는 생각지 못한 요호였으나 뒤로 물러서면서 단운평의 신형이 보인 것이다.

'더 이상 끌면 곤란하다.'

어디선가 매캐한 냄새가 나는 것에 불안감을 느낀 단운평은 요호를 빨리 제압하는 것이 좋다고 생각하고 위로 솟구친 것이다. 단운평은 동굴 천장에 발이 닿는 순간 무릎을 굽혔다가 펴면서 요호를 향해 무서운 속도로 내려왔다.

"하앗!"

요호의 기합성과 함께 요호의 창이 불을 뿜었다.

"저것이 풍운뇌력도법이군. 불패의 도법이라더니 명불허전이군."

당공의는 단운평의 도법을 순수한 마음으로 감탄했다. 허공에서 내려오는 단운평을 향해 요호가 펼친 창술 또한 엄청났다. 순식간에 창이 수십 개로 보이는 순간 당공의는 혀를 찼다.

'허공으로 피하지 말라는 기본적인 것을 잊다니……'

허공에서는 운신이 자유롭지 못하다. 그것은 곧 상대의 공격을 피할 수 없다는 이야기였다. 화려한 창의 움직임을 피할 수 없으리라는 당공의의 예상은 순식간에 무너졌다.

'구름은 비를 부르고 비는 천하를 적시니……'

허공에서 힘껏 내려쳐진 단운평의 도에서 뻗어 나온 도기가 요호의 창을 부숴 버렸다. 허공에서 그 위력을 발휘하는 풍운뇌력도법의 초식 우(雨)가 있다는 것을 요호와 당공의는 알지 못했던 것이다.

"이 정도면 자격이 되는 것인가?"

단운평의 물음에 요호는 오른쪽 어깨를 감싸며 인상을 구겼다.

"젠장, 그 정도면 간신히 합격이다."

요호의 말에 단운평의 입가에 미소가 그려졌다. 그 미소를 보게 된 주화령과 황군명은 마음이 편해졌다. 내심 요호라는 무인에 대한 두려움을 가지고 있던 그들이었으나 그가 패배한 모습을 보니 그리 두렵게만 느껴지지가 않았던 것이다.

"내 자격을 심사하기 위해 올 자는 아닌 것 같은데, 이자도 풍운회와 관련이 있는 것이오?"

단운평의 물음에 당공의는 고개를 끄덕였다.

"그는 풍운회주 직속의 마랑대를 이끄는 마랑대주라네."

"점점 더 궁금해지는군."

쌓여가는 피로 때문에 이마 가득 땀방울이 굵게 맺혀 있었지만 단운평은 약한 모습을 보일 수가 없었다.

"이제 풍운회에 대해서 들어야 할 시간 같은데……"

혼잣말을 하듯 말하는 단운평이었으나 그 눈빛은 곽마효를 향하고 있었다.

"미안하네만 아직 한 관문이 더 남았다네."

곽마효의 씁쓸한 미소에 단운평은 피식 웃었다.

"자격이 부족한가 보군요."

곽마효는 그의 미소 속에 감춰진 그의 마음을 알 수 있었다. 단운평은 지금 화가 난 상태다.

"위험을 부담할 만큼 자네의 힘이 대단한지 알고 싶은 것일세."

"풍운회주의 자격이 되는 것인가 하는 문제로군요."

단운평은 다시금 묵뢰를 들었다.

"다 좋습니다만… 제가 풍운회주를 하겠다고 말한 기억은 나지 않는군요."

팟!

순식간에 곽마효 등이 나타난 쪽으로 움직인 단운평은 힘껏 도를 휘

판평위, 그리고 폭룡 61

둘렀다.

펑!

폭음과 함께 두 개의 인영이 무서운 속도로 움직였다.

"허허허, 잠시만 기다려 주게. 인사 정도는 나눠야 하지 않겠나?"

"인사야 천천히 해도 되지 않겠습니까?"

목소리만 들릴 뿐 주화령이나 황군명은 두 사람의 움직임을 정확히 파악할 수가 없었다.

"나는 독왕이란 과분한 별호를 가진 늙은이네."

독왕 당거영. 그의 말에 단운평의 움직임이 멈춰졌다.

"자리를 비켜주겠는가?"

당거영의 말에 당공의는 급히 허리를 숙이고 들어왔던 곳으로 움직였다. 그런 그의 뒤를 따라 곽마효 역시 움직였다.

"너희도."

당거영이 가리킨 사람은 주화령과 황군명. 단운평은 곤혹스러워하는 그들에게 가볍게 고개를 끄덕여 보았다. 그러자 두 사람 역시 동굴 밖으로 나갔다.

"독왕 어르신께서 풍운회에 대해서 설명을 해주실 분이군요."

단운평의 말에 당거영이 가볍게 고개를 끄덕였다.

"그래. 하지만 먼저 자네의 실력을 봐야 할 것 같군."

말이 끝나기가 무섭게 당거영의 손이 어지럽게 움직였다.

"긴 세월을 독과 함께해서 그런지 어느새 내 손은 이렇게 되어버렸다네."

당거영의 불그스름한 손이 위험하다는 느낌을 주었다. 긴 시간 동안 각종 약물과 독물에 노출된 결과로 몇 번의 허물을 벗으면서 피부 색이 변해 버린 것이다.

"독왕의 혈옥수에 대해서는 들어본 적이 있습니다."

단운평은 뒤로 물러서며 당거영의 독수를 피하고는 묵뢰를 들어 올리며 말했다.

"진심이라면 저도 진심으로 가겠습니다."

파바박!

묵뢰의 위험한 움직임에 이번에는 당거영이 뒤로 물러섰다.

"오랜만이군, 이 기분."

당거영의 두 손이 점점 더 붉어졌다. 당거영의 두 손이 점차 붉어지자 단운평은 그의 눈을 바라보다가 급히 앞으로 나갔다. 당거영은 독수뿐만 아니라 전반적인 독공의 달인이다. 시간을 끌수록 중독의 위험성이 커질 뿐이었다. 단운평은 바람을 일으키며 당거영의 손을 향해 도를 뻗었다.

"헛!"

당거영은 급히 팔을 휘둘러 도의 옆면을 쳐내려 했으나 단운평의 도는 생각보다 빨랐다.

휭!

바람 소리와 함께 당거영의 소맷자락이 잘렸고, 당거영은 급히 몸을 틀어 옆으로 움직였다.

'바람이 불어 구름이 걷히니…….'

초식 풍(風). 바람처럼 빠른 초식 풍은 다시금 당거영의 팔을 노렸고, 당거영은 몸을 숙인 채 앞으로 달려들었다.

'선수필승.'

당거영은 자신을 향해 내려쳐지는 도를 몸을 비틀어 피하면서 앞으로 나아가는 것을 멈추지 않았다. 그러나 단운평은 어느새 뒤로 물러나 여전히 거리를 유지한 채 다시금 도를 휘둘렀다. 좌에서 우로 휘둘러지는 도는 당거영이 급히 멈춰 서서 상체를 일으키게 만들었고, 그 순간 단운평은 다시금 앞으로 몸을 움직였다.

'떠도는 구름의 변화에……'

당거영의 안정적이지 못한 자세에 단운평은 변화무쌍한 초식 운(雲)을 펼쳤다.

우웅!

휙휙 날아드는 묵뢰의 움직임에 당거영은 균형을 잡지 못하고 연신 뒤로 물러섰다. 그러나 당거영은 가볍게 도면을 쳐내 큰 상처를 입지는 않았다. 혈옥수는 묵뢰에도 견뎌낼 만큼 그 위력이 엄청났다. 물론 묵뢰와 부딪치고 외양이 멀쩡하다고 해서 고통이 없다고 할 수는 없지만 말이다.

'엄청난 위력이로군. 웬만한 도검 따위는 부숴 버리는 혈옥수에 이처럼 고통이 일다니……'

힘껏 내려치는 도검에 팔이나 어깨에 충격이 갈지는 모르지만 손에 직접적인 통증이 느껴지는 것은 참으로 오랜만의 일이었다. 약물과 독물로 인해 더 이상 어떠한 감각을 느끼지 못하게 된 걸로 알고 있었던 당거영은 손이 찢어지는 듯한 고통에 인상을 구기며 뒤로 물러섰다.

'명불허전(名不虛傳).'

단운평은 묵뢰와 부딪침에도 불구하고 상처가 없는 당거영의 손을 바라보다가 천천히 몸을 움직이기 시작했다. 한순간의 실수로 당거영의 손에 닿는다면 결코 가볍지 않은 타격을 받을 것이 예상되었기에 혈옥수의 움직임에 모든 신경을 쓰며 움직이는 단운평의 등에는 식은

땀이 흘러내렸다.

"타앗!"

단운평은 기합성과 함께 갈지자를 그리며 앞으로 나아갔다. 부드러우면서도 빠른 그의 움직임에 당거영은 단운평의 공격이 어느 방향에서부터 시작할지 긴장을 늦추지 않고 바라보았다.

붕!

사타구니에서부터 머리 쪽으로 올려쳐지는 묵뢰의 움직임에 급히 뒤로 물러선 당거영은 다음 공격을 대비하고 손을 들어 올렸다.

파바박!

순간적으로 개수가 늘어난 듯 묵뢰는 점점 빠른 속도로 당거영의 몸을 압박해 들어갔다. 쾌속의 도식 초식 풍(風)이 전개되고 있는 것이었다.

'윽!'

제아무리 단단한 몸이라도 묵뢰와 같은 단단한 쇳덩이로 두드리는데 고통이 없을 리가 없다. 당거영은 손으로 묵뢰를 쳐낼 때마다 커지는 고통에 점점 손을 편히 내밀지 못했다. 그리고 그것은 빈틈을 만들었다.

'비에 젖은 천하를 밝히는 한줄기 빛이 있으니…….'

당거영은 갑자기 멈춰진 단운평의 공격에 잠시 숨을 돌렸다. 어느새 단운평이 묵뢰를 허리춤으로 가져간 것이다.

팟!

번쩍이는 빛과 함께 당거영은 왼쪽 어깨에 극통을 느꼈다. 극쾌의 발도술. 초식 섬(閃)의 위력이었다.

"시험은 끝난 것입니까?"

당거영의 얼굴을 향해 도를 겨누고 있는 단운평의 물음에 당거영은 쓸쓸한 미소를 지으며 말했다.

"아직은 아닐세. 진짜 혈옥수를 보지 못했지 않은가."

당거영의 말에 단운평의 눈이 일순 짧은 경련을 일켰다. 잠시 우세를 차지했지만 상대는 독왕이다. 그가 하는 말은 허세가 아닐 것이다.

치지직!

묘한 소리와 함께 당거영의 몸에서 흰 연기 같은 것이 뿜어져 나와 당거영의 손으로 뭉치기 시작했다.

"독이라고 해서 검지 않고 희군요."

단운평의 말처럼 그것은 체내에 축적한 독을 내공화하여 외부로 드러낸 것으로 일반적인 독과는 비교도 할 수 없을 정도로 독성이 강한 것이었다.

"이것이 진짜 혈옥수라네."

당거영의 두 눈의 흰자위가 붉게 물들었다. 그리고 손에 머물러 있는 독은 소매 부분을 태워 팔뚝이 드러나 보였는데 붉게 변해 있었다. 보이지는 않지만 그 위의 부분, 즉 팔 전체가 붉게 변해 있을 것이다.

"음, 스치기만 해도 피를 뿜어내게 된다는 혈옥수가 불패의 독장이라고 이록이 말하던데 어느 쪽이 불패란 이름을 이어갈지 궁금하군요."

풍운뇌력도법이나 질풍섬각 역시 불패라는 명성을 지닌 무공. 단운평은 묵뢰를 쥔 손에 힘을 잔뜩 주었다.

치지직 하는 소리와 함께 당거영의 손에서 피어오르는 열기는 단운평의 눈을 어질어질하게 만들 지경이었다. 중독은 아니었지만 독왕이 혈옥수를 전개하는 시간이 길어질수록 단운평이 중독될 확률은 높아질 것이다.

"이번 공격이 마지막일세."

당거영은 평소 혈옥수를 펼치는 것을 최대한 자제하고 있었다. 그것은 사용시 발생되는 독연으로 인한 무시무시한 피해 탓도 있었지만 독장의 특성상 사용하는 빈도수가 높아질수록 독이 손에 잔류하게 되어 손으로 아무것도 만지지 못하게 될 가능성이 컸기에 최대한 사용을 하지 않으려 한 것이다.

당거영의 집념에 찬 눈빛에 단운평 역시 최선의 수를 생각하고 있었다.

'문제는 지형이군. 우나 폭, 혹은 뢰의 초식은 이곳에서 사용할 수 없다.'

동굴의 높이가 낮은 것도 문제지만 혹시나 동굴의 붕괴를 가져올 수 있는 초식을 사용할 수는 없었다. 가만히 생각을 정리하던 단운평은 묵뢰를 바닥에 꽂았다.

"저도 숨겨둔 한 수를 보여 드리지요."

단운평은 주먹을 꽉 쥐고 뒤로 물러났다. 가볍게 어깨를 돌리고 발목을 돌려 근육의 긴장을 풀고는 앞으로 달려나갔다. 당거영은 단운평이 가까이 다가오자 주먹을 뻗었다. 그러나 단운평은 엄청난 속도로 앞으로 움직이던 몸을 순간적으로 멈추고선 다시 뒤로 물러섰다. 그 모습에 당거영이 잠시 팔에 힘을 빼려고 하자 다시금 무서운 속도로 앞으로 달려왔다.

"이, 이런."

순간적인 위기감에 당거영은 몸을 웅크리고는 손으로 허공에 원을 그려 나갔다. 부드럽게 허공에 원을 그리는 당거영의 손은 당거영의 앞을 하얗게 만들어 단운평이 접근할 수 없게 만들었다.

'누구도 맨손으로 이것을 뚫고 들어올 수는 없다.'

당거영은 자신했지만 단운평은 평범한 무인이 아니었다.

부웅! 픽!

격타음과 함께 당거영의 고개가 돌아갔다. 타격에 의한 것이 아니라 자신의 왼쪽에서 들리는 소리에 자신도 모르게 고개가 돌아간 것이다.

쿠르릉!

그 순간 위에서 돌이 떨어졌다.

"헉!"

가벼운 경악성과 함께 당거영은 급히 앞으로 움직였고, 그 순간 당거영의 눈동자에 오른쪽에서 주먹을 휘두르는 단운평의 모습이 보였다.

"우욱!"

간신히 팔을 들어 막았다. 그러나 이 느낌은 분명 부러진 것이리라. 급히 뒤로 물러서는 단운평의 손을 바라보자 소매를 잘라 손을 감싼 듯 보였다.

'나도 늙었나 보군.'

당거영은 스스로가 늙었다고 생각해 본 적이 한 번도 없었는데 이 순간 처음으로 자신이 늙었다는 생각이 들었다. 예전이었다면 이 정도 타격에 결코 뼈가 부러지지 않았을 것이기 때문이다. 물론 젊었을 때라도 이 정도 충격이면 팔을 한동안 사용하지 못할 것 같긴 했지만.

'옷으로는 무리인가?'

붉게 변한 팔에 잠시 닿았을 뿐인데 어느새 손을 감싼 옷자락이 녹아들어 가자 천을 버렸다.

지금 펼친 것은 질풍섬각의 비기가 아니다. 그저 질풍섬각에 포함된 보법으로 이 보법은 지금처럼 몇 번이고 반복해서 펼칠 수 있는 것이 아니지만 독왕과의 결전을 일찍 끝내기 위해서는 어쩔 수가 없었다. 당거영이 독침이나 독연을 사용하지 않았기에 이렇게 대등하게 겨루고 있는 상황이었다. 혹시나 시간이 길어져 당거영이 그러한 것들을 사용한다면 피로와 지형 때문에 자유롭게 도를 휘두를 수 없는 자신이 절대적으로 불리했다.

'질풍섬각의 숨은 기술 비각(飛脚). 사용치 않으려 했건만.'

단운평은 조용히 숨을 고르고 당거영을 바라보며 집중력을 높였다.

'한 번, 단 한 번이다.'

第十五章

풍운회주

조금 전까지만 해도 단운평의 초식 섬에 의해 상처
입은 왼쪽 어깨에서 느껴지는 통증에 이를 악물었던 당거영은 멍하니
자신의 손만 내려다보았다. 뚝뚝 떨어지는 핏물.

"이럴 수가! 방금 그건 무엇이었느냐?"

당거영의 물음에 단운평은 침중한 어조로 말했다.

"비각(飛脚)이라는 기술입니다. 그것마저 막아내실 거라고는 생각하
지 못했습니다."

어느 정도 힘을 빼긴 했으나 막을 수 있는 기술이 아니라고 생각했
던 단운평이었기에 그 역시 조금은 충격을 받았다.

"굉장한 기술이었네."

당거영은 한숨을 푹 쉬고선 입을 열었다.

"하긴 그 정도가 되지 않는다면 독문의 문주가 될 수 없지."

독문이라는 말에 단운평은 의문에 찬 눈으로 당거영을 바라보았다.

"모든 걸 말해 주겠네. 풍운회와 시험이라는 것, 그리고 독문에 대해서 말이지."

풍운회의 시작은 소문처럼 곽마효가 아니라 단운평의 눈앞에 있는 당거영으로부터였다.

"천앙의 혈풍 이후 우리 당가는 천앙의 정체를 밝히려 많은 노력을 기울였네. 사파의 거대한 세력부터 정사지간의 작은 문파까지 그들이라고 의심될 만한 자들을 찾았네. 그러나 어디에서도 그들의 정보를 얻을 수가 없었네. 마치 신기루 같았지. 한참을 조사하다가 깨닫게 된 것이 있었네. 인원이 많다면, 그리고 그들이 강호를 대상으로 전쟁을 한다면……."

갑자기 말을 멈추고 자신을 빤히 바라보는 당거영의 눈길에 단운평이 입을 열었다.

"먹을 것과 약, 그리고 무기가 필요할 겁니다."

단운평의 대답에 당거영이 고개를 끄덕였다.

"그래서 우리는 황룡보와 힘을 합치기로 했네. 지금 황룡보에 당가의 적잖은 인원이 가 있다네."

황룡보로선 고수가 필요한 상황이다. 무림맹에서 지원을 해주겠다고 말은 하고 있지만 각 문파들이 자신의 문파도 지키기가 힘든 형편에 황룡보에 뛰어난 무공을 지닌 고수를 보내리라고 기대하기는 힘들었다. 물론 무림맹에서 강제로 황룡보에 인원을 보내고 있지만 천앙이 쳐들어왔을 때 황룡보를 위해 전력을 다해주리라는 보장이 없었다. 때문에 그들로서는 당가와의 협력을 거부할 수 없었을 것이다.

"힘을 합친 후 알게 되었네. 곽 보주 역시 같은 생각을 하고 그들의 흔적을 쫓고 있었다네. 한꺼번에 대량으로 물자를 사들인 곳은 없었지만 물자의 흐름에 따라 대량으로 물자를 구매하는 몇 곳을 찾아냈네. 물론 구체적인 장소를 알 수는 없었지만. 그런데 말일세, 이상하게도 특별히 의심될 만한 곳이 없었다네. 그래서 알아차렸지."

"어느 한곳이 아니라 여러 곳이 힘을 합친 것이라고 생각하신 거군요?"

단운평의 말에 당거영이 고개를 끄덕였다.

"저는 천앙과 무림맹 두 곳 모두와 좋지 못한 관계를 가지고 있다 보니 대강이나마 느껴지더군요. 천앙과 무림맹은 적이 아니라는 것, 그리고 그들이 서로 다른 존재가 아닐 수도 있다는 것⋯⋯."

단운평의 말에 당거영은 급히 주변을 살폈다.

"그래, 나도 그걸 의심하고 있다네. 문제는 말이지. 어느 쪽이 우월한 쪽이냐는 건데… 만에 하나 무림맹 쪽이 아니라면 중원무림은 상당히 위험한 상태일세."

당거영의 말에 단운평은 고개를 끄덕였다.

"그건 제게 중요하지 않습니다. 어느 쪽이 우월하든 저로서는 힘든 상황이고 차라리 천앙 쪽이 우월하다면 일은 좀 더 편해질 테니까."

단운평의 말에 당거영은 고개를 끄덕이고는 다시금 말했다.

"그것도 그렇군. 어찌 되었든 우리들은 그 사실을 알게 된 후 한참을 생각했네. 그들 중 어디가 천앙과 관련이 되었고 또 어느 정도의 세력이 힘을 합치고 있는 것인지. 그리고 그것을 다른 세력에서는 모르고 있는 것인가 하는 것에서도 궁금증이 생겼네. 하지만 그 무엇보다 궁금한 건 도대체 왜 천앙이라는 세력이 필요했냐는 것일세."

당거영의 말에 단운평은 가볍게 고개를 끄덕이고는 자신의 생각을 말했다.

"힘을 나누기는 싫다는 것이겠지요."

단운평의 말에 당거영은 고개를 끄덕였다.

"그래. 우리들도 자네와 같은 생각을 했었다네. 하지만 이러한 사실이 퍼져 나갔을 때 그들이 입게 될 타격이 너무 크네. 위험을 각오하고 벌여서 얻게 될 이득보다 실패했을 경우 손해를 볼 것이 훨씬 더 크다네. 더군다나 그들은 그 누구보다 명예를 소중히 여기는 이들."

단운평은 고개를 저었다. 자신의 생각과는 달랐다. 아니, 단운평으로서는 이해가 가지 않는 일이었다. 명예를 소중히 여긴다니…….

자신이 겪어온 세상에서는 명예 따위는 그리 중요한 것이 아니었다. 중요한 건 이득. 그것만을 바라보다가 몰락한 이들도 수없이 봐왔기에 천앙과 관련된 세력의 욕심이 당연하다고 생각하고 있건만 당거영은 너무나 확신에 찬 어조로 그들이 명예를 너무나 소중히 여기기 때문에 당금의 사태가 이해 가지 않는다고 말하고 있다.

"그들은 긴 세월 동안 스스로를 신앙화했네. 때문에 정파인들은 그들을 절대선(絕對善)으로 여기고 있지. 때문에 그들이 천앙이라는 세력을 만들어냈다고 우리들이 아무리 말한들 믿어줄 사람은 없을 걸세. 아니, 사파에서는 믿어주겠지. 하지만 스스로에 대한 자부심 가득한 그들이 천앙을 만들어냈다는 것에는 숨겨진 또 다른 이유가 있지 않을까 하는 생각이 드는구먼."

당거영의 말을 단운평은 이해할 수는 있었으나 인정할 수는 없었다. 당거영의 말처럼 정파인들에게 구파일방이 가지는 비중은 결코 가볍지 않다. 누군가가 무당파나 화산파를 비열한 무리라고 말한다면 그자가 엄청난 무공을 지녔거나 거대한 문파에 속해 있지 않는다면 큰 봉변을 당하게 될 것이다.

이유는 간단했다. 천하의 무공은 소림과 무당을 거쳐 구파일방을 통해 천하에 퍼진 것이다. 그것은 사파 역시 마찬가지로 구파일방은 무공의 원류로서 무림에서 그들이 차지하는 비중은 상상을 초월할 정도다. 때문에 그런 구파일방을 부러워하거나 경외시하는 것은 용서가 되더라도 그들을 악이라고 칭하는 것은 있을 수 없는 일인 것이다. 사파가 구파일방을 적대시하고 그들과 겨루는 일을 하지만 사파 역시 그들이 강호의 위대한 기둥이라는 것은 부정하지 않는다.

"하여간 누군지 몰라도 천앙을 조직하려고 계획을 짠 이는 대단한 사람임이 틀림없네. 그들은 자신들의 입지에 거슬리는 자들을 천앙이라는 이름으로 제거하고도 전혀 의심을 받지 않을 것이니 말일세."

"천앙을 무림맹에서 스스로 없애 버리게 된다면 무림맹은 또다시 무림을 위험에서 구한 위대한 세력이 되는 겁니까?"

단운평의 냉소에 당거영은 무서운 눈길을 보냈다.

"그게 문제일세. 천앙을 만든 것이 그들의 명예를 위한 것인지, 아니면 점차 커지고 있는 중소문파를 제거하기 위해서인지."

단운평은 고개를 절레절레 흔들고서는 화제를 돌렸다.

"그건 그렇고, 독문에 대해서 설명해 주십시오."

단운평의 물음에 당거영은 굳은 안색을 풀고서 입을 열었다.

"독문은 우리 가문에서 예전에 받아들인 식구들일세. 이제는 독문이 곧 당문이네. 내가 자네와 겨룬 것은 자네가 독문의 문주 자격이 있는가를 시험할 수 있는 것이 나이기 때문일세. 현 독문의 문주가 나이니 말일세."

독문.

이백 년 전 독과 암기의 가문인 당가에 독으로 겨루려고 한 세력이 있었다. 그들이 바로 독문. 남만 지방 특유의 독충과 독물들을 가공해 천하의 당가에서도 경악해 마지않는 엄청난 용독술을 구사하던 독문이었으나 그들에게는 치명적인 약점이 있었다.

그것은 그들이 무공이 전무하다는 것이었다. 내공도 없이 펼치는 용독술이었기에 당가는 그들을 쉽게 제압할 수 있었고 그들을 죽이기보다 한 가족으로 포용을 하였다. 그들의 용독술에 무공이 결합된다면 엄청난 독공이 될 거라고 충분히 예측 가능했기 때문이다.

이후 독문은 사라졌다. 하지만 당시 당가의 원로회는 독문의 완전한 소멸을 원하지 않았다. 언젠가 당가가 명분 때문에 강호에 나서지 못할 경우 당가를 대신해 독문의 이름으로 당가인들이 움직일 수 있기를 바란 것이다. 그래서 그들은 당가의 가법으로 특정 상황에서 독문이 움직일 수 있도록 해두었다.

"지금이 그 상황일세. 적이 누구인지 알고 있음에도 불구하고 공격을 가할 수가 없는 상황에 독문이 움직일 수가 있네. 다만 이러한 상황에서는 당가인임에도 불구하고 천하인들이 당가인임을 몰라야 한다는 전제가 붙네만 불행히도 그런 이가 없다네. 아니, 무림맹에서 모르고 있는 당가인은 있겠지만 독문을 이끌 만한 녀석이 없다는 것이 정답이겠지. 때문에 우리는 독문을 누군가에게 맡기기로 결정했네. 당가의 원로회와 현 당가주의 협의 끝에 자네가 그 적임자로 결정되었네. 그리고 자네의 자격을 검정하는 것은 나로 결정이 되었고."

당가로서는 구파일방의 문파 중 천앙에 속해 있는 문파가 자신들과 힘을 합칠 리가 없다고 생각하고 있었다. 아니, 힘을 합치길 바랐다면 처음부터 천앙을 조직할 때 당가에게 어떠한 연락을 보내지 않을 리가 없었다. 그리고 당가는 그들의 그러한 협약에 힘을 합치고 싶지도 않았다. 당가를 정사지간의 가문이라고들 말하지만 당가는 자신들이 정파임을 단 한 번도 잊은 적이 없었다. 그것이 그들의 자존심인 것이다.

"독문의 문주라……. 특별히 하고 싶은 생각이 없군요. 독문의 문주가 된다면 천앙에서 저를 죽이려 최선의 노력을 다하게 될 텐데 저로서는 아직 그렇게 되고 싶지 않습니다."

의심은 가지만 아직 천앙이라는 세력이 파황과 관련되었다는 어떠한 증거도 찾지 못한 단운평이다. 잘못했다간 파황은커녕 언제까지고 도망자의 신세가 될지도 모를 일이다.

"하루 정도의 시간을 주십시오."

"알겠네."

당거영은 단운평이 흔쾌히 독문의 문주를 허락할 거라고 예상했었기에 그의 반응에 조금은 떨떠름했다.

"풍운회에 대해서 설명해 주십시오."

단운평의 이어지는 요구에 당거영은 순간 인상을 구기며 말했다.

"일단은 치료부터 해야 할 것 같네. 이거 생각 이상으로 아프구먼."

단운평은 그제야 당거영이 어깨와 손에 제법 깊은 상처를 입고 있다는 것을 기억해 내고는 당거영의 뒤를 따라 당공의 등이 사라진 곳으로 발을 옮겼다.

'대단하군.'

당거영의 등은 땀으로 옷이 찰싹 붙어 있었다. 심한 고통에도 불구하고 태연을 가장하고 열심히 설명을 해준 것이다.

　단운평과 당거영이 동굴을 나서자 당공진이 급히 그들에게 달려왔다.
　"아버님, 너무 심하게 하신 건……."
　당공진은 부친의 손에 흠뻑 묻은 피에 채 말을 잇지 못했다. 당공진은 입을 다물고 손에 든 환을 뭉개서 당거영의 주먹에 발랐다.
　"어떻게 된 겁니까?"
　당공진의 무거운 음성에 당거영은 피식 웃고선 손을 들어 보였다.
　"보고 있으면서 뭘 묻는 거냐?"
　당공진은 고개를 돌려 단운평을 노려보았다.
　"아버님 때문에 너에게 한 표를 던졌지만 지금은 후회가 되는구나."
　당가에서 가장 뛰어난 의술을 지닌 이가 바로 혈선의 당공진. 당거영의 손에서 흐르던 피는 순식간에 멈췄다.
　"아직 결정한 게 없소. 내 의사와 무관한 일이었으니 나 역시 감사하지 않소."
　독문의 문주로 단운평이 추천되었을 때 당공진은 부친의 뜻을 따랐다. 당공진은 약전의 전주로 유일하게 원로회가 아님에도 독문의 문주를 정하는 회의에 참석한 인물이었다.
　"이, 이런, 어깨에도……."
　당공진은 급히 부친을 이끌고 약전으로 향했다. 그러면서 단운평을 한 번 더 노려보는 것을 잊지 않았다.

　"풍운회라는 곳에 대해서 알고 싶소."

하루가 지나고 충분한 휴식을 취한 단운평이 모두와 함께 당가주의 집무실에 들어서며 한 말에 당공의는 가만히 그를 바라보았다.

"일단 앉아서 차나 한잔 들게."

'설마 아버님의 혈옥수를 깰 거라고는 생각지 못했다.'

당공의는 단운평이 자신의 생각보다 훨씬 더 뛰어난 무공을 가지고 있음을 알고는 단운평을 새삼스러운 눈으로 다시 보았다.

"그건 그렇고, 자네는 어제 어땠나?"

당공의가 묻는 사람은 관평위였다. 당거영은 어제 관평위와 긴 이야기를 나누고 동굴로 들어가 단운평과의 일전을 치렀다.

"세류편에 대한 이야기는 잘 들었소."

관평위의 말에 단운평이 고개를 돌려 그를 바라보았다. 단운평이 모르는 사이에 어떤 일이 있었음을 알아차린 단운평은 관평위의 몸을 살펴보았다.

'이상은 없는 것 같군.'

단운평은 찻잔을 들고 차를 단숨에 들이켰다.

"이제 말해 주시오."

단운평의 모습에 주화령과 황군명은 어이없다는 듯 단운평을 바라보았다. 하나 그를 따라 차를 벌컥 들이킨 사람이 있었으니 그는 바로 당이록이었다.

"큭!"

생각보다 뜨거웠던 탓일까. 당이록의 입에서 신음성 비슷한 소리가 터져 나왔다. 그 모습에 화소영은 웃음을 참지 못해 깔깔 웃었고, 그러한 그녀의 행동에 당공의의 얼굴이 굳어졌다. 당가주의 집무실은 여인의 깔깔거리는 웃음소리가 나와서는 안 되는 곳이다. 그것은 지금까지 내려온 불문율이었건만 너무나 쉽게 깨어져 버린 것이다.

당이록은 당공의의 표정이 심상치 않자 자신의 실수로 인한 것이 아닌가 걱정했지만 화소영의 웃는 모습이 눈에 들어오자 자신도 모르게 슬며시 미소를 지었다.

"아직 오지 않은 분들이 계시니 기다려 주시게."

드르륵.

문이 열리고 당거영과 당공진, 그리고 요호와 곽마효가 들어섰다. 그리고 그 뒤를 이어 열두 명의 젊은 사내가 들어섰다.

"당가십이수……."

당이록의 입에서 흘러나온 소리에 황군명은 열두 명의 사내를 다시금 바라보았다.

'이들이 당가십이수인가?'

당가십이수.

강호로 나간 당가인들 중 어떠한 이유에서든 살인귀가 되어 있거나 당가의 수치가 되는 행동을 하는 이들을 잡아들이거나 척살하는 임무를 맡고 있는 당가의 감찰대를 말한다.

당가를 떠나 강호를 주유하는 이들은 당가에서 인정한 고수들로 당가의 일에서 벗어난 전대고수들을 잡아들이기도 하였으니 절정의 무공을 익히고 있는 것은 당연한 일이었다. 물론 당가의 인물을 상대하다 보니 독술에도 강한 면모를 보이는 것은 불문가지였다.

"이들 당가십이수가 독문의 일원일세."

당거영의 전음에 단운평은 조용히 고개를 끄덕였다. 단운평은 당가십이수 한 명 한 명에게서 느껴지는 기가 결코 가볍지 않음을 느꼈다.

"당가십이수는 무림맹의 정보망에서 벗어나 있겠군."

단운평의 혼잣말에 황군명과 당이록이 의아스런 눈으로 단운평을 바라보았다. 갑자기 왜 그런 소리를 하는지 알 수 없었던 것이다.

"독문에 대해서는 자네만 알고 있으면 좋겠네만……."

이어지는 당거영의 전음에 단운평은 고개를 저었다.

"그래서는 함께할 수가 없습니다. 제가 믿고 있는 사람들에게 말하지 못할 이들이라면 독문의 문주 따위는 하지 않겠습니다."

"독문의 문주 따위라니!"

당거영이 자리에서 벌떡 일어났다. 하나 단운평은 눈썹 하나 까딱하지 않았다.

"어쩌시겠습니까?"

단운평의 말에 당거영은 어쩔 수 없다는 듯 다시 제자리에 앉았다.

"알겠네."

당거영은 할 수 없다는 듯 당공진을 바라보았고, 당공진은 독문에 대해서 설명을 마쳤다.

"그러니까 여기 당가십이수가 이제부터 형님의 부하가 된다는 말입니까?"

황군명의 말에 당가십이수의 표정이 변했다. 문주 아래에 문도가 있지만 그 문도들은 결코 부하라는 존재는 아니다. 물론 현재 상황으로써는 부하라는 표현이 적절할지 몰라도 결코 기분 좋은 표현은 아니었다.

"이제 그만 풍운회에 대해 설명해 주시오."

이젠 지겹다는 듯 말하는 단운평의 태도에 곽마효가 나섰다.

"단 소협이 황룡보를 떠난 후 단 소협에 대한 정보를 수집했었네. 나쁜 의도는 아니었고, 단 소협에게 받은 것이 너무 커서 그것에 대해 보답하려는 의도였지. 알다시피 나는 무인이기 이전에 상인이니 셈은 정확히 해야 한다고 믿고 있네. 그때 알게 된 소식에 놀라지 않을 수 없었네. 무림맹과 천앙 양쪽 모두에게 척살 명령이 전해진 세 명의 무인 중 한 명이 바로 단 소협이라고 하더군. 그 첫 번째 인물이 바로 사파의 거두 도왕 화엽상. 사파인들만이 아니라 무림맹에서도 도왕 화엽상은 존경의 대상이었건만 어찌 된 일인지 무림맹에서도 척살 명령을 내렸네. 그리고 두 번째 인물이 바로 풍룡. 바로 단 소협이더군. 한 손이 두 손을 당할 수는 없는 법. 무림맹이나 천앙은 현 무림을 이끌고 있는 핵심 세력이네. 아니, 강호 전체라고 해도 틀린 말은 아니지."

말을 멈추고 단운평을 바라보는 곽마효에게 황군명이 물었다.

"왜 대형을 도우려 하는 겁니까?"

곽마효는 고개를 돌려 황군명을 바라보다가 다시 입을 열었다.

"나는 단 소협에게 빚이 있네."

"무슨……?"

"우리 황룡보 식구들의 생명의 빛."

당공의의 머리 속에 스쳐 가는 것이 있었다. 천앙의 폭풍에서 유일하게 사망자가 없었던 황룡보. 금룡 곽마효를 우습게 여긴 천앙의 실수라는 소문도 있었지만 보다 많은 사람들이 믿고 있는 것은 황룡보에 숨겨진 고수가 있다는 소문이었다.

무공을 익히고 절정에 이르는 나이가 대략 서른다섯에서 마흔 사이라고 일반적으로 알려져 있었다. 천앙의 폭풍이 벌어졌을 때 단운평의 나이를 생각한다면 지금의 단운평의 무공 수준은 상상할 수조차 없지 않은가.

'그러나… 어쩌면 본 실력은 아직 못 본 것일지도…….'

당공의는 자신의 팔에 소름이 돋는 것을 느끼며 단운평을 바라보았다. 머리칼 때문에 단운평의 얼굴을 정확히 볼 수가 없어 무슨 생각을 하고 있는지 알 수가 없었다.

"그 빚을 갚기 위해서라네."

곽마효의 말을 황군명은 이해할 수 있었다. 생명의 빚이라는 것은 곧 마음의 빚이라는 말이다. 마음의 빚을 진 대상이 거대한 힘에 쫓기고 있다면 돕고 싶다는 생각이 드는 것은 당연한 일이다. 그러한 마음의 빚이 없어도 단운평이라는 사내에 반해 이렇게 따라다니고 있건만…….

'금룡 곽마효가 피도 눈물도 없는 상인이라는 말은 사실이 아닐지도 모르겠군.'

황군명은 곽마효에 대한 세상의 평가가 크게 잘못된 것이라는 생각이 들었다. 그리고 곽마효의 무공이 상상 이상으로 강할지도 모른다는 생각이 들었다. 강호팔룡에 금룡은 말 그대로 황금으로 용이 된 자라는 평가가 있었다. 무공 실력이 아닌 강호제일의 거부라는 이름으로 강호팔룡이 되었다는 말이다. 그러나 눈앞의 사내의 실력은 알려진 것 이상일 것이다. 어쩌면 금룡이라는 이름에 모두가 속고 있는 것일지도.

"그러던 차에 천앙이라는 세력의 실체를 당가가 쫓는 것을 알게 되었다네. 그러면서 묘한 것을 알게 되었다네. 단 소협이 우리 황룡보를 떠난 이후 무림맹의 움직임이 무척이나 빠르게 변하더군. 그것이 단 소협이 풍운객의 후인이라는 것 때문이라는 것을 알게 된 것은 조금의 시간이 지나서였지. 그리고 그때쯤 우리는 천앙의 본모습을 알았네."

천앙이 구파일방의 상당 세력이 힘을 모아 만든 세력이란 것은 관평위와 당이록 역시 당거영에게 들어 알고 있는 일이었다. 그 후 당이록이 황군명과 주화령에게 이야기를 해주어 이곳에 있는 모든 이가 알고 있었다.

"그래서 그들에게 대항하기 위해 풍운회를 만들었다는 말인가요?"

황군명이 참지 못하고 물었다.

"아닐세. 세력을 만든다는 것은 오히려 확실하게 천앙과 적이 되겠다는 의미이니 힘이 없는 상황에서 조직을 만드는 것은 오히려 더 위험하지."

"그럼?"

"전혀 예상치 못한 곳에서 우리에게 손을 뻗어왔네."

곽마효는 말을 멈추고 요호를 바라보았다. 하지만 황군명은 이해가 되지 않았다. 마랑대가 힘을 더하더라도 여전히 무림맹과는 비교할 수 없을 정도로 힘의 차이가 난다.

"풍운회의 구성은 어떻게 됩니까?"

한참을 가만히 있던 단운평이 입을 열었다. 그의 물음에 당공진이 곽마효에 이어 설명을 했다.

"풍운회는 말 그대로 모임일세. 하나의 독립적인 세력이라기보단 다섯 개의 조직이 풍운회라는 이름으로 뭉쳐 있는 것이지. 마랑 요호가 이끄는 풍운회주 직속의 마랑대가 그 첫 번째 조직일세. 두 번째는 정보와 재정은 황룡보, 아니, 금마대가 맡을 것이고 세 번째 조직은 당가 십이수로 구성된 독천대가 이루게 될 걸세. 그리고 네 번째 조직은……."

"우리가 직접 이야기하게 해주게."

집무실 문을 열고 들어서는 두 명의 사내. 그중 한 명은 탄탄한 근육이 돋보이는 중년의 사내였고, 다른 한 사내는 도를 허리에 차고 있는 잿빛 옷을 입은 채 안광을 번뜩이는 사내였다.

"언하두라고 하네."

탄탄한 근육을 가진 중년 사내의 이름은 언하두. 단운평은 어디선가 들어본 이름이라 황군명을 바라보았다. 그러자 황군명은 자신의 주먹을 가리켰다. 그의 행동에 단운평은 언하두의 이름을 기억해 낼 수 있었다.

"어디서 많이 들어본 이름인데……."

나름대로 작게 말한다고 한 거였지만 관평위의 목소리를 듣지 못한 이는 아무도 없었다. 언하두의 미간이 좁혀지자 자신의 실수를 깨달은 관평위가 단운평에게 고개를 돌려 그를 바라보았다.

"금강권사의 명성은 익히 들어보았소."

단운평은 자리에서 일어나지도 않았다. 조금은 화가 나는 언하두였으나 단운평이 풍운회주라면 분명 자신은 그 아랫사람이니 뭐라고 따질 일이 아니었다.

"진주언가의 무적권사 언하두 어르신이……."

황군명은 당이록의 중얼거림을 들으며 머리 속이 복잡하게 돌아가기 시작했다.

'십대세가 중 세 곳이 모였다. 이 정도의 세력이라면 구파일방의 한 곳과 비슷, 아니, 그 이상의 세력이다.'

중원십대세가는 그 명성만큼이나 긴 역사를 가지고 있다. 하루에도 수십 개의 문파가 생겨나고 또 사라지는 무림에서 긴 역사를 지녔다는 것은 그만큼 강하다는 의미와 그들과 관계를 맺은 세력이 많다는 의미가 있는 것이다. 황군명으로서는 단운평이 천앙과 무림맹을 적대시하고 있는 명확한 이유를 알 수가 없었지만 어찌 되었든 그들과 부딪쳐서 승산이 없다는 것은 분명히 알 수 있었다.

"나머지 세력은 어딥니까?"

왠지 모르게 차가워지는 단운평의 음성. 다른 이들은 알 수 없었지만 세 여인은 그의 음성이 평소와 다르다는 것을 느낄 수가 있었다. 크게 높낮이가 없는 목소리라서 감정이 잘 드러나지는 않았지만 아무래도 여인들이 사내들보다 미세한 감정 변화를 잘 알아채는 것 같았다.

"다섯 번째 세력은 자네가 익히 아는 세력일세."

의미심장한 눈빛을 보내는 곽마효의 시선에도 단운평은 조금의 변화도 보이지 않았다. 내심 조금의 호기심이라도 보일 거라는 생각을 하던 요호는 자신보다 무심한 단운평의 태도에 고개를 절레절레 흔들었다.

"도림(刀林)인가?"

단운평의 말에 가장 놀란 사람은 관평위였다.

"도림이라니? 어째서 정파의 세력이 도림과 힘을 합친단 말인가!"

도림(刀林).

도에 목숨을 건 사내들이 가득한 그곳은 사파제일의 고수 도왕 화엽상이 림주로 있는 곳이다. 화엽상이 림주라는 이유 하나만으로 천하 사파인들이 끊임없이 모여들어 현재 중원 사파 중에 가장 큰 세력을 이루고 있는 곳이 도림이었다.

사파인 도림과 당가가 힘을 합친다는 소리에 관평위가 놀라지 않는다면 그것이 이상한 일일 것이다.

"물론 도림이 풍운회에 들어온 것은 아니지."

요호의 말에 관평위는 놀란 가슴을 쓸어내렸다. 그러나 이어지는 요호의 말에 관평위는 등에 식은땀이 흘러내리는 것을 느낄 수 있었다.

"도림에서 서른 명의 도수(刀手)를 보내주기로 해서 그 이름을 도풍대라고 한다네. 도림의 도와 풍룡의 풍이 더해진 이름일세."

결국은 도림과 힘을 합쳤다는 이야기다. 어째서 그들이 풍운회와 힘을 합쳤는지는 알 수 없었지만 이 정도의 세력이라면 천앙도 무시하지 못할 세력임이 틀림없었다.

풍운회의 힘은 대략 구파일방 서너 곳을 합친 정도의 힘과 비슷하리라는 것이 황군명의 계산이었다. 게다가 단운평이라는 존재를 더하면 풍운회의 세력은 나날이 커질 것이 아닌가.

"괜찮군, 괜찮아."

단운평의 말에 여인들을 제외한 모두의 표정이 조금씩 풀려갔다.

'이런, 곤란한데?'

무언가 잘못된 방향으로 흘러가고 있다. 주화령은 불안한 마음에 관평위 옆으로 다가가 그의 손을 잡아끌었다. 화소민은 그 모습을 보았지만 아무런 말도 하지 않았다. 주화령이 무엇 때문에 관평위의 손을 잡은 것인지 눈치챘기 때문이다.

"무슨……?"

갑작스럽게 자신의 손을 잡아와 관평위는 놀랐지만 주화령의 눈빛에 곧 입을 다물었다. 그리고 주화령이 자신의 손바닥에 쓰기 시작한 단어에 정신을 집중했다.

위(危).

위태롭다는 말이다. 뭐가 위태로운가. 그때 다시 주화령이 한 글자를 더 썼다.

노(怒).

분노하고 있다는 말에 관평위는 그제야 단운평의 입가를 바라보았다.

비릿한 미소. 저건 결코 좋은 상태가 아니다. 주화령이 이렇게 손바닥에 쓴 것은 전음을 사용할 만한 내력이 없어서일 것이다. 관평위는 고개를 끄덕이고는 자신과 주화령을 바라보며 의아한 눈빛을 보내는 황군명에게 고개를 저어 보였다.

'무슨……?'

황군명은 잠시 어리둥절했지만 관평위가 자신의 입가를 손가락으로 가리키자 단운평 쪽으로 급히 고개를 돌렸다.

간간이 단운평의 눈빛을 볼 수 있었지만 황군명 등이 단운평과 함께 다니며 가장 먼저 발견한 단운평의 심기 변화를 읽는 방법은 단운평의 미소였다. 주화령이 가장 먼저 알아낸 것으로 단운평이 냉소를 지을 때 입술이 오른쪽으로 올라가면 분노한 것이고 왼쪽으로 올라가면 어이없음이나 흥미가 있음을 나타내는 것이다. 황군명은 단운평의 입술 모양을 바라보았다.

'오른쪽이다. 설마……?'

"재미있는 이야기였소."

"무엇이 재밌단 말인가?"

요호의 물음에 단운평이 자리에서 일어났다.

"나를 풍운회주로 삼은 이유가 뭐요?"

단운평의 물음에 당거영이 먼저 답했다.

"자네의 실력이 뛰어나서지."

"그럼 마랑대는?"

"풍운객의 후인이라면 당연히 천하 낭인들이 따를 이유가 충분하지."

"도림은 어떻소?"

"그건 잘 모르겠네."

이번에 대답한 이는 당공의였다.

"진주언가는 무엇 때문이오?"

"모두의 의견에 따른 것이네."

언하두의 대답을 마지막으로 단운평은 몸을 돌려 문 쪽으로 향했다.

"좋군, 좋아. 하나만 더 물어보겠소. 그럼 풍운회는 어디 있는 것이오?"

요호를 향한 질문.

"풍운회는 말 그대로 모임일 뿐 풍운회라는 장소는 따로 없소. 금마대는 황룡보에 있을 거고 진주언가는 진주언가 본가에서 대기하고 있을 것이오. 그리고 독천대는 필요한 곳곳에 투입해서 회주를 보호하고 또 적을 암살하게 될 거요. 마지막으로 마랑대는 회주 직속 부대인만큼 회주와 함께 다닐 예정이오."

요호의 설명이 끝나자 단운평이 문을 열었다.

"이제 궁금한 것은 다 알았고 움직여 봐야겠군."

"무슨 말인가?"

당거영이 어리둥절한 표정으로 묻자 단운평은 손목을 돌려 관절을 이완시키고선 지나가듯 말을 뱉었다.

"풍운회주가 되어야 하는 이유 중 나와 관련된 것은 아무것도 없으니 굳이 회주를 맡을 이유가 없습니다."

"뭐, 뭐? 이런 건방진!"

당공진의 분노가 폭발했다. 부친의 몸에 상처를 낸 자다. 계속 눈에 거슬렸지만 간신히 참고 있었건만 더 이상은 참을 수가 없었다. 그리고 그것은 단운평 역시 마찬가지였다.

"한 가지만 더 묻겠소."

단운평 특유의 착 가라앉은 목소리.

"내게 세력이 있었어도 풍운회주를 맡겼겠소?"

단운평의 말에 분노하던 당공진을 비롯한 모든 이들이 침묵했다. 황군명과 당이록, 그리고 관평위 역시 단운평이 왜 화가 났는지 눈치를 챌 수 있었다.

지금까지 이어진 설명을 들어보면 풍운회를 조직한 이유는 당가, 언가, 그리고 도림이 천앙으로부터 피해를 받지 않기 위해서이다. 때마침 강호의 낭인들을 끌어들일 수 있는 존재인 단운평을 발견했기에 그를 전면으로 내세우는 것뿐이다. 실제로 각각의 세력은 단운평을 내세울 뿐 자신들의 세력은 최대한 숨기려 하고 있었다.

"나는 이대로 있어도 크게 위험할 것이 없소. 무림맹이나 천앙에서 간간이 찾아와 내 생명을 노릴지라도 그것은 적극적인 모습이 아니었소. 그러나 풍운회주가 되면 그들은 전력으로 나를 제거하려 들 것이오. 또한 천앙, 혹은 무림맹과 당신의 관계가 개선되면 나라는 존재는 언제든 제거 가능하다고 생각하고 나를 풍운회주로 잡은 것이 아니오?"

단운평이 세력이 없기에 풍운회주를 부탁하는 것이 아니냐고 물은 이유가 바로 그것이다. 이들은 천앙이나 무림맹과 관계가 개선되면 언제든 자신을 제거하려 노력할 이들이다. 이런 이들과 힘을 합쳐 봤자 끝에 기다리는 것은 배신뿐이다.

"단 대협만이 자격이 있소."

언하두의 말에 단운평 주변으로 황군명을 비롯한 단운평을 따라나선 이들이 모여들었다.

"자격이라……. 내 자격을 평가할 자격이 된다고 생각하시오?"

자격을 묻는 것은 자신이 상대보다 뛰어나거나 혹은 그와 비슷하다는 생각 하에 이루어지는 일이다. 단운평의 온몸에서 투기가 뿜어져 나왔다.

당거영은 착찹한 기분이 들었다. 단운평의 말은 하나도 틀린 것이 없었다. 천앙에 속하지 않은 무림맹 소속의 세력이 손을 내밀면 당가는 풍운회를 버리고 무림맹으로 돌아설지도 모른다. 아니, 천앙에 속한 이들이 손을 내밀 경우 그들의 손을 거절하는 것도 그리 쉽지만은 않은 일일 것이다.

"자격을 물을 정도의 실력은 된다고 생각하네만……."

언하두의 분노에 찬 눈.

"우리 언가가 힘을 빌려주면서 이렇게까지 비굴해야 할 거라고는 생각하지 못했군. 얼마나 대단하기에 감히 우리들 앞에서 그러는 것인지 궁금하군."

언하두의 말에 당공의는 움찔했다. 언하두와는 개인적인 친분이 있어서 그를 설득한 것은 자신이었다. 그렇건만 일이 이렇게 되니 내심 언하두에게 미안한 감정도 들었다. 하지만 단운평은 태연했다.

"감히라… 그건 내가 할 말이다."

자신을 얕보고 있다는 생각이 든 언하두는 커다랗게 소리를 지르며 앞으로 달려들었다.

"건방진 놈!"

태산 같은 힘이 실려 있는 일권이 단운평의 얼굴을 향해 날아들었다. 단운평은 뒤로 물러나려고 했지만 자신의 뒤쪽에는 관평위를 비롯한 자신들의 일행이 가득했으니……. 단운평은 앞으로 반걸음 나서며 허리를 비틀어 언하두의 주먹을 종이 한 장 차이로 피하고선 좌측으로 반보 움직여 다시금 날아드는 언하두의 주먹을 피했다.

"날카로움이 부족하군."

단운평의 한마디는 언하두의 분노를 더욱 증폭시켜 진주언가의 권법이 본격적으로 펼쳐지기 시작했다.

단운평의 가슴을 노리고 언하두의 주먹이 왼쪽에서 날아들자 단운평은 다리를 들어서 오른쪽 위에서 왼쪽 아래로 내려쳤다. 그리고 이어지는 단운평의 왼발 공격에 언하두는 반보 비스듬히 피하고선 몸을 날려 왼쪽 어깨로 단운평의 가슴을 들이받으려 했다. 단운평은 언하두의 왼쪽 어깨를 오른손으로 잡아서 그 속도를 줄이며 뒤로 물러났고 언하두는 빠르게 발을 놀려 단운평을 따라 움직였다.

'부럽군. 그 나이에도 이처럼 단단한 근육이라니…….'

단운평은 무심코 든 생각에 피식 웃고선 어깨를 잡아채며 몸을 뒤로 눕혔다. 언하두는 앞으로 몸이 쏠리면서 균형이 흔들리자 발을 멈추고

몸을 세우려 했지만 강하게 잡아채는 단운평의 움직임에 균형을 잡을
수가 없었다.

퍽!

가벼운 소리와 함께 단운평의 등은 바닥에 완전히 닿았고, 그러한
단운평의 위로 언하두의 몸이 실렸다.

"천하의 금강권사가 저처럼 쉽게 당하다니……."

당거영은 보았다. 언하두를 잡아당김과 동시에 단운평이 자신의 왼
쪽 무릎을 들어 언하두의 가슴에 닿도록 하는 것을. 넘어지는 속도에
언하두를 잡아당기면서 생기는 힘을 더해 언하두의 가슴은 커다란 충
격을 받았을 것이다.

"윽!"

답답한 신음성을 내던 언하두는 오른쪽 주먹을 들어 아래에 있는 단
운평의 얼굴을 향해 내려쳤다. 단운평은 급히 고개를 숙여 주먹을 피
하면서 몸을 비틀어 언하두의 몸에서 벗어나려 했다. 그러나 언하두는
왼손으로 단운평의 어깨를 잡아 그가 움직이지 못하게 만들었다. 위험
한 순간 언하두는 왼손에서 날카로운 통증과 더불어 묵직한 감각에 급
히 손을 떼어버렸고 그 순간을 놓치지 않고 단운평은 언하두로부터 몸
을 빼낼 수 있었다.

'엄청난 근육이군.'

가슴에 적잖은 충격이 갔을 텐데 바로 공격을 가해왔다. 내력이나
외공의 문제가 아니라 순수한 근육의 힘으로 충격을 떨치고 공격한 것
이다.

"내력인가?"

단운평은 고개를 저었다. 왼쪽 어깨를 힘껏 뒤로 젖히는 반동으로

오른쪽 어깨를 빠른 속도로 쳐올린 것인데 언하두에게는 보이지 않았던 것이다. 단순히 벗어나려 몸부림친 것으로 생각했으리라.

"이 정도면 자격을 물을 정도는 되지 않겠나?"

"아직 부족하오."

단운평의 말에 언하두의 주먹이 부르르 떨렸다.

'이번 공격을 막아낸 이후에 내 주먹 맛을 보여주지.'

언하두는 단운평이 사용하는 무공인 질풍섬각이 가지는 무게를 잘 알고 있다. 전설의 권각술. 그 어떤 권각술보다 강하고 빠른 질풍섬각은 언젠가는 넘어야 하는 하나의 언덕이다. 진주언가 역시 권각술의 가문으로 천하제일을 꿈꾸기 때문이다.

'권각술가들끼리의 겨룸에서 얼마나 빠르냐는 중요하지 않다. 중요한 것은 얼마나 견딜 수 있고 얼마나 타격을 줄 수 있느냐다.'

언하두의 생각은 듣지 않아도 쉽게 알 수 있다. 언하두의 자세에서 그 생각은 쉽게 읽을 수 있는 것이니. 당공진은 그의 자세에 고개를 끄덕였다. 무기를 사용치 않는다면 언하두의 생각이 옳다. 아무리 많이 가격을 당해도 견뎌낼 수 있고 또 상대방이 열 번 내지르는 주먹보다 자신이 내지르는 단 한 번의 주먹이 더 큰 타격을 줄 수 있다는 자신이 있다면 승리에 대한 확실한 방법이리라.

하지만 문제도 있었다. 단운평은 권각술만 사용하는 이가 아니라는 것이다. 그가 도를 사용한다면 그의 이 계획은 물거품이 되리라.

'힘은 힘으로 꺾어야 인정할 수 있겠지.'

단운평은 언하두를 힘으로 꺾어버리고 싶었다. 때문에 도를 들어 황군명에게 살짝 던졌다.

"가지고 있어라."

"우욱!"

묵뢰의 무게에 황군명은 순간 손목이 부러질 뻔했다. 그 모습에 언하두는 내심 안도의 숨을 내쉬면서 온몸에 힘을 주어 단운평의 공격에 대비했다.

"무모하군."

당거영의 말에 당공진은 고개를 돌려 부친을 바라보았다.

"힘보다 빠르기가 중요하단 말씀입니까?"

그의 질문에 당거영은 눈살을 찌푸렸다.

"무슨 소리를 하는 거냐? 나는 풍룡이 우세하다고 말하는 것이다."

그의 말에 당공진은 얼굴이 뻘겋게 변했다.

"당가제일의 의원이라는 놈이 상대의 역량을 알아보지 못하다니, 너는 혈옥수가 그렇게 약한 것이라고 생각하느냐!"

당공진은 붕대에 친친 감긴 부친의 손을 바라보았다. 천하에 그 어떤 무기도 상처 입히지 못할 것이라고 생각했던 혈옥수였다.

"단지 속도 때문이라고 생각하느냐?"

"어제의 상처는 도로 인한 것이 아니었습니까?"

당공진의 물음에 당거영은 한숨을 푹 쉬고 말했다.

"상처를 보고 무기를 사용한 것인지 그렇지 않은 것인지도 모르다니… 네가 약전을 책임지고 있다는 것이 믿기지가 않는구나."

분명 상처는 날카로운 무기에 의한 것처럼 보였다고 항변하고 싶었지만 중요한 것은 그것이 아니었다.

"그럼… 아버님의 상처가……."

"어깨는 분명 도에 의한 상처지만 손은 그렇지 않다."

당거영의 말이 사실이라면 당거영의 말처럼 언하두는 무모한 시도를 하고 있는 것이다. 당공진은 단운평의 전신을 훑어보았다. 자신보다 십 년은 어린 사내가 저리도 강할 수 있다는 것이 부럽기도 하고 두렵기도 한 당공진이었다.

"풍룡이 온 뒤로는 당가의 건물이 남아나는 것이 없군."

당거영이 이렇게 말을 할 만했다. 접객실에 이어 집무실의 문도 박살이 났다. 단운평의 무시무시한 움직임에 어느새 문이 떨어져 나간 것이다.

언하두는 단운평이 이리저리 어지럽게 움직이며 자신을 압박해 오자 숨을 들이키고는 온몸에 힘을 주었다.

파바박!

가벼운 소리와 함께 두 발로 언하두의 어깨를 번갈아가며 내려치는 단운평. 그리고 내려치는 반동으로 잠시 허공에 멈춘 단운평은 몸을 옆으로 틀어서는 왼발로 언하두의 가슴 왼쪽 부근을 공격했다. 언하두는 급히 오른팔을 들어서 그 공격을 막으려 했지만 가볍게 밟는 듯한 단운평의 공격으로 인해 팔이 올라가지 않았다.

"이, 이러……."

픽!

짧은 격타음. 그 순간 언하두의 머리 속으로는 다른 소리가 들렸다.

우지근.

분명 갈비뼈 두어 개는 부러졌으리라. 갈비뼈 부근을 뒤덮는 근육은 있을 수 없었다.

그때였다. 바닥에 오른발 발끝이 닿자마자 단운평은 몸을 아래로 숙인 채 앞으로 달려나가 어깨로 언하두의 명치 끝을 들이받았다.

"컥!"

순간 숨이 턱하니 막혀오는 언하두는 배를 감싸며 비틀거렸다. 하지만 아직 정신을 잃은 것이 아닌 언하두라 순간 단운평의 주먹이 언하두의 턱을 노리고 날아들자 몸을 뒤로 젖히면서 주먹을 피해냈다.

"으아앗!"

기합성과 함께 언하두는 뒤로 젖혀진 몸을 앞으로 당기면서 두 팔을 벌린 상태로 앞으로 달려나갔다. 단운평은 다시 뒤로 물러섰다가 언하두의 움직임을 확인하고서야 앞으로 움직였다.

휙.

언하두의 움직임이 갑자기 빨라지며 그의 주먹이 연속적으로 단운평의 얼굴을 향해 날아들었다. 단운평은 달려나가던 기세를 조금도 줄이지 않은 채 몸을 웅크리고서 최대한 언하두의 몸 가까이 다가갔다. 그리고 단운평은 오른쪽 무릎을 언하두의 가슴 언저리로 힘껏 쳐올렸다.

언하두는 급히 상체를 뒤로 눕혀 무릎을 피해냈지만 이어지는 단운평의 왼 무릎에 주먹을 휘두르는 것을 멈추고 뒤로 물러서지 않을 수 없었다. 언하두가 두어 걸음을 물러서는 순간 단운평의 눈빛이 변했다.

파바박!

이어지는 단운평의 손과 발. 춤을 추듯 부드럽게 이어지는 단운평의 움직임은 황군명을 황홀하게 만들 지경이었다.

'젠장.'

언하두로서는 단운평의 움직임이 부드럽고 자연스러운 것인지 전혀 알 수 없었다. 빗발치는 주먹과 발, 그 사이사이로 무릎과 팔꿈치는 이리저리 방어하기 위해 움직이는 팔과 손을 강타해 전신이 고통으로 인해 비명이 터져 나오기 직전인 것이다.

"저것입니까?"

정신없이 이어지는 단운평의 공격을 바라보던 당공진의 물음에 당거영은 고개를 저었다.

"내가 당한 건 단 한 동작이었다. 무엇보다 내 손에 저렇게 할 수는 없지 않겠느냐."

혈옥수는 독수다. 저러한 공격을 했다면 단운평의 손과 발이 혈옥수에 닿아 중독되었을 것이다.

당거영은 단운평이 자신에게 사용했던 무공을 사용치 않으려 한다는 것을 눈치챌 수 있었다.

'언하두의 근력은 그리 만만치 않건만 그때의 그것을 사용하지 않는다면……..'

당거영은 점점 더 빨라지는 단운평의 움직임에도 불구하고 눈을 번뜩이는 언하두의 모습에 조금씩 긴장이 되는 것을 느꼈다.

'나에게 이기고서 언하두에게 진다면…….'

그 순간 언하두가 움직였다.

파바박!

언하두의 손이 허공을 메우며 하나의 벽을 만들어냈다. 하나 단운평은 조금도 당황하지 않았다.

'질풍섬각은 빠르다는 의미만이 들어 있는 것이 아니다.'

허공으로 몸을 던진 단운평은 부드러운 동작으로 상체를 옆으로 비틀면서 팔을 길게 늘어뜨려 회전시켰다.

붕!

바람을 가르는 소리와 함께 단운평의 주먹과 언하두의 주먹이 부딪쳤다.

"큭!"

단운평이 허공에서 몸의 회전에 맞춰 주먹을 휘두르는 바람에 언하두의 손등에 단운평의 주먹이 부딪쳐 언하두는 엄청난 통증을 느껴야 했다.

사르륵.

바닥에 발이 닿자마자 언하두의 몸으로 파고드는 단운평.

'암척(暗戚).'

어둠 속의 도끼. 단운평은 교묘한 동작으로 언하두의 품속으로 파고들어 아래에서 위로 팔꿈치를 쳐올렸다.

"크악!"

언하두의 입에서 드디어 비명이 터져 나왔다. 단운평의 팔꿈치가 명치를 쳐올리며 밀고 들어오자 천하의 언하두의 입에서도 비명이 터져 나오지 않을 수가 없었던 것이다. 단운평이 언하두의 몸으로 파고드는 순간 언하두의 두 발이 땅에서 떨어진 것을 본 당공의는 어떠한 공격이 들어갔는지는 알 수 없었지만 그 결과는 알 수 있었다.

'끝났군.'

입가에 거품을 물고 정신을 잃은 언하두의 어깨를 잡은 단운평이 말했다.

"다음은 당가의 자격을 알아봐야겠군."

그의 말에 당공진과 당공의는 움찔하며 서로를 바라봤다. 하나 단운평이 요구하는 이는 그들이 아니었다.

"말이 없군. 열두 명 모두 함께 덤벼보겠나?"

단운평이 말을 하고 있는 대상은 당가십이수. 단운평의 말에 당가십이수의 수장을 맡고 있는 당이연이 앞으로 나섰다.

"그렇지 않아도 우리들을 이끌 자격이 되는지 알고 싶었소."

차가운 당이연의 눈빛에 단운평은 고개를 돌려 당거영을 바라보았다.

"독왕의 결정만으로 이뤄지는 건 아니었군요?"

"독문의 문주 직은 그리 만만한 것이 아니지."

당거영은 미소를 지었다. 단운평은 지금 자신이 이용당하는 존재가 아니라는 것을 말하고 싶은 것이다. 이렇게 각 세력들이 힘으로 굴복하게 되면 어떠한 상황에서도 그를 배반할 수가 없게 된다. 천앙이나 무림맹도 두렵지만 단운평이라는 존재 역시 적대시할 경우 엄청난 대가를 치러야 한다는 것을 알려주려는 것이다.

무림의 절대 명제 '무공이 강한 이가 모든 것을 얻는다'라는 가장 기본적인 법칙을 잊지 말라는 무언의 시위인 것이다.

"역시……."

당거영의 입에서 나온 말에 모두는 고개를 끄덕였다. 당이연의 검술은 엄청났다. 황군명이나 당이록뿐만이 아니라 요호가 보기에도 당이연의 검술은 대단했다. 하지만 단운평의 무위는 전체적으로 당이연의 그것보다 수준이 높았다. 당이연의 발검보다 단운평의 발도가 빨랐고, 당이연이 뒤로 물러서는 동작보다 단운평이 앞으로 움직이는 것이 더 빨랐으며, 당이연이 펼치는 화려한 보법보다 단운평의 단순한 동작이 더 효과적이었다. 단운평의 무공이 당이연의 무공보다 한 단계 위임이 간단히 드러났다.

"이제 남은 건 도림이군."

단운평의 말에 당공진은 고개를 절레절레 흔들며 집무실을 나섰다. 다른 이는 몰라도 도림의 무인이라면 자신 정도의 위치가 되는 사람이 불러와야 한다.

하지만 도림의 무인은 고개를 저었다. 자신은 풍룡에 미치지 못하고 있다고. 천하에서 가장 호승심 강한 무인들이 모이는 곳이 도림이라고 했건만…….

그의 태도를 이해하기 힘들었지만 그보다 중요한 것이 있었다. 결국 단운평이 각 세력의 대표자들을 모두 꺾었다는 것이다. 단운평은 도림의 무인이 패배를 인정한다는 말을 듣고 집무실을 나섰다. 그러자 그의 뒤를 따라 관평위를 비롯한 황군명 등이 집무실을 나섰다.

단운평 일행이 집무실을 나서자 남은 이들은 한동안 침묵을 지키고 있었다. 한참을 가만히 있던 당공의가 의자에 풀썩 앉았다.

"우리들이 풍운회주에 풍룡을 앉히는 것이 아니라 풍룡이 우리들을 선택하겠다는 말이군."

당공의의 말에 모두가 고개를 끄덕였다.

"어떻게 할 건가?"

간신히 정신을 차린 언하두의 말에 당공의는 입을 다물고 아무런 말을 하지 않았다.

"강자가 옳다는 것이 무림의 법. 패배한 자에게 무슨 권리가 있겠소."

새로운 창을 어루만지던 요호의 말에 모두는 그를 바라보았다. 하나 요호는 그 말을 끝으로 집무실을 나섰다.

"풍룡을 전적으로 따르겠다는 말이군."

요호를 바라보던 당공진의 말에 한구석에서 처음부터 가만히 있던 곽마효가 말했다.

"나 역시 처음부터 그를 위해서 당가와 손을 잡은 것. 아무런 이해관계를 생각지 않고 그를 따르겠소."

곽마효의 말에 모두의 표정이 변했다.

누가 뭐래도 이곳에 모인 세력 중 가장 중요한 두 세력이 단운평을 따른다고 말하고 있다. 마랑대는 천하 낭인들이 인정한 낭인 세력. 필요에 의해 얼마든지 낭인들을 흡수해 천앙이나 무림맹에 밀리는 수의 열세를 해결할 무리들이고 황룡보는 이들 모두의 생활을 책임질 전반적인 관리를 맡은 세력. 그들이 단운평을 무조건 따른다는 말에 당공의는 부친을 바라보았다.

"어쩔 수 없지. 이미 난 패배했으니."

당거영의 말은 당가의 결정이 어떻게 되었든 독문은 단운평에게 넘긴다는 말이었다. 그 말에 당공의는 결정을 내릴 수밖에 없었다.

"풍운회주를 풍룡으로 결정하고 천하에 공표하지 않을 수 없겠군. 우리 당가가 그의 의견에 전적으로 따를 것이라고 알릴 수밖에……."

공표를 한다는 것은 무림맹주가 아닌 풍운회주의 명을 받들겠다는 것을 공식적으로 알린다는 말이다. 그것은 풍운회주가 무림맹에 반하는 결정을 내리면 언제든 무림맹을 적대시하겠다는 말이었다.

당공의는 부친을 바라보았다. 당거영이 고개를 끄덕였다.

'풍운회주로 풍룡을 내세울 때 이미 이러한 일이 발생할지도 모른다는 생각이 들었다. 공의나 공진이는 풍룡의 무공이 이렇게 강할 거라

고는 생각지 못했겠지만 말이야.'

당거영 역시 풍운뇌력도법과 질풍섬각의 전설을 알고 있는 인물. 단운평이 그러한 무공을 사용한다는 말을 듣게 된 이후 이러한 일이 발생할 거라고 예상을 하고 있었기에 지금의 충격이 크지 않았다.

하나 당공의나 언하두는 지금의 상황이 주는 충격을 벗어나려면 시간이 필요할 듯했다. 그도 그럴 것이, 어디서 나타났는지 모를 풍룡이라는 한 사내에게 문파의 존망을 맡기게 되었으니 충격이 가벼울 리가 없었다. 두 시진이나 이리저리 당공의와 이야기를 하던 언하두 역시 이미 돌이킬 수 없는 상황이라는 것을 깨닫고는 전서구를 보냈다.

시간이 지나 밤이 되자 당공의와 언하두, 곽마효, 요호, 그리고 도림의 무인은 단운평이 있는 방으로 향했다. 그렇게 단운평은 풍운회주가 되었다.

第十六章

또다시 길을 떠나다

　당공의 등이 찾아와 단운평에게 충성을 맹세하고 돌아간 뒤 단운평은 풍운회에 대해서 심각하게 고민을 시작했다. 한참의 시간이 흘러 방문을 나선 단운평은 황군명이 있는 방으로 가서 그를 불러냈다.

　"내가 머무는 방으로 평위와 주 소저, 그리고 이록을 불러와라. 아, 마랑 요호도 데려오고."

　황군명은 졸린 눈을 비비며 대답했다. 단운평이 자신이 머무는 방으로 돌아가자 황군명은 정신이 번쩍 들었다. 그리고 혼잣말을 하며 다른 방으로 걸어갔다.

　"형님, 사람은 자야 한다구요."

　지금 시간은 축시. 자야 하는 시간이다. 당이록과 주화령, 그리고 관평위는 그렇다 치고 요호를 깨우러 가는 것은 그리 쉬운 일이 아니었다.

"먼저 이록 너에게 묻고 싶은 말이 있다. 넌 어떻게 할 것이냐? 양이록으로 있을 것이냐, 아님 당이록으로 있을 것이냐?"

단운평의 물음에 졸린 눈을 비비던 당이록은 정신이 번쩍 들었다. 단운평의 말속에 든 의미는 심각한 것이었다.

당가의 당이록이라면 단운평은 그를 지금과 같은 자신의 일행으로 보기보다는 풍운회에 속한 인물로 볼 것이다. 처음 만났던 양이록이란 존재처럼 당가와 무관하게 단운평이라는 사내와 함께한다면 지금처럼 일행이자 동료가 되는 것이다. 물론 어느 쪽을 택하든 단운평의 일행으로 함께 지낼 것이지만 당가를 택할 경우 마음을 나누는 사이가 되는 것은 불가능하게 될 것이다.

단운평의 물음에 당이록이 갈등하고 있자 황군명의 머리 속도 복잡해졌다. 자신은 소림의 속가제자. 황군명 역시 각오를 해야 한다. 소림과 단운평이 충돌할 경우 어느 쪽을 택할 것인지를.

"밤이 샐 때까지 모든 것을 결정 내려야 한다. 평위 자네는 내가 어떻게 해야 한다고 생각하는가?"

"자네의 결정에 따를 것일세."

관평위의 말에 단운평은 고개를 저었다.

"자네와 나 이렇게 단둘의 문제라면 말하지 않았을 것일세. 하지만 자네 가족의 의견을 무시할 수는 없지 않는가. 나는 자네 가족마저 책임질 수가 없네."

단운평으로는 처음으로 가진 동료들이다. 이들의 결정을 고려해서 자신의 결정을 내리지 않으면 안 된다. 지금까지는 일행이되 일행으로 여기지 않았다. 하지만 지금부터는 상황이 다르다. 이제는 한 세력의 대표가 된다. 그것은 엄격한 통제를 필요로 한다.

비록 단운평이 어떠한 세력을 이끌어본 적은 없지만 황룡보에서의 경험으로 알고 있었다. 누군가를 이끌기 위해서는 때로는 비정해져야 할 때가 있다. 그런 경우 자신의 명에 따를 수 있겠는지에 대한 물음인 것이다.

"요호 당신은 왜 나에게 풍운객의 후인으로서의 자격을 물은 건가?"

단운평의 물음에 요호는 머리칼로 가리워진 단운평의 얼굴을 직시했다.

"조부에게 듣기로 우리 가문은 풍운객에게 두 번이나 생명의 빚을 졌다더군. 첫 번째는 풍운객이 강호로 나와 명성을 떨칠 때 조부님과 겨루었는데 단 일 수에 패배를 한 조부는 이성을 잃고 암습을 하셨건만 풍운객은 전혀 개의치 않았다고 하더군. 오히려 치료까지 해주어 풍운객의 후인이 나타나면 도우라고 어린 나에게 몇 번이고 강조하셨지. 두 번째는 내가 태어나면서 타고난 병을 고쳐 준 의원이 풍운객의 사저였다고 선친께서 알려주셨지. 조부님과 선친께서 항상 강조하신 것이 그것이었지. 풍운객의 후인이 나타나면 도우라고."

"돕기는커녕 나를 베려고 하지 않았나?"

"정말로 풍운객의 후인인지 알아볼 방법은 그것밖에 없었소. 적어도 들은 것만큼 풍운객이 강하다면 그 후인이 내게 질 리가 없을 테니."

요호의 확신에 찬 목소리. 단운평은 고개를 저었다.

"그것은 조부님의 일, 나와는 무관하니 은혜를 갚기 위해서 무리하지 않아도 좋소."

단운평의 말에 요호는 고개를 저었다.

"이미 결정 내린 일이오. 그리고 당신을 따라가는 것이 훨씬 재미날 것 같군."

마랑대는 풍운회 소속이기는 하나 기본적으로 낭인들로 구성된 무리들. 낭인은 세력에 들어가거나 세력을 만들고 싶어도 그런 능력이 부족해서 낭인으로 있는 경우도 있었지만 어디에 구속당하기 싫어 낭인으로 있는 이들도 상당히 많았다. 그런 그들이 마랑대에 들어간 이유는 단 하나였다. 강한 이들과의 결전. 그 속에서 자신을 갈고닦아 좀 더 강해지고 싶다는 욕망 때문이었다.

마랑대를 이끄는 요호 역시 마찬가지였다. 그가 마랑대주를 맡은 이유는 단 하나였다. 좀 더 강한 이들과 겨루기 위해서. 그런 그는 직감적으로 알 수가 있었다. 단운평의 움직임에 천하가 움직이는 만큼 그의 주변에는 크고 작은 싸움이 일어난다. 그리고 풍룡의 주변으로 강자들이 모여들게 된다. 그의 옆에서 그를 도움으로서 빚을 갚을 수도 있고 또 강자들과 겨룰 수도 있다. 요호는 이미 결정을 내린 것이다. 단운평은 고개를 끄덕이고는 주화령을 바라보았다.

"위험한 길이오."

"함께 갈 거예요."

동굴에서의 그 감정에 한참 동안 혼란스러웠던 주화령이었으나 한참의 고민 끝에 결정을 내렸다. 아직 그 감정에 대한 확신은 없지만 그것을 피하지 않는 것이 옳다고 생각한 주화령이었다.

"저는 당가의 일원입니다. 당가의 일원임이 좋고 또한 자랑스럽습니다. 하지만 당가의 일원으로는 더 이상 발전할 수 없음을 알고 있습니다. 당가를 적대시할 수 있을지는 확실하게 말씀드리지 못하겠습니다. 하지만 형님이 가는 길을 함께 가고 싶습니다."

긴 시간 생각 끝에 내린 결정을 말하는 당이록의 표정은 편해 보였다. 그런 그의 표정을 바라보던 황군명도 마음의 결정을 내렸다. 이들과 함께 길을 갈 것이다.

단운평은 고개를 끄덕이고는 입을 열었다.

"평위 자네는 아침이 된 후 가족들과 이야기해 보는 것이 좋겠군."

한참을 고민 중이던 관평위는 고개를 끄덕이고는 그를 바라보았다.

"사실 아직 풍운회주를 맡을지 아닐지 결정을 내리지 못했다. 하지만 지금의 상황에서 풍운회마저 적으로 돌리기에는 무리가 있겠지."

단운평의 말에 모두가 고개를 끄덕였다.

"아내는 처음부터 내가 자네와 함께하는 것을 바랐네. 그리고 그것은 지금도 바뀌지 않았을 것일세."

갑작스런 관평위의 목소리. 관평위 역시 결정을 내렸다는 말이다. 단운평은 잠시 놀랐으나 관평위를 향해 고개를 끄덕이는 것으로 고마움을 표했다.

"모두가 결정을 내렸군. 그럼 나 역시도 결정을 내려야겠군."

단운평을 제외한 모두의 표정은 담담했다. 이미 그가 어떠한 결정을 내릴지 알 수 있었던 것이다. 그의 말을 듣고 방으로 향하려는 순간 단운평이 다시금 황군명을 바라보았다.

"곽 보주님을 모셔와라."

"예? 지금 시간에……?"

황군명의 항의에도 불구하고 단운평은 더 이상 아무런 말을 하지 않았다. 황군명은 한숨을 쉬고 당이록과 함께 다시금 어디론가로 향했다.

'아무래도 오늘은 잠자긴 틀렸군.'

황군명 혼자서 야밤에 당가를 돌아다니는 건 무리가 있었기에 당이록이 함께했다. 그리고 곧 곽마효가 단운평에게 왔고, 단운평은 곽마효를 제외한 모두에게 축객령을 내렸다.

갑자기 방에서 쫓겨난 이들은 서로의 얼굴을 멍하니 바라보다 황군명의 방으로 향했다. 황군명과 당이록이 곽마효를 데리러간 동안 단운평으로부터 앞으로의 활동에 대한 대략적인 일을 들었기에 이들 나름대로의 계획도 필요한 상황이었던 것이다.

"무슨 일이기에 이 시간에……."

곽마효는 고개를 흔들며 잠을 쫓고는 단운평이 권하는 자리에 앉았다. 그리고 곽마효 역시 더 이상의 취침은 불가능했다.

아침이 밝았다. 잠에서 깬 화소민과 화소영은 세면을 하고서 단운평 등과 함께 당가에서 보낸 사람을 따라 어디론가 향했다. 식탁을 가득 채운 음식들. 그것을 보고 밝은 표정인 화소민, 화소영과는 다르게 황군명과 당이록은 눈가가 휑하니 보였다.

관평위와 더불어 앞으로의 계획을 짜는 바람에 밤을 새워 피곤한 상황이었다. 식사 대신 침상에 눕고 싶은 마음이지만 화소민, 화소영만 그 자리에 보낼 수도 없고 또 단운평은 멀쩡한 모습이라 약한 소리를 할 수가 없었던 것이다.

"모두들 피곤해 보이는데 잠자리가 불편했나 보군."

당거영의 말에 단운평은 아무런 대답을 하지 않았다. 물론 그가 아무 말이 없는데 입을 열어 무슨 말을 하는 이는 아무도, 아니, 있었다.

"전혀요. 아주 편하게 잘 잤답니다."

내심 마음이 흔들리고 있는 상대지만 화소영의 말에 무언가 울컥하고 치밀어 오름을 느낀 당이록은 그녀에 대한 감정을 다시금 생각해 보고 있었다. 화소영은 자신이 무슨 실수라도 한 것인가 하는 생각에 언니를 바라보았으나 언니 역시 어리둥절한 표정이었다. 잘 잤다는 말에 왜 함께 이곳에 온 사람들의 눈빛이 저런 것인지.

"일단 식사나 합시다."

단운평의 태연한 목소리에 당거영은 다시금 단운평이라는 사내가 마음에 들었다. 독의 가문 당가에서 태연하게 음식을 드는 것이 아닌가.

"생각 이상이군. 사천의 맛은 매운 맛이라고 생각했는데……."

관평위의 말처럼 당가에서 나오는 음식은 전혀 맵다는 느낌이 들지 않았다. 불의 요리라고 불리는 사천의 음식은 강한 불을 이용한 음식이라 불의 요리라고 불리는 것이 아니라 매운 양념을 사용하는 요리가 많아서이다. 그런데 지금 나온 음식들은 특별하게 맵다는 느낌은 전혀 들지 않고 담백하고 마른 느낌이 강했다.

"곽 보주의 말에 의하면 단 대협이 이러한 음식을 좋아한다고 하더군."

그의 말에 모두의 시선이 단운평에게 향했지만 단운평은 조용히 음식을 먹을 뿐이었다. 단운평이 아무런 말 없이 식사만 계속하자 황군명 등도 마찬가지로 조용히 식사를 하였고, 당거영 등도 더 이상 아무 말 하지 않았다. 그렇게 침묵 속에서 음식을 먹는 소리만 들리던 중 단운평이 조용히 젓가락을 놓고 자리에서 일어났다.

"천천히 식사하시오. 난 집무실로 가 있을 테니."

집무실은 당가주의 집무실을 의미하는 바일 것이다. 마치 자기 집인 양 하는 말에 당거영 등은 어이가 없었지만 자리에서 일어나 그의 뒤를 따랐다. 그 모습에 요호와 당이록도 자리에서 일어나려 했으나 황군명의 목소리에 다시금 자리에 앉았다.

"서둘지 말고 식사나 하는 게 좋을 겁니다, 대주. 어차피 결정은 내려진 것 아닙니까? 느긋하게 가는 것이 우리의 위치를 더욱 높여줄 겁니다."

요호는 자신의 아래에 있던 황군명이 여전히 애송이라고 생각하고 있었다. 하지만 지금의 태연한 태도는 뭐란 말인가? 귀면살 고홍을 보냈을 때에는 그냥 두기엔 조금 아까운 사내였을 뿐이었건만 언제 이렇게 성장한 것인가.

'많이 성장했군. 자신을 숨겼던 것인가, 아니면 풍룡을 만나 눈을 뜬 것인가?'

요호는 다른 사람들과 달리 정말 맛있게 식사를 하는 황군명의 태연함에 내심 부럽기도 하고 신기하기도 했다. 그러나 사실 황군명의 속은 편하지 않았다. 아침이 밝아 모두가 각자의 방으로 돌아갈 때 단운평이 자신을 불러 세워 한 말 때문이었다.

"풍운회에 대해 설명을 하는 이는 내가 아니라 너다."
"예?"

갑작스런 단운평의 말에 황군명은 되물어보았지만 단운평은 아무런 말 하지 않고 자신의 방으로 들어갔다.

방으로 들어간 황군명은 단운평이 자신에게 한 말에 대해서 머리를 뜯으며 고민하다가 식사를 하기 위해 이리 온 것이다. 불안한 마음에 그곳으로 가는 것을 늦추고 싶었던 것이다.

"형님이 좋아하시는 음식이라는 말은 거짓이 아닌 것 같군요. 저야 원래 그리 음식을 가리지 않지만 이 음식은 누구나 좋아할 만하군요."

당이록의 말에 관평위가 답했다.

"아마도 이 음식은 곽 보주가 준비한 것일 거야. 난 녀석이 마차를 몰고 있을 때 알게 된 사이니까 황룡보주가 알고 있는 것까지 알 수는 없지. 다만 난 운평이가 좋아하는 다른 음식을 알고 있을 뿐이라서……."

관평위는 말을 맺으면서 요호를 바라보았다. 어젯밤부터 묘한 표정으로 자신을 바라보고 있지 않은가.

"대강 식사를 끝낸 것 같은데 어서 일어나지."

관평위를 필두로 하여 모두가 자리에서 일어났지만 황군명은 여전히 자리에 앉아 있었다. 무언가를 고민하는 표정으로 있던 그가 마지막으로 방을 나섰다.

"떠난다니, 무슨 말을 하는 겐가?"

당거영의 놀란 음성에 집무실 밖에 있던 언하두가 급히 안으로 들어왔다. 건방진 애송이라고 생각되어지는 단운평의 얼굴이 보기 싫어서 집무실 밖에 있던 그였으나 들려오는 말이 심상치 않아 급히 들어설 수밖에 없었다.

"말 그대로 우리들은 강호를 좀 더 주유하려 합니다."

단운평의 말에 언하두가 날카롭게 소리쳤다.

"풍운회는 어쩌고 떠돌아다닌다는 말인가!"

챙!

언하두의 말에 창을 뽑아 든 자는 다름 아닌 마랑 요호. 그가 창을 뽑자 언하두는 반사적으로 몸을 틀어 공격에 대비했다. 하나 공격은 없었다.

"회주에게 그런 말투는 곤란한 듯합니다만."

빙긋 웃는 요호의 얼굴에 언하두는 요호를 향해 뛰어나가려 했다. 그러나 그런 그의 팔을 잡아챈 사람이 있었다.

"멈추시게! 이 무슨 짓인가?"

언하두를 제지한 사람은 다름 아닌 독왕 당거영. 팔을 잡은 그의 손아귀 힘보다 그의 눈빛에 언하두는 멈출 수밖에 없었다.

"회주에게 그렇게 말하는 것은 무리가 있는 것이 사실이지 않는가."

천하의 언하두도 당거영에 비하면 아직 어린 나이. 언하두는 몸을 돌려 집무실 구석으로 향했다.

"말씀드린 것처럼 제가 풍운회주를 맡겠지만 조직의 전반적인 일은 곽 보주님과 당 장로님께서 맡아서 하실 일. 이곳에 있어서 제가 할 수 있는 일은 없지 않습니까?"

단운평은 자신이 풍운회주를 맡겠다고 당거영 등에게 말했다. 그리고 당거영과 곽마효를 장로로 정하고 그들에게 풍운회 운영의 전반을 맡겼다.

"알겠소, 회주."

단운평의 말에 의외로 담담히 말하는 이는 다름 아닌 당공의였다. 반면 그의 이러한 태도에 당황한 이는 황군명이었다. 이곳에서 벗어날 많은 이유를 준비하고 있었건만.

"대신에 회의 전반적인 일들은 제가 처리할 테니 아버님은 회주와 함께 움직이는 것이 좋을 것 같습니다."

당공의 말에 당이록은 슬쩍 미소를 지었다.

"그것도 좋겠군."

단운평의 말에 관평위가 중얼거렸다.

"이야기대로 흘러가는군."

새벽에 세웠던 예상이 하나둘 맞아 들어가고 있다. 그리고 그 예상은 단운평이 아니라 황군명이 한 것. 단운평은 황군명이 무공보다 전술을 짜고 분석하는 것에 더욱 재능이 있음을 알아보았다. 어떠한 상황에서도 냉정을 잃지 않는 황군명의 모습에 단운평 역시 몇 번이고 놀란 까닭이었다.

그것도 그럴 것이 당이록, 주화령 이렇게 삼 인이 함께 다닐 때 모든 것을 예측하고 계획한 이가 황군명이었던 것이다. 크고 작은 일들에 대한 책임을 황군명이 지고 있었기에 어떠한 상황에서도 침착성을 잃지 않을 수 있었던 것이다.

단운평과 만났던 객점에서의 결정은 잘못된 것이지만 그것은 서로가 상하 관계가 아닌 상태라 당이록의 주장을 확실하게 막을 방안이 없었을 뿐 그의 판단이 잘못된 것은 아니었다.

"조건이 있나 보구나."

당거영의 쓸쓸한 미소에 모두의 시선이 다시금 단운평에게로 쏠렸다.

"군명이 설명할 겁니다."

단운평은 자리에 앉아 황군명을 바라보았다. 그에게 설명을 하라는 말이다. 황군명은 당거영을 비롯한 이곳에 모인 강자들이 모두 자신을 무서운 눈으로 바라보자 침을 삼키고선 입을 열었다.

"함께 가는 것은 상관이 없지만 일행에 대한 어떠한 권한도 없이 갈 겁니다. 단지 호위로."

무슨 소리인지 모르는 모두의 시선이 설명을 요구했지만 당거영은 알아챘다. 자신이 생각했던 것 이상으로 단운평은 머리가 좋은 사내였다. 당거영이 함께 가되 일행의 생명을 돕는 일을 할 뿐 어떠한 참견도 하지 말라는 것이다.

"관 부인과 화 소저, 그리고 화령이의 안전에만 신경 쓰시면 됩니다. 그것만 해낸다면 어떠한 것도 감수하겠다는 것이 형님의 의견입니다."

당공의는 가슴이 두근거렸다.

'눈치를 챘다.'

당공의 등도 어젯밤 눈을 붙이지 못했다. 단운평이 풍운회주를 맡을 것과 곧 떠날 거라는 것 정도는 이들 역시 예상했던 것이다. 그러면서 이들이 고민한 것은 단운평을 믿고 따르되 만에 하나 그가 궁지에 몰려 자신들을 희생양으로 삼고 도망치게 될 경우였다.

천앙이나 무림맹 측에서 단운평 한 명만의 목숨을 요구하며 전력을 다해 공격해 올 경우 단운평 한 명 때문에 모두의 생명을 희생할 수는 없지 않는가. 그리고 단운평 등이 당가나 다른 모두에게 그들의 공격을 맡기고 자신만 도망칠 수도 있었다.

물론 지금은 그럴 리가 없지만 사람의 마음은 언제든 변하는 것이기에 만에 하나의 일도 걱정하지 않을 수가 없었다. 이러한 만에 하나의 일로 잘못하다간 멸문의 화를 입게 될지도 모르기 때문이다. 그래서 그러한 일이 생겼을 때 단운평을 제거할 인물이 필요했다. 그리고 그 일에 가장 적합한 자가 당거영이었다.

단평위와의 겨룸에서 당거영은 독침이나 액체로 된 독을 뿌리는 등의 일은 하지 않았다고 한다. 그렇다면 독침이나 다른 암기를 이용한다면 이들 중 단운평의 암살 성공에 가장 확률이 높은 이가 당거영이었다. 다만 조건이 필요했다. 단운평을 제외한 다른 이들이 없어 암살에 대한 어떠한 소문도 흘러 나가지 않아야 한다는.

단운평은 그러한 것을 눈치채고 이들의 생각을 이용하려는 것이다. 어떠한 권한도 없이 호위라고 했다. 그것은 단운평이 필요에 따라 당거영의 무공을 이용할 수 있다는 말이다. 적을 만날 경우 당거영이 손을 쓰기에는 나이나 명성 등 제약이 많았건만 그것을 무로 돌리려는 것이다.

'경우에 따라 자신의 목숨을 노리는 것은 좋지만 그전에는 충분히 이용해 먹겠다?'

당거영은 단운평이라는 사내가 처음으로 무섭게 느껴졌다. 자신이 패배를 당했을 때에도 두렵지 않았으나 지금은 두려웠다. 당거영은 어쩌면 단운평이라는 사내는 당가에 들어서기 전부터 이러한 상황을 예상하고 있었던 것이 아닐까 하는 생각이 들었다.

사실 단운평 혼자만의 생각은 아니었다. 황군명과 관평위, 그리고 요호의 강호에서의 경험을 되살려 많은 것을 분석해 이뤄낸 결과였다.

"회주의 명을 따르겠소."

조용히 허리를 굽히는 당거영의 태도에 당이록과 황군명은 불안을 느꼈지만 단운평은 고개를 끄덕이고는 집무실을 나섰다. 그가 집무실을 나선 후 언하두의 무시무시한 눈길이 단운평의 등 뒤를 향했다.

언하두의 그러한 모습을 바라보던 황군명은 가볍게 헛기침을 하고는 자신들이 계획한 여러 가지 사항을 당공의와 언하두에게 전했다. 그리고 풍운회에 관련된 많은 자료를 요구하며 당공의가 시행해야 할 풍운회의 일정을 계획했다.

시간이 흐르면서 당공의는 단운평이 황군명에게 이 일을 맡긴 이유를 알 수 있었다. 사람을 다루는 일은 결코 쉽지 않은 일이다. 한 가문의 수장인 당공의는 그것을 누구보다 잘 알고 있다. 풍운회는 이러한 가문이 몇 개나 이어진 집단. 그만큼 그 사정이 적힌 자료들이 복잡했건만 황군명은 그것들을 쉽게 이해하고 있었다. 그리고 순식간에 그것들을 체계화하여 이리저리 붓을 움직여 한 권의 책을 만들었다.

"아무래도 황룡보 식솔을 사천으로 옮기는 것이 좋을 것 같습니다만⋯⋯."

황군명의 말에 곽마효는 안색을 굳혔다. 긴 세월을 그곳에서 보냈건만 사천으로 옮기라니⋯⋯. 하지만 그의 말이 옳다는 것을 곽마효도 알기에 힘겹게 고개를 끄덕였다.

아무래도 황룡보는 무력이 뛰어난 곳이 아니었다. 그리고 그러한 황룡보를 지켜주어야 하는 곳이 당가. 당가로서도 상당수의 인원을 황룡보에 두었다가는 천앙의 습격이 있을 경우 여러 가지로 어려움을 겪을 것이 분명했다.

"사천에도 사둔 장원이 하나 있으니 그리로 옮기겠네."

곽마효의 말에 당공의는 황군명을 다시금 바라보았다. 사실 이 일은 당공의 역시 권한 일이었으나 곽마효는 단번에 거절했다. 풍운회는 무림맹이나 천앙, 그리고 사파와는 다른 세력이지만 그들과 노골적으로 적대시하는 세력은 아니었기에 황룡보가 사천으로 옮긴다는 것은 타 세력들과 본격적인 전쟁을 치른다는 느낌을 줄 수 있어 옮기지 않는다는 것이 곽마효의 의견이었다. 물론 곽마효의 머리 속에는 혹시나 사천당가에 흡수되지는 않을까 하는 걱정도 있는 것이 틀림없었다.

지금은 상황이 달라졌다고는 하나 황군명이 여러 자료들을 보며 이곳에서도 황룡보의 장사나 무림맹과의 관계는 나빠지지 않을 거라는 설명을 하자 조금의 갈등의 모습도 보이지 않고 허락을 하는 것이 아니는가.

"대강의 일은 알았으니 문서들을 자세히 살피고 다시 연락드리겠습니다. 그건 그렇고, 도림 측에서 보낸 무인에 대한 정보가 부족합니다만……."

황군명의 눈빛에 당공의와 언하두, 그리고 곽마효는 묘한 표정으로 서로를 바라보다가 입을 열었다.

삼 일 후 단운평 일행은 당가를 나섰다. 여인 세 명과 관평위, 그리고 당거영은 단운평이 몰고 있는 마차 안에 자리를 잡았다. 마차를 몰고 있는 사람은 당연히 단운평이었고 그 옆 자리를 차지한 사람은 다름 아닌 황군명이었다.

말을 타고 마차를 따르는 이는 모두 여덟 명. 그 중 일곱 명은 혈선의 당공진, 금강권사 언하두, 당가십이수 중 수장인 당이연, 마랑 요호, 서른 명의 도림에서 보내온 도객 중 한 명인 냉면도객 전습, 그리고 황룡보에서 보낸 궁사 보서대와 당이록이었다. 나머지 한 명은 당이록과 더불어 마차 뒤를 따르고 있는데 그녀는 다름 아닌 곽마효의 고명딸 천향 곽소혜였다.

"생각보다 많은 인원이군요."

황군명의 말에 단운평은 마차를 끌고 있는 말을 바라보며 답했다.

"귀찮군."

단운평의 목소리는 작고 낮았지만 그 정도도 못 들을 정도로 약한 무공을 지닌 사람은 마차 안에 있는 무공을 모르는 화소민, 화소영 자매뿐이었다.

마차 옆으로 말을 타고 있던 당공진은 얼굴 근육이 부르르 떨리는 언하두의 모습을 보고 고개를 저었다. 중년의 나이가 되었지만 조금도 변하지 않은 급한 성정의 모습은 과거 자신의 형인 당공의와의 첫 만남에서 다짜고짜 주먹을 휘두르던 그의 모습을 떠올리게 만들었다.

'이래선 풍운회의 세력을 숨길 수가 없지 않은가.'

지기 싫어하는 무림인의 특성상 각 조직별로 무인들을 보냈지만 무림맹이나 천앙에서는 지금 단운평을 따르는 인물들을 조사하면 풍운회가 어떤 곳과 힘을 합쳐서 만든 곳인지 쉽게 알 수 있을 것이라는 생각에 절로 머리를 젓게 만들었다.

"어르신에게 또다시 신세를 져야 될 줄 몰랐군."

단운평의 혼잣말에 마차 안에서 조용히 눈을 감고 있던 당거영의 눈가가 씰룩였다. 높은 배분의 자신에게도 어르신이라는 표현을 사용치는 않는 단운평이었건만 상대가 누구인지 궁금했다. 그리고 왠지 자존심도 상하는 당거영이었다.

"어디로 가시려는 겁니까?"

"일단 평위 가족들과 나만 움직일 테니 황룡보로 향하고 있어. 다녀오는 데 한 달 정도는 걸릴 것 같으니 그동안 천앙에 대한 정보를 분석해 둬라."

단운평의 말에 언하두의 커다란 목소리가 터져 나왔다.

"무슨 소린가? 이 급박한 상황에 어딜 가겠단 소린가?"

단운평은 언하두의 말에 아무런 대꾸도 하지 않았다. 무시한다는 생각에 언하두가 말을 마차 옆으로 몰아 옆으로 다가가자 당공진이 급히 마차와 언하두의 말 사이로 자신의 말을 몰았다.

"형님."

당공진의 진중한 목소리에 언하두는 당공진을 바라보다가 다시금 마차에서 일정 거리를 유지하며 옆으로 물러섰다.

"휴, 알겠다."

"어디로 가려는 것입니까?"

나이나 명성을 앞세우기 이전에 풍운회의 회주가 단운평이다. 존댓말로 묻는 당공진의 물음에 단운평은 이번에도 고개를 돌리지 않았지만 입은 열었다.

"그건 말해 줄 수가 없소. 다만 이대로 무공을 모르는 여인들과 함께 다닐 수가 없는 건 모두가 생각하고 있는 일. 내가 믿을 수 있는 분에게 두 분의 거처를 부탁하려는 것이니 이해하시오. 다른 사람들에게는 미안한 일이지만 내가 가려는 곳은 알리고 싶지 않소. 그리고 아직 풍운회를 구성한 이들이 당신들이라는 것을 공표하지 않은 상황에 당신들이 나를 따라나서는 것은 무리가 있소."

단운평은 풍운회주를 허락하되 당가 등에서 그것을 인정하겠다는 뜻을 확실히 밝히길 바랐다. 때문에 황군명을 통해 지금까지처럼 풍운회를 숨기는 것이 아니라 강호에 풍운회에 대해서 알리기를 요구했다. 그들은 그것에 대해 동의를 표했으나 강호에 알려지기 위해서는 시간이 필요했다.

단운평이 말하는 것은 풍운회의 구성 및 앞으로의 방향에 대한 정보가 강호에 어느 정도 퍼지기 전에는 당공진을 비롯한 이들을 믿지 못하겠다는 말이었다. 그리고 관평위의 가족들은 천려일실(千慮一失)을 피해야 하기에 그 누구도 데려가지 않으려 했다.

"군명 너는 이들을 이끌고 무림맹의 어느 곳이 천앙의 무리들인지 밝혀야 한다. 한 달간 너의 능력을 보겠다. 그리고 이록 너는 사십구비도천류(四十九飛刀天流)를 완성해라."

단운평의 말에 모두가 놀랐다. 특히나 당거영의 놀람은 커서 마치 밖으로 목을 쭉 빼고 물었다.

"사실이냐?"

당거영의 물음에 당이록은 원망스런 눈으로 단운평을 바라보았다. 자신이 펼치는 비도술이 사십구비도천류임을 단운평에게 말한 것은 어젯밤. 앞으로의 여정에서 자신이 가야 할 길에 대해서 자문을 구하기 위해 밝힌 사실을 이렇게 말할 거라고는 생각지 못했다.

하지만 단운평이 이렇게 밝히는 것에는 이유가 있었다. 당이록이 펼치는 비도술은 혈룡의 그것과는 비교할 수 없을 정도로 미약한 수준이다. 그러나 이곳의 다른 이들은 알지 못하고 있었다. 단운평이 밝혔다는 것만으로도 이들 모두는 당이록의 비도술은 엄청날 거라는 생각을 가지게 되어 단운평이 없는 동안 그를 얕볼 생각을 하지 못하도록 할 마음이었던 것이다.

단운평으로서는 자신이 떠나면 주화령과 황군명, 그리고 당이록을 위해 움직여 줄 사람이 요호밖에 없음을 알고 어젯밤에 이들의 호위를 부탁했지만 마음이 놓이지 않았던 것이다. 이로써 전습이나 언하두, 그리고 보서대는 황군명 등에 대한 경계심을 높일 수밖에 없게 되었다.

"그건 그렇고, 당신은 언제까지 나를 속일 수 있다고 믿고 있을 거요?"

단운평이 바라보는 사람은 다름 아닌 언하두였다.

"무슨 소린가?"

황군명이 듣기엔 평소의 커다란 언하두의 목소리보다 조금은 낮은 듯했다. 아니, 자신이 그렇게 생각해서 그처럼 느껴질지도 모른다는 생각이 들었지만 분명 조금 전까지 화를 내던 언하두가 침착한 모습이라는 것이 내심 마음에 걸렸다.

'무엇을 알고 있는 것인가?'

황군명은 고개를 돌린 상태라 뒤통수만 보이는 단운평을 바라보다가 단운평이 다시금 고개를 앞으로 돌리자 깜짝 놀라지 않을 수 없었다.

"독왕의 연기 실력도 뛰어나군요."

단운평의 한마디에 마차 안에서 눈을 감고 가만히 있던 당거영의 얼굴에 약간의 경직이 일어났다. 그것을 본 관평위는 다시금 단운평에 대해 감탄을 하지 않을 수 없었다.

'무슨 일인지는 몰라도 친구가 된 건 어쩌면 실수일지도 모르겠군.'

관평위는 나이가 비슷해서 친구가 되었지만 친구가 아니라 차라리 제자였다면 지금보다 더 강해질 수 있었을 텐데라는 생각이 들었다. 그러나 옆에서 자신의 손을 잡은 채 잠들어 있는 아내의 모습을 보는 순간 그러한 생각은 사라졌다. 그녀의 손에서 느껴지는 체온에 지금으로도 충분히 행복하다고 생각되었기 때문이다.

"당신에 대해서 우연히 알게 된 것이 있소. 꽤나 지난 일이라 잊고 있었다가 오늘에서야 생각이 났소."

황군명은 단운평의 말에 그가 원래 알고 있었던 것이 아니라 갑자기 과거의 어떤 기억이 떠올랐다는 것을 알 수가 있었다. 하나 그것이 어떠한 것이기에 이와 같이 차가운 태도를 취하는지는 알 수가 없었다. 아니, 사실 그의 독특한 저음은 항상 차갑게 느껴졌지만 단운평의 온몸에서 뿜어져 나오는 묘한 기운에 더욱 차갑게 느껴지고 있었다.

"무슨 헛소리를 하는 건가?"

언하두의 고함에 단운평이 피식 웃었다.

"조금은 의심을 가지고 있었소. 그러다 문득 생각이 난 거요. 진주 언가에 들어갈 기회는 없었지만 진주로 물건을 배달할 기회가 있었소. 그리고 그곳에서 우연하게 들은 말이 있소."

단운평의 말에 당공진의 표정이 변했다. 언하두와 당공의, 그리고 당공진은 십 년 넘게 알고 지내온 사이다. 언하두와 당공의가 처음 만난 순간 겨룬 이후 언하두는 당공의의 높은 자존심을 존중했고 당공의는 언하두의 화통함을 존경했다. 그리고 그들 사이에서 당공진은 숨김 없는 그들 사이의 우정을 믿었다. 그런데 자신이 언하두에 대해서 무언가를 잘못 알고 있는 것이 있다는 소리에 머리 속이 복잡해졌다. 더군다나 부친은 그것을 알고 있으리라는 단운평의 말은…….

'설마 하두 형님이……?'

당공진은 믿고 싶지 않았지만 이어지는 언하두의 한마디에 믿지 않을 수가 없었다.

"마부를 하였다는 소식은 들었지만 내 발목을 잡아챌 것이라고는 생각지 못했군."

언하두는 다시금 단운평 쪽으로 말을 몰아 단운평의 바로 옆으로 붙었다. 단운평은 도를 뽑아 들고선 가볍게 휘둘러 언하두가 다가서면 곧바로 베겠다는 뜻을 밝혔다.

"이크, 위험하지 않은가."

말은 그렇지만 전혀 긴장하지 않은 듯한 언하두의 말투에 모두는 긴장하지 않을 수 없었다. 특히 단운평이 당거영에게 한 말에 관평위와 주화령의 긴장도는 누구보다 컸다. 당이록이 사십구비도천류를 익혔다고 말하는 순간 놀라는 모습을 보였던 그가 이내 눈을 감고 아무런

일도 없었다는 듯 꿈쩍하지 않고 있지 않는가. 무언가를 기다리는 듯
한 그의 모습에 관평위는 긴장을 높였다.

"멈추지 않으면 벤다!"

단운평의 목소리가 모두에게 울려 퍼지는 순간 언하두가 탄 말이 움
직이지 않았다. 황군명은 단운평에게 풍겨 나오는 무시무시한 기세에
자신도 모르게 고개를 돌렸고, 마차를 몰던 말 역시 멈추었다.

"무슨 일인가요?"

화소영이 마차 밖으로 고개를 내밀며 물었지만 무인들은 단운평의
기세에 아무도 움직이지 못하고 단운평에게로 모든 신경을 집중시켰
다. 한순간의 방심이라도 있게 되면 난자당할지도 모른다는 불길한 느
낌. 살기(殺氣)라는 것에 걸려든 것이다.

'무공이 지극한 지경에 이르면 살기만으로도 사람을 죽일 수 있다고
하더니 거짓이 아니었군.'

요호는 온몸이 짜릿한 느낌과 어느새 흘러내리는 이마의 땀방울에
고삐를 당겨 뒤로 물러서고 싶었지만 황군명이나 당이록도 가만히 있
는 상황에서 그런 모습을 보일 수가 없었다. 물론 그들은 감히 움직일
생각조차 하지 못하고 있는 것이지만.

"당신은 비밀이라고 생각했을지 모르지만 다행히 곽 보주님께서 알
고 계시더군. 천하제일지자인 천뢰의 제자 중에 언하두라는 이름을 지
닌 자가 있고 그자가 무림맹의 모사가 중 한 명이라는 것을."

쿵.

당공진은 가슴이 무너지듯 아팠다. 무림맹에 당가의 정보가 흘러들
어 가는 것은 잘 알고 있었다. 그리고 그것은 어쩔 수 없는 것이었다.
하지만 얼마 전 당가의 주요 정보가 무림맹에 노출된 것에 의해 첩자

가 있다는 것을 알게 되었다. 그때 부친이 말했다.

"당가에 같은 피가 흐르지 않는 사람이 있을지 몰라도 가족이 아닌 자는 없다."

그때 부친은 알고 있었던 것이다. 아니, 자신의 형도 알고 있었던 것인지 모른다. 믿었던 사람들이 서로를 믿지 않고 있었음을 인정하고 싶지 않았다. 게다가 확신할 수는 없지만 부친이 그 사실을 알고 언하두와 어떠한 계획을 세웠을 것이다.

"확신할 수는 없지만 당신 손에 결코 안전하지 않은 것이 들었을 것이다. 남들의 이목을 끌지 않은 채 나에게 접근하기 위해 나와 일 대 일로 겨루는 것을 피하는 것은 알고 있었으니… 군명, 고삐를 쥐어라."

단운평의 몸이 허공으로 솟구쳤다. 동굴에서 봉인되었던 무공이 펼쳐지려 하는 것이다.

"저들에게 아무도 간섭하지 마라!"

당거영의 갑작스런 외침에 모두는 움찔했다. 그러나 요호는 창을 비껴들고 언하두를 향해 달려들었다. 요호가 당거영의 말을 들어야 하는 어떠한 이유도 없는 상황이고 말을 타고 있을 때 가장 효과적인 두 가지 무기 중 하나가 바로 창이었기에 충분히 승산이 있다고 생각되어 요호는 언하두를 향해 있는 힘껏 창을 휘둘렀다.

퍽! 윙!

허공에서 내려온 단운평의 발길질에 요호의 창이 부르르 떨렸다. 그 반동을 이용해 다시금 마차로 돌아간 단운평이 마차 위에 선 채 말했다.

"죽이려 해서는 곤란한데……."

단운평의 말에 요호가 말했다.

"위험한 자라면 일찍 제거하는 것이 좋소."

"아직 들어야 할 말이 많소."

단운평의 말에 당거영은 당황하지 않을 수 없었다.

'내가 묵인하고 있었던 건 사실이지만 설마… 당가와 관련이 있다고 생각하는 것인가?'

당거영은 심장이 빠르게 뛰는 것을 느꼈다.

"이곳에서 상대하는 것이 좋지 않겠소?"

요호의 물음에 단운평은 마차에 놓아둔 묵뢰를 들어 허리에 찼다.

"당신들 모두의 생각이 아니라는 건 알고 있지만 계속 이런 식이라면 나 역시 그냥 넘어갈 수 없지."

주위를 둘러보며 하는 말이지만 그 대상이 자신임을 아는 당거영은 살며시 눈을 떴다.

"각오를 한다고 하지 않았나?"

"그건 당 장로님 한 분에 관한 이야기였습니다만……."

모두는 의아스런 표정으로 단운평을 바라보았다.

"변명하지 않을 모양이군."

"소용없으니까. 다만 독왕 어르신이 알고 계셨다니 조금 놀랐네."

언하두의 말에 단운평은 마차에서 내려 언하두가 탄 말에게로 다가갔다.

"저곳으로 함께 가는 게 좋겠소."

단둘이 해결하자는 말. 언하두는 천천히 말에서 내렸다. 그들이 어디론가로 향하자 당공진이 황군명에게 물었다.

"어떻게 된 일이냐?"

"금강권사가 무림맹에 숨겨진 세 모사 중에 한 명이라는 것을 형님이 우연히 아신 겁니다."

"아버님은 언제부터 알고 계셨습니까?"

당공진의 물음에 당거영이 입을 열었다.

"금강권사가 어렸을 때 그의 사부인 천뢰에게 소개받은 적이 있었다. 물론 나중에 언가의 젊은 무인이라는 인사를 받았을 때는 기억하지 못했다. 공의 녀석과 친구가 되었다는 것에 관심을 가지고 지켜보다가 간신히 기억해 낼 수 있었지. 천뢰가 아이를 보여주며 언가의 둘째 아들이라고 소개했던 기억을 말이야."

강호에 알려진 바로는 언하두는 첫째 아들로 알려져 있다. 관평위는 언하두가 온 이유를 그제야 알 수 있었다.

'풍운회의 세력을 감시하기 위해서 참여한 것이군. 당가의 정보를 빼오던 그가 모습을 드러낼 정도로 위험하게 생각하고 있는 것 같은데… 생각 이상인 단운평을 본 후 암살을 하려 했던 것인가?'

풍운회의 정보가 이미 무림맹에 잘 알려져 있을 거라는 단운평의 말은 조금도 틀린 바가 없었다.

한적한 곳에 도착한 언하두가 품에서 무언가를 꺼내려 하자 단운평이 거칠게 그를 공격했다. 언하두는 급히 품에서 손을 빼고 그의 공격을 막아냈는데 연신 뒤로 물러서지 않을 수 없었다.

"당신이 가진 것이 뭔지는 모르지만 심상치 않은 거겠지?"

단운평은 암기에 대해서 적지 않은 반감을 가지고 있었다. 천앙의 무리들이 화탄을 가지고 다니기 때문에 항상 경계를 하던 단운평이었기에 언하두의 손이 품으로 가는 것을 그냥 두고 볼 리가 없었던 것이다.

단운평의 공격에 언하두는 하마터면 욕설을 내뱉을 뻔했다. 예전에 당가에서 무림맹에 기증한 물건을 만약을 대비해 가져왔건만 이런 상황에서는 쓸 기회조차 없을 것 같았다.

"두 사람이 친구 사이라고 알았던 혈선의가 불쌍하군."

언하두의 본모습을 당공의는 예전부터 알고 있었다. 그리고 언하두 역시 당공의가 자신에 대해서 알고 있으리라고 어렴풋이 예상하고 있었다. 다만 그들은 서로가 서로에게 도움이 된다는 생각에 내색치 않았을 뿐이다. 십 년간의 우정은 없었다. 그저 서로를 이용했을 뿐.

"어쩔 수 없었지. 그게 강호라는 곳이니까."

언하두의 말에 단운평은 쓴웃음이 나왔다.

'그것이 강호인가?'

"그건 그렇고, 보아하니 내가 무림맹 측의 사람이라는 것을 당가주가 알린 것이 아닌 듯하군. 내가 자네의 뒤를 노리고 있음을 눈치챘을 텐데 어째서 말을 하지 않은 것인지……."

언하두의 말에 단운평은 조금 목소리를 높여 말했다.

"당신이 날 죽일 수 있으리라고 생각지 않았을 것이오."

"그렇군."

언하두는 인정했다. 자신의 실력은 분명 단운평의 실력에 비해 많이 부족했다.

"하지만 내가 이것을 가지고 있는지는 모르고 있겠지."

언하두는 천천히 품으로 손을 가져갔다. 단운평은 묵뢰를 내밀어 그의 손이 나오지 못하게 하려 했다.

"궁금하지 않은가?"

"궁금증이 위험을 각오해야 할 것이라면 참을 수 있소. 손을 내리시오."

그 순간 언하두는 뒤로 몸을 던지다시피 하며 물러섰고, 단운평은 그를 향해 달려갔다.

파바박!

일순간 단운평의 앞 공간을 가득 메운 언하두의 권영(拳影). 단운평은 순간 몸을 멈췄고, 그때를 놓치지 않은 언하두는 품 안으로 손을 넣어 자색 자기병을 꺼내 들었다.

"예전에 당가에서 무림맹에 기증한 물건이지. 사파를 대비한 물건이라기보단 중원을 지키기 위한, 즉 변방무림에 대한 대비책의 하나로 몇 개를 받은 거네. 아마 자네도 견디기 힘들 거야."

하나 단운평의 표정은 변화가 없었다. 물론 머리칼 때문에 언하두로서는 알 수 없는 일이지만.

"한 가지 묻겠소. 왜 나를 없애려 하는 거요? 분명 암살에 대한 명은 없었을 텐데."

언하두는 자색 자기병을 손에 들자 안정을 되찾을 수 있었다. 적어도 자신의 손에 당가에서 만든 물건이 있다는 것만으로도 단운평이 쉽게 움직이지 않으리라 예상한 것이다.

"일단 명을 받은 건 풍운회에 대한 정보를 모아오라는 것이었네. 하지만 자네의 무공 실력은 너무 위험하네. 전력을 다했건만 그렇게 쉽게 패할 줄은 몰랐지."

"내게 패배했다는 것이 이유요?"

"아니라네. 난 자네에게 질 것을 충분히 예상했었네. 자네의 실력은 충분히 들었네. 하지만 독왕 어르신이 자네에게 패했다는 소리를 듣고 결심했지. 자네의 무공이 더 커지기 전에 죽이는 것이 좋겠다고."

단운평은 언하두의 말에 고개를 끄덕였다.

"솔직하게 말해 주게. 어차피 둘 중 한 사람은 죽어야 할 테니. 도대체 언제부터 날 의심했었나?"

과거에 들었던 사실을 기억해 내려 노력했다면 그전부터 의심을 하고 있었단 말이다. 언하두의 물음에 단운평은 피식 웃고서 되물었다.

"그게 뭐 그리 중요한 거라고 묻는 거요?"

"궁금한 것을 알지 못한 채 죽을 수는 없지."

"역시 무림맹의 숨겨진 모사답군."

유능한 모사는 그만큼 많은 것을 알고 있다. 많은 것을 알기 위해서는 끊임없이 궁금증을 가져야 한다. 단운평은 언하두를 바라보다가 입을 열었다.

"몇 번이고 당신을 화나게 만들었을 때 당신은 나에게 살기를 뿜어댄 적이 없소."

이해할 수가 없다. 자신과 단운평은 한 번 겨룬 적도 있건만 살기를 뿜어댄 적이 없다니……. 의구심에 가득한 그의 얼굴을 힐긋 바라본 단운평이 말을 이었다.

"당신은 무인이라고 하기보단 모사란 말이 더 어울리는 사람이군."

언하두는 단운평의 말을 이해할 수가 없었다. 자신은 금강권사란 별호를 지닌 권각가다. 물론 무림맹의 숨겨진 모사가 중 한 명이나 그것은 단지 직책일 뿐 무인이 아니라고 할 수는 없건만……. 무기를 사용하는 무인들보다 아무런 무기 없이 맨몸으로 싸우는 권각가야말로 진정한 무인이 아닌가?

"설명해도 이해하지 못할 것 같군. 그냥 시작합시다."

무인의 속성이라는 것이 있다. 죽을지언정 남에게 모욕을 받고는 살지는 않는 것이 바로 무인이다. 힘을 동경하는 만큼 강한 자의식으로 뭉쳐져 있는 존재이기 때문이다.

자존심이 상하면 본능적으로 살기를 뿜어댄다. 참아야 하는 상황이라면 분노로 가득한 살기를 즉시 거두거나 줄이거나 하지만 살기 자체를 전혀 뿜어대지 않을 수는 없다. 그리고 분노한 무인들은 상대에게 패배의 직감을 했을 때 두 가지 중 하나의 반응을 보인다. 살기를 완전히 거두고 포기를 하든지 극한에 가까운 살기를 뿜어대며 분노를 표하는 것이다.

하지만 언하두는 그 순간 어중간한 살기를 뿜어댔다. 언가를 대표한 이로 분하고 하나의 연극을 하고 있었기에 분노에 몸을 맡길 수가 없었던 것이다. 그 시점에서 언하두는 이미 무인이 아니었다. 단운평은 그 순간부터 그를 의심했던 것이다.

"내가 무인이 아니라고? 그럼 지금부터는 내가 무인이라는 것을 보여주지."

하나 언하두가 자신이 무인이라는 것을 보여줄 여유가 별로 없었다.

픽!

단운평의 신형이 번쩍이는 순간 언하두는 안면으로 엄청난 충격을 받고 뒤로 튕겨졌다.

"큭! 욱!"

울컥하고 치밀어 오르는 핏덩이에 언하두는 급히 입을 다물고 다시금 핏덩이를 삼켰다. 피를 뱉어내면 속이 편해지지만 힘이 빠지게 된다.

그 순간 단운평의 왼쪽 무릎이 언하두의 오른쪽 옆구리로 날아들었다.

"제, 젠장."

언하두는 급히 몸을 뒤로 젖히며 뒤로 물러섰는데 단운평의 왼쪽 무릎이 허공을 가른 후 허공에 떠 있던 왼발이 땅에 닿자마자 오른발이 언하두의 다리를 노리고 뻗어갔다.

픽!

가벼운 격타음과 함께 언하두는 옆으로 넘어졌고, 상체가 땅에 닿기 전에 왼손으로 땅을 짚은 언하두는 어깨에 힘을 주며 그 반동으로 허공을 돌아 제자리에 섰다. 입가로 흐르는 피. 핏덩이를 다시금 삼켰으나 찢어진 입술에서 흐르는 피를 막을 수는 없었다.

'모사로서는 모르겠지만 무인으로서는 당신이 싫소.'

단운평은 도를 뽑아 들고 앞으로 쏘아져 갔다. 언하두는 단운평의 신형이 다시금 급속히 다가오자 몸을 젖히면서 품에서 자색 자기병을 꺼내 앞으로 힘껏 던졌다. 단운평은 가볍게 옆으로 피하려 했는데 자기를 막아뒀던 마개가 언하두의 손에 들려 있는 것이 눈에 들어오는 순간 허공으로 급히 솟구쳤다.

펑!

폭음과 함께 자기는 폭발해 버렸고, 언하두는 왼팔을 들어 얼굴을 보호하며 힘껏 발을 굴러 뒤로 물러섰다.

"힘껏 흔든 후에 마개를 뽑으면 공기와 접촉하면서 폭발하게 되네. 안에는 비침이 가득 들었으니 동귀어진의 술수에나 적절하다네."

당공의에게 절대 피할 수 없는 암기를 만들어달라고 한 지 오 년 만에 받았던 물건이다. 사용할 곳이나 대상에 대한 어떠한 언급 없이 요구해서 만들어진 암기다. 당공의가 동귀어진의 술수라고 할 정도라면 엄청난 위력이 있는 것이다. 더구나 폭발의 힘으로 비침을 날리게 된다면 제아무리 고수라 할지라도 완벽하게 피할 수 없다.

물론 풍룡이 이 정도의 물건에 죽으리라고는 생각지 않지만 이걸로 적지 않은 피해를 줄 수 있으리라는 생각에 사용한 것이었다.

'호신갑을 입고 오지 않았다면 큰일날 뻔했군.'

언하두는 자신의 가슴 부분을 덮고 있는 부분과 팔 부분을 덮고 있는 의복에 빽빽하게 꽂혀 있는 비침에 간담이 서늘해졌다.

"뒤따라올 땐 사용하지 않은 것이 아니라 사용할 수 없었던 것인가?"

옆에서 들려오는 목소리에 언하두는 팔에 소름이 돋았다.

'설마……'

급히 고개를 돌려 바라본 단운평의 모습은 전혀 타격을 입지 않은 듯했다.

"마차가 있던 곳에서 사용했다면 큰 타격을 입었겠군."

넓은 공간이 아니었다면 이처럼 피해낼 수 없었을 것이다. 언하두는 특별히 몸을 숨길 만한 곳이 없는 허허벌판에서 사용하는 것이 이득이라는 생각에 단운평의 뒤를 따랐지만 단운평으로선 마차가 있고 자신이 지켜야 할 사람들이 많은 마차 부근이 오히려 위험했으리라고 생각했다. 지금은 단순히 자신의 몸만 지키면 되었기에 피해를 최소화할 수 있었던 것이다.

"풍룡도 인간은 인간인가 보군."

다시금 침착해진 언하두. 검은 옷이라 몰랐지만 발 부근에서 피가 흘러나오고 있음이 틀림없다. 언하두는 단운평이 딛고 있는 땅이 조금씩 붉은색으로 물들어가고 있는 것을 보았다.

"어쩔 수가 없었소."

폭발의 순간 허공으로 솟구친 단운평은 도를 품에 붙이고 힘껏 회전하며 날아드는 비침을 쳐냈다. 그러나 머리와 가슴, 그리고 배를 보호하다 보니 상대적으로 하체의 완벽한 보호가 불가능했다. 다행히 비침이 몸에 박히지 않고 발바닥을 뚫고 들어간 비침이 발등으로 빠져나갔기에 운신하는 데는 큰 불편이 없었지만 고통과 출혈은 막을 수가 없었다.

'저 정도의 출혈이라면 다리로 하는 공격은 없다고 봐도 되겠군.'

비침에는 독과 화약의 성분이 묻어 있었다. 폭발하는 순간 대부분의 독이 타버리기에 중독의 위험은 적지만 상처 부근이 불타듯 느껴지는 성분은 남아 있을 것이다. 열에 강한 그 성분은 독과 영약의 중간 정도 되는 물질로 독을 치료하기 위해서 만들어진 것이다.

"신음조차 없다니 대단하구먼."

독을 치료할 때 효과적이긴 하나 엄청난 고통을 동반하기에 잘 사용치 않는 물질이다. 고통이 큰 만큼 신경이 그쪽으로 쏠리기 마련. 언하두는 발에서 느껴지는 고통에 단운평의 신경이 발에 가 있음을 확신했다. 깨끗하게 뚫고 지나갔다면 크게 걱정하지 않아도 되지만 고통은 그것이 독이라고 믿게 하기에 충분하기 때문이다.

"별거 아닌 상처에 호들갑 떨 수는 없지 않소?"

분명 엄청난 고통일진대 조금의 떨림도 없는 목소리다.

"조심하게. 움직이면 독이 빨리 퍼질 테니."

언하두의 한마디. 언하두는 자신이 심리적으로 우위에 있음을 확신했다. 비침에 독이 묻어 있다는 말보다 더욱 불안감을 높이는 말이다.

하나 언하두가 모르고 있는 것이 있었다.

"걱정하지 마시오."

파박!

단운평이 앞으로 달려가는 순간 단운평의 발에서 피가 솟구쳤다. 언하두는 급히 허리를 숙여 자신의 얼굴로 날아드는 단운평의 발을 피했다. 들려 있는 발을 힘껏 내려쳐 대는 단운평의 기세에 언하두는 급히 몸을 굴려 공격을 피했다.

쾅!

움푹 패인 땅에 언하두는 자신도 모르게 숨이 막혀왔다. 이마에서 흘러내리는 땀방울을 너덜너덜한 소매로 닦아냈는데 거기엔 피가 묻어 있었다. 간신히 공격은 피했지만 단운평이 발을 휘두르는 순간 튕겨진 핏방울은 피할 수 없었던 것이다.

"그렇게 움직였다가는 다리를 잘라내야 할지도 모르겠네."

조금은 떨리는 목소리. 그러나 단운평은 태연했다.

언하두가 모르고 있는 것은 바로 단운평의 출생. 비침에 묻은 약은 단운평이 어릴 적 지겹도록 보아온 수많은 약품 중 하나였다. 각종 약물과 침술로 자신의 신체를 고쳐 주려던 부친이 사용했던 것 중에 하나였기에 그 고통은 익숙했다. 단운평의 태연한 모습에 언하두는 품속에 든 또 다른 자기병을 꺼내 들었다. 아마도 조금 전 깨어진 병과 같은 것이리라.

"이번에는 통하지 않을지도 모르는데……."

하나 언하두는 자기병을 흔들고선 단운평을 향해 힘껏 던졌다. 두 번째 병은 좀 더 강한 폭발을 내는 것으로 자신이 입은 얇은 호신갑으로 완벽하게 막을 자신이 없기에 사용치 않으려 했던 것이다. 조금 전에 던진 자기는 허공에서 폭발한 관계로 대부분의 비침이 단운평의 상체를 향해 날아갔다. 도를 사용하는 무인들은 하체보다 상체의 방어술이 뛰어나다. 이유는 간단했다. 팔이 상체에 붙어 있는 것이기에.

'바닥으로 던졌으니 이번에는 비침이 하체 쪽으로 많이 날아갈 것이다.'

바닥에서 터친 비침이라면 허공으로 솟구치든 바닥에 그대로 있든 피하기 쉽지 않을 것이라는 생각과 함께 언하두는 몸을 웅크려 최대한 비침으로부터 몸을 숨기려 했다.

펑!

엄청난 폭음.

"컥!"

자신의 어깨를 파고드는 비침으로 인한 고통에 언하두는 자신도 모르게 신음성을 내었다. 화약과 약품이 묻어 있는 비침은 어깨를 도려내는 듯한 고통을 주었다. 그리고 몸이 부르르 떨리는 묘한 느낌에 자신의 몸을 살펴보았더니 아무런 이상이 보이지 않았다. 힘겹게 고개를 돌려 단운평이 있던 곳을 바라보니 흙먼지가 피어올라 있지 않은가.

"자승자박(自繩自縛)이란 말이 이런 때 사용되는 말인가 보군."

흙먼지 속에서 들려오는 단운평의 목소리를 언하두는 이해할 수 없었다. 아니, 그것보다 어떻게 멀쩡할 수가 있단 말인가. 조금씩 흙먼지가 가라앉으며 보이는 단운평의 모습은 조금의 이상도 없었다. 이유는 간단했다.

"이, 이런."

언하두는 바닥이 움푹하게 패인 것을 볼 수 있었다. 단운평은 도기(刀氣)를 이용해 흙을 비산시킨 것이다. 바닥에 박혀 있던 작은 돌들도 함께 솟구쳤고 비침들의 대부분이 흙과 돌에 의해 막혀 멈추거나 속도가 줄어들었으니 단운평의 몸에 상처를 줄 수가 없었던 것이다. 허공으로 피하기엔 부담이 컸던 공격이라 비침들을 막는 방법을 언하두를 공격하면서 구상했던 것이다.

"잘 가시오."

단운평은 언하두로부터 몸을 돌렸다.

무슨 소리인가? 언하두는 오늘 자신이 바보가 된 것처럼 느껴졌다. 오늘처럼 이해가 되지 않는 일이 많은 적이 없다. 왜 이 상황에서 몸을 돌리는 것인가? 게다가 단운평의 하나뿐인 눈에서는 연민의 감정이 보이지 않는가. 이해가 되지 않는 언하두는 고개를 갸웃했고, 그 순간 쓰러졌다. 조금 전 느낀 묘한 기분의 정체는 끝까지 알 수 없었다.

그러나 단운평은 또렷하게 볼 수 있었다. 언하두의 이마에 박혀 있는 비침을.

커다란 폭음이 여러 번 들려왔다. 요호는 단운평이 사라진 곳으로 가보고 싶었지만 태연한 기색인 황군명과 당이록의 모습에 움직이기가 힘들었다. 그들의 태도에서 알 수가 있었다. 그는 자신의 생각보다 훨씬 강한 자이다. 그리고 그런 그를 믿지 못해선 함께할 수 없다.

"자귀자(紫鬼瓷)가 깨어질 거라고 생각되다니, 아니, 깨어졌다고 생각하다니… 묘하구나, 묘해."

당거영의 말에 당공진은 움찔하지 않을 수 없었다. 자귀자는 조금 전 언하두가 단운평을 향해 던진 자기. 자색이 비치는 귀신들린 사기그릇이란 말이다. 천하제일의 암기술을 가진 당가에서 극소수만이 만들 수 있고, 또 극소수에게만 사용 허가가 내려지는 암기. 그것을 언하두가 가지고 있다는 말인가?

'아니, 그전에 자귀자가 파훼되는 일은 일어날 리 없지 않은가.'

사람의 힘이나 어떠한 기기로 비침을 날리는 것이 아니라 폭발을 이용한다. 그것은 인간이 막을 수 없다는 것을 의미하건만 그것을 누구보다 잘 알고 있는 부친이 깨어졌다고 말하고 있다. 단운평이라는 사내가 강하다는 것은 알고 있지만 자귀자를 피할 수 있으리라고는 생각되지 않았다.

"조용해졌군."

당이록은 무표정한 곽소혜를 바라보다가 혼잣말을 했다. 그의 목소리는 곽소혜의 귀에 들어가지 못했다. 바로 옆에 있었지만 곽소혜의 머리 속에는 부친의 말이 울리고 있어 어떠한 소리도 받아들이지 못하게 하고 있었다.

"나를 피도 눈물도 없는 상인이라고 말하는 이들이 많다. 그러나 난 단 한 번도 은혜를 입은 일을 모른 척한 적이 없다. 그에게는 생명의 빚을 졌다. 그리고 그것은 너도 마찬가지다. 내가 그를 위해 할 수 있는 일은 무림맹의 칼에 죽지 않도록 해주는 것뿐. 때문에 풍운회를 만들었다. 지금은 그가 나를 오해하고 있는 것 같지만 언젠가 그도 내 마음을 알게 될 것이다."

부친의 말에 곽소혜는 놀라지 않을 수 없었다. 부친은 단운평에게 인정받기 위해서 안달하고 있지 않은가. 마치 칭찬받을 행동을 한 후 칭찬을 기다리는 아이처럼 행동하고 있다.

'내가 보답할 수 있는 건 단 하나뿐, 당신과의 혼인뿐이군요.'

곽소혜가 이들을 따라온 첫 번째 이유가 바로 단운평과의 혼인을 위해서였다. 그가 구해준 목숨이고 그 은혜를 원수로 갚은 것이 바로 자신이다. 부친이 가진 돈이나 명예를 원하지 않는 그에게 줄 수 있는 것은 자신뿐이라는 것이 그녀의 생각으로 그도 사내인만큼 천하삼미의 한 명인 자신을 바라는 마음은 있으리라는 것이었다. 게다가 그처럼 헌신적으로 자신을 구하고 또 원망조차 하지 않는 사람이라면 자신에게 관심이 있으리라는 것이 그녀의 생각이었다.

하나 그녀는 그렇지 않은 사내도 있다는 것을 아직 모르고 있었다.

두 번째 이유는 부친의 부탁이었다. 부친이 알아본 바로는 그는 최소한의 돈으로 생활하고 있었다. 그의 생각이 어떠한 것인지와는 별개로 그녀로 하여금 그와 함께 다니며 금전적인 면을 해결하도록 한 것이다. 물론 다른 이를 보내려는 생각이었으나 그녀의 부탁에 곽마효도 어쩔 수 없었던 것이다. 여하튼 단운평으로선 짐덩이를 더 얻은 셈이었다.

"풍룡은 어딜 간 것이오?"

황군명은 갑자기 자신의 옆에 나타난 신형에 놀라지 않을 수 없었다. 근처에서 묘한 기척이 느껴졌지만 단운평이라고 생각해서 가만히 있었건만 어느 순간 사라진 기척의 주인이 자신의 옆에 있지 않은가. 단운평만큼이나 빠른 움직임이 아닐 수 없다. 황군명이 고개를 돌려보니 청의를 입고 있는 젊은 사내였다. 황군명은 급히 몸을 움직여 청의 사내로부터 거리를 두며 그에게 물었다.

"당신은 누구요?"

"독왕 어르신, 오랜만에 뵙습니다."

청의사내의 말에 당거영은 아무 말 하지 않고 다시금 눈을 감았다.

그런 당거영의 모습에 관평위는 지금 나타난 자가 적이 아니라는 것은 알 수 있었지만 상대의 정체를 모르는 것은 똑같았다. 그런데 사내는 마부석에서 주위를 둘러보더니 마차 뒤로 몸을 급히 움직이는 것이 아니던가.

"곽 소저, 어찌 마차 뒤에 있는 것이오?"

놀란 청의사내의 목소리. 그제야 모두는 알 수 있었다. 그는 황룡보에서 보낸 사람이었다. 곽소혜는 자신 앞에서 놀란 표정을 짓고 있는 사내의 얼굴을 보고 놀라지 않을 수 없었다. 눈앞의 사내는 단운평의 뒤를 따르겠다는 자신의 생각을 알게 된 후 부친이 자신에게 붙여준 무인이 아닌가.

물론 동방호라는 호위무사가 있긴 했으나 그는 곽마효의 부탁으로 인해 황룡보에서 오요인의 호위를 서고 있었다.

"여인을 마차에 태우지 않고 말에 태우다니… 풍룡이란 자가 무례하다고 하더니 사실인가 보군요. 더군다나 마차 뒤라니."

마차 뒤는 공격받기 쉬운 곳이다. 물론 급습을 받을 만큼 둔한 사람들로 이루어진 인원들은 아니지만 마차 뒤의 단점은 그것뿐이 아니라 흙먼지가 인다는 점 또한 포함되어 있으니 청의사내가 울컥할 만한 이유로 충분했다. 청의사내의 이름은 감여범. 한 자루의 검으로 강호에 이름을 널리 떨친 사내였다.

"섬전검 감여범."

당이록의 놀란 목소리에 황군명과 요호는 묘한 표정을 지었다. 섬전검 감여범이라면 화산과 무당이라는 거대 문파에서 각각 자신의 문파가 배출한 인재라고 주장하고 있는 천재 검객이 아닌가. 무당파 출신의 부친과 화산파 출신의 모친 사이에서 태어난 감여범은 타고난 무골이라 양쪽 문파의 무공을 경지에 이르도록 익힌 검의 천재라고 불리는 인물이었다. 최근 갑자기 모습을 감추면서 그가 사라진 이유에 대해서 갖가지 소문이 퍼졌건만 어째서 곽소혜의 호위를 하고 있단 말인가.

"허락이 없는 한 마차에 오를 수는 없지요."

조금은 풀이 죽은 곽소혜의 목소리에 감여범은 분노에 찬 눈으로 그녀의 옆에 있는 당이록을 노려보았다.

"왜 곽 소저가 마차를 타지 않고 마차 뒤에서 말을 타고 있는 것이오?"

그의 행동에 당이록은 눈살을 찌푸렸다. 갑자기 나타나서 이렇게 자신들을 휘젓다니…….

'건방진군.'

처음부터 단운평은 곽소혜가 따라오는 것을 반대했다. 곽마효에게도 그런 자신의 의사를 밝혔음에도 불구하고 그녀 마음대로 따라오고 있는 것이다. 그런 그녀에게 신경을 쓰기엔 너무나 위험한 여행이다. 때문에 그녀가 스스로 물러나길 바라고 그녀를 의식적으로 홀대하고 있는 것이었다. 그런 그의 마음을 곽소혜를 제외한 모두는 알고 있었다. 그런데 갑자기 나타난 감여범은 아무런 상황도 모르면서 저처럼 떠들고 있는 것이다.

"운평이는 그녀가 따르는 것을 원하지 않았소. 그녀 마음대로 우리를 따르는 것인데 그렇게까지 그녀를 보살펴야 하는 이유가 없지 않겠소?"

만약 그녀가 마차에 올랐다면 어느 한 사람이 말을 탔어야 할 것이다. 그리고 그 대상은 관평위였을 것이다. 마치 여인의 자리를 빼앗은 것처럼 느껴져 감여범의 말에 민감하게 반응하는 관평위였다. 관평위의 말에 감여범은 묘한 미소를 짓고선 마차를 향해 몸을 돌리더니 검을 뽑아 들었다.

"여인의 자리를 차지하고 있으면서 말이 많군."

그의 빈정거림에 자신의 팔을 잡는 화소민의 손을 뿌리치고 마차 문을 열고 뛰쳐나왔다.

"시끄럽군."

주르르.

감여범의 이마에서 굵은 땀방울이 흘러내렸다. 감여범은 자신의 목에 닿아 있는 것이 도라는 것이 믿겨지지 않았다.

"어느새……."

마차에서 뛰쳐나온 관평위는 어느새 나타나 감여범의 목에 도를 대고 있는 단운평의 모습에 놀라지 않을 수 없었다.

"마차의 주인은 나다. 그리고 곽 소저에게 쫓아오지 말라고 한 사람도 나다. 네놈이 뭐라고 말할 자격이 있나?"

단운평은 천천히 도를 내려 자신의 허리에 찼다. 그 순간 감여범의 검이 번쩍였다. 그러나 단운평은 뒤로 물러섰다가 다시금 감여범의 눈앞까지 움직여 그의 목을 움켜잡았다.

"죽고 싶다는 의미로 받아들이지."

뿌득.

감여범은 자신의 목에서 들리는 이상한 소리에 자신도 모르게 몸을 바둥거렸다. 그러나 단운평의 손아귀는 점점 더 조여왔다.

째쨍.

감여범의 손에 들린 검이 떨어짐과 동시에 황군명이 단운평에게 다가와 그의 팔을 잡았다.

"그만하면 충분합니다, 형님. 진정하십시오."

화산파와 무당파는 소림, 개방과 함께 구파일방의 중심에 서 있는 문파다. 감여범을 이렇게 개 잡듯 죽인다면 크나큰 문제가 될는지도 모른다.

하나 단운평은 태연했다.

"진정하라니? 나는 냉정을 유지하고 있다."

"형님, 이 손부터 놓고……."

당이록도 단운평의 옆에서 감여범을 놓아주라고 부탁할 수밖에 없었다. 단운평은 가만히 감여범의 얼굴을 바라보다가 손아귀의 힘을 풀었다.

털썩.

"흐읍… 헉… 헉……."

거친 숨을 내쉬던 감여범은 떨어진 검을 집어 들더니 다시금 단운평에게 달려들었다.

붕! 턱!

"으앗!"

위에서 아래로 내려쳐진 단운평의 도를 검으로 급히 막은 감여범의 무릎은 도에 실린 힘에 의해 저절로 굽혀졌다. 팔에 전해진 엄청난 고통에 부들부들 떨면서 다시금 일어난 감여범은 매서운 눈으로 단운평을 노려보았다.

"천재 검사라……. 날 찾았던 것 같은데……."

태연한 그의 음성에 천하의 감여범도 두려움이 일지 않을 수 없었다.

"건방진 말투만큼 실력은 따르지 않는 것 같군."

그의 독특한 저음에 신경을 모아 듣던 감여범은 모멸감에 머리칼이 바싹 서는 듯한 느낌마저 들었다. 하지만 아직 남아 있는 팔과 목에서 느껴지는 고통에 아무런 말을 할 수가 없었다.

'저자를 받아들일 작정인가, 아니면 적에게 경고를 하는 것인가?'

압도적인 힘을 보여준 후 감여범이라는 사내를 받아들이게 된다면 무당파와 화산파라는 거대한 두 개의 문파에 빚을 남기는 것이다.

무림맹과 적이라는 사실은 분명하지만 명예라는 것을 중시하는 정파의 거대 문파에서 단운평의 체면을 세워주어야 하는 경우가 발생할 때 단운평 쪽으로 기울게 될 거라는 것은 깊게 생각하지 않아도 쉽게 알 수 있는 일이다. 반대로 모욕만 주고 쫓아 보내거나 죽일 경우 무림 맹과는 철저하게 적이 되지만 자신을 함부로 여기는 자라면 신분을 가리지 않는 대담한 행동으로 적에게는 공포를, 한편이 되려는 자에게는 자신감을 주게 될 것이다.

"사라져라."

단운평의 한마디에 감여범은 몸을 부르르 떨었다.

'결국 경고가 되는 것인가?'

내심 받아들이기를 바랐던 황군명은 아쉬운 마음이 들지 않을 수 없었다.

"저는 황룡보에 고용된 몸, 곽 소저의 곁을 떠날 수가……."

픽!

단운평의 발길질에 턱을 맞은 감여범은 뒤로 벌러덩 넘어졌다.

'호위란 녀석이 상대의 역량도 모르고 덤벼들다니……. 호위는커녕 오히려 보호해야 할 사람을 위험하게 만들면서 무슨 호위란 말인가!'

단운평의 발길질에는 이러한 단운평의 생각이 담겨 있었으나 감여 범으로서는 전혀 알 수가 없었다. 말로 하지 않아서가 아니다. 이미 그는 정신을 잃었던 것이다. 그리고 단운평 역시 알지 못했다. 사실 감여범은 자신의 실력을 단운평에게 보여주고 당당하게 그들에게 합류하려는 의도를 가지고 조금은 건방지게 행동했던 것이다.

"이록, 네가 데려와라."

단운평은 가볍게 한마디를 내뱉고선 마부석으로 올랐다. 그의 그런 모습에 한숨을 푹 쉰 당이록은 자신의 말에 짐을 싣듯 감여범의 몸을 걸쳤다. 그리고는 말에 올라 마차의 뒤를 따르기 시작했다. 왠지 억울한 마음에 투덜대려 했을 때 황군명의 목소리가 들렸다.

"금강권사는 어떻게 됐습니까?"

"당가의 암기가 제법 괜찮더군. 상처가 늘어버렸어."

단운평의 말에 황군명은 단운평의 몸을 훑어보았지만 아무런 상처가 보이지 않았다.

"어딜 다치신 건가요?"

마차 안에서 들려오는 목소리. 주화령이다. 주화령의 물음에 단운평은 조용히 답했다.

"별일 아니니 신경 쓰지 마시오. 가벼운 처치는 하고 왔소."

발이 뚫린 것이 가벼운 상처일 리는 없다. 하지만 단운평이 평소 가지고 있던 외상 치료를 위한 약으로 상처 부위를 치료했기에 큰 고통은 없었다.

"잠시 멈춰서 치료를 하시는 게 좋을 것 같은데요."

주화령의 이어지는 목소리에 단운평은 아무런 말도 하지 않고 말을 몰았다. 주화령은 그가 자신의 말을 듣지 못할 리가 없다는 것을 알고 있었음에도 불구하고 다시금 말했다.

"단 대협이 다치면 천앙이나 무림맹으로부터의 공격을 누가 막아낼 수 있다는 거죠?"

차가운 어투. 하나 그 속에 단운평의 몸을 걱정하는 마음이 있음을 모두가 모를 리 없었다. 황군명과 당이록은 묘한 눈으로 서로를 바라보았다. 주화령의 말속에 숨겨진 감정을 읽지 못할 정도로 그들은 멍청이가 아니었기 때문이다.

"가지고 있던 약으로 치료를 끝냈으니 신경 쓰지 않아도 괜찮소."

단운평의 말에 주화령은 한숨을 푹 쉬고는 말했다.

"설마 치료하는 것이 두려운 건가요?"

단운평은 자신도 모르게 고삐를 잡아당겼다. 어쩌면 이것이 단운평의 두 번째 패배일지도 모른다. 단운평은 한숨을 쉬고선 마차에서 내렸다. 그가 내리자 마차 문이 열리며 화소영도 함께 내렸다.

第十七章
짧은 이별

객점에 도착한 후 휴식을 취하던 황군명은 조금 전 상황을 생각하면 웃음을 참을 수가 없었다. 마차를 세운 뒤 단운평이 마차를 세우게 만든 주화령과 그런 그녀를 묘한 눈으로 바라보던 화소영은 그의 신발을 벗겨내고는 그의 발을 치료했다. 그러면서 발에 난 상처를 끊임없이 살펴보며 그의 고통을 안타까워했는데 그런 그녀들의 뒤에서 바라보던 곽소혜의 표정도 역시 안타까움으로 가득해 단운평은 주변 사내들에게 부러움을 받았다. 그 순간 당이록이 한마디를 내뱉어 황군명과 화소민, 그리고 관평위가 대소하게 만들었다.

"다음 생에는 꼭 형님의 발로 태어나야겠군."

그의 말에 주화령의 볼이 빨갛게 변해 버렸고, 그녀의 그러한 모습을 처음 본 당이록이 다시금 한마디 하려는 순간 단운평이 먼저 선수를 쳤다.

"고맙소."

그 말은 주화령의 기분을 너무나 좋게 만드는 말이었다. 단운평의 입에서 고맙다는 말이 나오기가 얼마나 어려운지 잘 알고 있는 그녀였기 때문이다. 주화령의 뒤에 있던 곽소혜는 한발 늦었다는 듯 씁쓸한 표정으로 자신의 말이 있는 곳으로 돌아갔다. 그런 모습에 화소영은 입을 삐쭉이며 마차에 올랐다.

"왜 내게는 인사를 안 하는 거지?"

화소영의 혼잣말에 화소민은 피식 웃었다. 화소영이 급히 내려 단운평의 발 치료를 도운 건 자신의 자존심 때문이었다. 자신에게 관심을 가지지 않는 사내가 주화령이라는 여인에게 관심을 보이는 것 같아서 자존심이 상한 것이다.

"하여간 당가에서 무슨 일이 있었던 것이 분명해."

화소영의 말처럼 화소민 역시 그들 사이에 무언가가 있다는 느낌을 받은 건 당가에서의 첫날 이후였기에 동감을 표시했다. 하지만 동생의 철없는 행동으로 관평위와 단운평이 곤란에 빠지는 일이 생기는 것이 아닌가 걱정도 되는 화소민은 말했다.

"네가 진심으로 그분을 좋아한다면 모르겠지만 그렇지 않으면 멈추는 게 좋을 거야. 지금처럼 해봤자 그분의 마음을 얻을 수는 없을 테니까. 혹시나 네가 진심이 되어버리면 너만 후회하게 될 거야."

화소영은 언니가 사람 보는 눈이 뛰어나다는 것을 잘 알고 있었다. 자신은 관평위와 혼인을 반대했었다. 화위무사치고 제대로 된 사내가 없고 여자들이 가득한 곳에서 자란 이가 여자를 소중히 대할 리 없다는 것이 그녀의 주장이었다. 하나 화소민은 관평위가 다정다감하며 누구보다 가족을 위할 거라고 이야기하며 혼인을 하였다.

이후에 화소민의 친구나 화소영의 친구들이 혼인을 할 경우 화소민에게 의논을 했었는데 그녀가 괜찮은 사람이라고 말한 이와 혼인한 여자들은 누구보다 행복하게 살고 있었다.

"진심이 되면 곤란할 거라고?"

가만히 생각을 하던 화소영은 단운평이라는 사내에 대해서 다시금 진지하게 생각하기 시작했다.

단운평은 발 치료를 마치고 마부석에 올랐는데 황군명이 고삐를 잡은 관계로 그 옆에 앉아 눈을 감고 휴식을 취했다.

"그런데 어디로 가시려는 거지?"

황군명이 이렇게 고민을 하고 있을 무렵 단운평은 관평위의 가족들과 함께 객점을 나서고 있었다.

"역시나 오늘 가려고 하나 보군."

마차 앞에서 기다리고 있는 자는 다름 아닌 요호와 당공진이었다. 단운평은 조용히 그들 사이를 지나쳐 마차 위로 올랐다.

"내 동생들에게 어떠한 이상이 있다면 돌아와서 가만히 있지 않을 거요."

단운평의 말에는 범접하지 못할 힘이 서려 있었다. 그러나 요호와 당공진은 피식 웃었다.

"내가 없어도 그들은 괜찮을 거요. 나는 당신과 함께 갈 거요."

요호가 이곳에 있는 것은 단운평과 함께하기 위해서다. 그러나 단운평은 고개를 저었다.

"나를 위해서 이곳에서 저들을 지켜주시오."

요호는 알고 있다. 그가 누구에게 부탁을 하는 일은 몹시도 드문 일이다. 그리고 그 정도로 부탁을 한다는 것은 요호 자신을 믿는다는 말. 요호는 그의 말에 가만히 단운평을 바라보다가 몸을 돌렸다.

"알겠소. 그들은 내가 틀림없이 지켜줄 테니 당신이나 몸조리 잘하시오."

객점 안으로 들어가는 요호의 모습을 바라보던 관평위는 요호의 등을 향해 말했다.

"다녀와서 한번 겨루어봅시다. 저 친구의 말에 의하면 당신과 나는 비슷한 실력이라던데 누가 더 위인지 밝혀야 하지 않겠소?"

마차 안에서 지루하게 시간을 보내던 관평위는 마차가 서자 단운평에게 자신이 마차를 몰겠다고 이야기한 적이 있었다. 그러나 단운평은 단번에 거절하고는 미안했던지 시간이 나면 요호와 비무를 하라고 권한 적이 있었다.

"둘의 실력이 비슷하니 서로에게 큰 도움이 될 걸세."

단운평의 말에 관평위와 요호는 서로를 보며 불꽃을 튀겼으나 시간이 여의치 않아 아직 기회를 잡지 못하고 있었던 것이다. 관평위의 말에 요호는 웃음이 나왔다.

자신이 하려던 말이었으나 단운평의 유일한 친구가 관평위라는 것을 안 이후 말을 꺼낼 수가 없었다. 관평위의 몸에 조그만 상처라도 입게 될 경우 단운평이 쏟아낼 분노를 감당할 자신이 없었기 때문이다. 게다가 단운평은 아직도 자신을 믿지 못하고 있는 눈치였기에 더 더욱 아쉬운 상황이었건만 관평위 쪽에서 먼저 말을 해주니 기쁠 따름이었다. 강한 자와의 싸움으로 자신이 강해지는 것보다 비슷한 상대와 겨룸으로써 강해지는 것이 훨씬 많은 것을 알려주기 때문이다.

"기다리겠소."

요호는 그 말을 마지막으로 객점 안으로 사라졌다.

"나는 당가를 믿지 않소."

관평위 일가가 마차에 오르자 단운평이 한 말이다. 그러나 당공진은 태연히 마차에 오르려고 했다.

"그 이상 행동하면 적으로 간주하겠소."

그의 말에 당공진은 품에 손을 넣었다. 순간 관평위 역시 품으로 손을 넣었고, 묘한 분위기에 화소민은 두려운 눈으로 당공진을 바라보았다.

"그저 전표에 불과하니 진정하게."

당공진의 품에서 나온 것은 전표였다. 단운평은 고개를 돌려 거절의 의사를 밝혔고, 관평위는 품에서 손을 빼며 긴장을 조금 늦추었다.

'이런, 곽 소저의 부탁을 들어주려다 큰일날 뻔했군.'

당거영은 단운평이 오늘 떠날 것을 이미 알고 당공진에게 어떠한 개입도 하지 말라는 엄명을 내렸다. 그러나 곽소혜가 찾아와 어디로 갈지 모르지만 함께 가서 재정적인 면을 도와주라고 부탁해 왔다. 혹시라도 거절한다면 전표라도 전해달라는 말과 함께 눈물을 글썽이자 당공진은 울며 겨자 먹기 식으로 그 전표를 받았다. 여자의 눈물은 무기라는 말을 실감하는 순간이었다.

곽소혜는 단운평이 자신을 달갑지 않게 여길 거라고는 생각지 못했다. 자신을 몇 번이고 되돌려 보내려는 단운평이었기에 마차 뒤를 따르며 단운평의 가까이도 가지 않는 그녀였다. 그의 마음을 얻기 위해 따라온 것이지만 되돌려보내지는 것이 두려워 가까이 가지 못하고 있으니 곽소혜로서는 어이가 없었지만 다른 방도가 없었다.

"필요없소."

단운평의 한마디에 당공진은 전표를 마차 안으로 넣으며 몸을 돌렸다.

"자네는 몰라도 다른 사람에겐 돈이란 반드시 필요한 걸세."

그리고 재빠르게 객점 안으로 사라지는 당공진의 모습에 단운평은 피식 웃었다. 당공진의 말은 위험한 일을 맡기려면 그만큼의 보상을 해주어야 한다는 말이었다. 물론 그는 아무것도 받지 않으려 할 것이다. 그렇기 때문에 그를 믿는 것이니까.

"어쩌면… 필요할지도 모르겠군."

그의 혼잣말에 관평위가 마차 안에서 물었다.

"어떻게 할 건가?"

전표를 든 관평위는 내심 재미있는 상황이라는 생각이 들었다. 자신이 화위무사를 하면서 번 돈 대부분이 남아 있다. 적지 않은, 아니, 충분히 많은 돈이다. 환락가에서는 많은 돈이 오가고 있기에 화위무사가 배신하지 않기를 바라는 고용주들이 많은 돈을 주었기 때문이다. 당공진이 준 전표를 돌려줘도 상관이 없다.

"되돌려주는 것도 쉽지 않을 것 같군. 또 어르신에게 맡길 수밖에."

주화령과 곽소혜는 같은 방을 사용하고 있었다. 지금 상황에 그녀들이 있는 방으로 들어가는 것은 단운평으로서도 상당한 모험이 아닐 수 없었다.

"사 어르신께서 받으실지 모르겠군."

"그래."

사후락이라면 단운평에게 마차 모는 법을 가르쳐 준 노인이다. 그에게 화소민과 화소영을 부탁하려는 것이다.

"어서 떠나야겠군."

시간이 충분하지 않다. 황군명과 당이록, 그리고 주화령을 두고 가는 것이 내심 마음에 걸리고 있다. 자신 때문에 무림맹과 천앙의 적이 된 동료들이다. 무림맹에서나 천앙에서나 그들을 자신의 약점이라고 생각하고 있을 것이 틀림없다. 당가나 요호가 그들을 지켜줄 것이지만 확신할 수는 없다.

"늦지 않길 바랄 수밖에 없군."

단운평은 부드럽게 고삐를 휘둘렀다.

단운평이 사라진 후 삼 일이 지난 오후, 황군명 등을 찾아온 사람들이 있었다. 텁수룩한 수염과 거대한 도를 든 사내들의 모습은 결코 우호적인 목적으로 찾아온 것이 아니라는 것을 알 수 있었다.

"풍룡을 만나러 왔소."

말투에서 알 수 있는 것은 그들이 이 주변 토박이 무사라는 것인데 그들이 객점에 나타난 목적은 아주 간단했다. 단운평을 꺾고 자신들의 이름을 강호에 떨치려는 것. 그들의 목적을 안 황군명은 처음에는 긴장할 수밖에 없었다. 단운평의 압도적인 실력을 알고 있기에 그에게 도전하려는 자의 실력이라면 대단할 거라는 예상 때문이었다. 그러나 그런 그의 예상은 크게 어긋났다.

"이런 자들과 창을 맞대는 건 수치다. 네가 처리해라."

요호의 손가락이 당이록을 가리키자 당이록은 단 일 수 만에 제일 앞에 서 있는 사내의 두 팔을 부러뜨려 버렸다. 당이록은 자신의 일 수에 비명을 지르며 달아나는 무리들을 보며 한숨 짓지 않을 수 없었다.

"객점에서 우리들에 대한 이야기가 흘러 나간 모양이군."

당공진의 말에 황군명은 자신의 안이함을 반성했다. 삼 일째 찾아왔다는 것은 이틀 만에 자신의 소식이 새어나갔다는 말이다. 자신이 객점 주인이나 점소이에게 조금만 신경을 썼더라면 그런 일은 일어나지 않았을 것을. 순전히 자신의 방심 탓이다.

"일단 다른 곳으로 이동해야 할 것 같군."

당공진의 말에 모두는 객점에서 나와 말에 올랐다. 그런데 문제가 발생했다. 말에 오르려는 곽소혜를 향해 주화령이 한마디를 던졌는데 그 말로 인해 분위기가 묘하게 변해 버린 것이다.

"황룡보로 돌아가는 것이 좋을 것 같군요. 당신은 우리들의 약점이 될 뿐이에요."

사실이다. 어중이떠중이들이 달려드는 것을 보면 점점 상황은 어려워질 것이다. 무공을 모르는 곽소혜가 있다면 분명 큰 문제가 발생할 것이다. 하나 곽소혜는 태연했다. 자신은 단운평에게 빚을 진 것이지 주화령에게 빚을 진 것이 아니다. 그녀의 말을 들어야 하는 아무런 이유가 없었다.

"제 안전은 제가 책임질 거예요. 주 소저가 그런 말을 할 어떠한 권한도 없는 것 같은데……. 지금 일행을 이끄는 분은 독왕 어르신이 아닌가요?"

곽소혜의 말에 주화령은 기가 막혔다.

"당신이 어떻게 자신의 안전을 책임진단 말인가요?"

"제 안전은 감 소협이 책임질 테니 걱정하실 게 없다는 거예요."

곽소혜가 손을 들어 가리키는 쪽에는 입에서부터 목까지 붕대를 감은 감여범이 서 있었다. 그는 묵묵히 고개를 끄덕였다. 감여범이라면 큰 도움이 되는 실력이다. 단운평에게는 간단히 제압당했지만 사실 갑작스런 단운평의 공격에 감여범이 제 실력을 충분히 발휘하지 못했다는 것은 모두가 알고 있었다. 물론 그렇지 않았더라도 상황이 크게 달라지지 않았을 거라는 것도 모두가 알고 있는 일이었다.

"이 일행의 행보를 책임지고 있는 사람은 내가 아니라네."

말 위에 앉아 있던 당거영의 한마디에 곽소혜의 고개가 확 돌아갔다.

"어르신이 아니라면 누가……?"

"저 녀석이지."

당거영이 바라본 사람은 황군명이었다. 곽소혜는 깜짝 놀라지 않을 수 없었다. 당거영이 일행의 인솔을 맡지 않겠다고 한다 할지라도 당공진과 요호라는 걸출한 무인들이 있었다. 그런데 어째서 황군명을 지목하는 것인가. 당거영의 말에 황군명은 모두를 둘러보고선 잠시 고개를 숙였다가 입을 열었다.

"무거운 짐일지 모르지만 앞으로는 실수하지 않도록 하겠습니다."

단운평이 황군명에게 모든 것을 맡기고 간 것은 알고 있지만 단운평이 떠난 후 당공진 등은 은연중에 당거영이 일행의 대표라고 생각하고 있었다. 그러나 지금의 상황으로 모두는 알 수 있었다. 일행의 대표는 황군명이다. 물론 단운평이 돌아올 때까지라는 전제 하에서.

"좋군."

당거영은 황군명이라는 사내를 계속 바라보고 있었다. 당가에서도 회의를 주도해 갔고 지금 역시 일행의 행보에 대한 계획을 세우고 있다. 단운평이라는 사내가 왜 황군명을 마음에 들어하는지 알 수 있을 것 같았다.

지나치게 자신을 과신하는 사람도 싫지만 지나치게 자신을 폄하하는 사람도 무언가를 기대하기 힘들다. 황군명이라는 사내는 자신을 잘 알고 있고 기회에서 섣불리 나서지 않지만 자신을 필요로 하는 곳에서 물러서지도 않는다.

"제 생각에도 곽 소저는 돌아가시는 것이 좋을 것 같습니다."

황군명은 굳은 표정으로 말했다. 미녀의 의견에 반하는 말을 하기는 쉽지 않다. 그것도 천향이라는 거창한 별호를 가진 절세미녀에게는 특히나 그러하다.

"섬전검이라면 큰 도움이 되지 않나요?"

사실 섬전검 감여범이 있으면 도움이 되긴 한다. 그러나 섬전검과 함께 제대로 된 무공을 모르는 여인이 함께 있다면 오히려 약점이 된다. 차라리 둘 다 없는 것이 오히려 자신들에게 좋은 일이다. 황군명은 조용히 고개를 저었다.

챙!

그가 고개를 젓자 감여범이 검을 뽑았다. 자신이 큰 도움이 되지 못한다는 말을 참고 있을 수 없었던 것이다. 황군명이 그러한 의도가 아니라는 것을 감여범과 곽소혜를 제외한 모두가 알고 있었지만 감여범에게 납득시키기는 힘든 일이었다.

모르긴 몰라도 감여범은 지금 생애 첫 패배를 당했을 것이다. 사부나 사형이 아닌 다른 자에게 첫 패배라는 것은 큰 충격이 아닐 수 없다. 그것도 압도적인 힘의 차이에 의해 진다는 것은 무인에게 커다란 벽이다. 시간이 지나면 그 벽을 넘으려 노력하겠지만 지금 그 벽을 인정하고 싶지 않을 것이다.

"더… 벼… 라."

단운평에게 가격당한 턱의 고통에 정확한 발음이 아니었지만 모두는 그의 말을 알아들을 수 있었다.

"당신과 겨루어야 할 의미가 없소."

당거영이 말했다. 지금부터 일행을 이끄는 사람은 바로 황군명 자신이라고. 자신이 의견을 말할 때마다 검을 들고 불만을 표시하는 사람이 있다면 곤란하다. 황군명은 당이록을 바라보았다. 당이록은 그의 눈빛이 의미하는 바를 알았다.

일행을 이끄는 자의 말에 힘으로 반박하는 자를 그냥 두고서 일행의 안전을 책임질 수는 없다. 그렇다고 일행을 이끄는 자가 불만을 표시한 자를 매번 힘으로 누를 수는 없다. 단운평처럼 압도적인 무공을 지닌 사람이 아니라면 패하였을 경우를 생각해야 하는데 그렇게 된다면 일행 간의 믿음이 산산이 부서지게 된다. 때문에 당이록은 품에서 비도를 꺼내 들었다.

"군명의 말을 따르지 못하겠다면… 나와 겨루어야 할 것이오."

말을 따르지 못하겠다면 떠나야 할 거라고 말하고 싶었지만 황군명이 떠나라고 해서 나온 행동이니 말을 바꿀 수밖에 없었다.

"물러서라."

당이록은 들려온 목소리에 자신도 모르게 뒤로 물러섰다. 익숙한 음성이다. 그의 음성에 따르던 입장이었던 당이록의 몸은 저절로 반응한 것이다. 목소리의 주인공은 요호였다.

"조용히 가라."

목을 다쳤다는 것은 호흡이 편하지 않다는 것을 의미했다. 그것은 무인에게 치명적인 약점이었다. 일정한 호흡을 하지 않는다면 초식을 펼칠 수 없기 때문이다. 때문에 무인들이 무공을 펼칠 때 평정을 유지하려고 노력하는 것인데 목을 다쳐 호흡이 자유롭지 못한 상황이라면 요호와 같은 고수가 보았을 때 적을 제압하는 것은 시간문제였다.

"웃!"

요호는 몸을 돌리려다 감여범이 휘두르는 검 때문에 급히 창을 들어 검을 막았다.

쩡!

감여범은 울리는 검이 진정될 여유도 가지지 않고 바로 요호의 목을 향해 찔러 들어갔다.

"날 우습게 보는 건가?"

요호는 차가운 목소리로 말하더니 가볍게 옆으로 피하고는 창을 휘둘러 감여범의 왼팔을 가격했다.

빠각!

감여범은 뒤로 물러섰지만 너무 가까이 다가섰기에 충분히 뒤로 물러서지 못하고 팔에 맞고야 말았다.

"헉!"

크게 숨을 들이키는 소리에 요호는 고개를 흔들었다. 부러지도록 치지는 않았지만 한동안 팔이 움직이지 않을 것이다. 물론 검을 든 손은 오른손이었으나 몸을 움직일 때마다 왼팔에서 느껴지는 격통에 쉽게 몸을 움직일 수 없을 것이다.

"화가 난 것은 알고 있지만 대상이 틀렸지 않는가?"

감여범은 요호의 목을 노렸다. 자신이 다친 곳을 노린다는 것은 그 상처에 대한 분노가 스며들어 있다는 것이다. 요호는 어처구니가 없었다. 몸도 멀쩡하지 않고 분노에 차 상대의 역량도 제대로 모르는 자가 어찌 천재 검객이라는 소리를 들었단 말인가.

그들을 바라보다가 당공진이 감여범에게 다가갔다. 감여범의 상처를 치료한 것이 바로 당공진이었다. 지금 저렇게 움직여서는 안 된다는 것을 누구보다 잘 알고 있었다.

"자네, 이렇게 움직이면 곤란하네."

당공진이 감여범의 어깨에 손을 얹고 말했지만 감여범은 고개조차 돌리지 않았다. 다만 증오에 찬 눈으로 요호를 바라보고 있을 뿐이었다.

"처음인가 보군, 누구에게 충고를 듣는 것이."

당이록의 말에 감여범의 목이 확 돌아갔다.

"으으……."

급히 목을 돌린 탓으로 엄청난 통증을 느낀 감여범이 목을 손으로 감싸고 신음성을 내었다.

'천재는 무슨, 이록이보다 훨씬 멍청하군.'

황군명의 생각은 혼자만의 것이 아닐 것이다. 고개를 흔드는 주화령의 모습이 보였기 때문이다. 감여범의 모습을 바라보는 당이록의 눈은 연민으로 가득했다. 감여범의 주변에는 충고를 해줄 사람조차 없었다. 당연히 강해야 하고 당연히 누구보다 뛰어나야 하는 자로 길러진 것이다. 강하지 않으면 자신의 존재를 인정받지 못한다고 믿고 있다.

당가에서 자신도 그러했다. 강하지 못하면 존재를 인정받지 못했다. 다른 점이 있다면 자신은 강함과 뛰어남으로 인정받지 못했고 때문에 그 틀에서 밖으로 나올 수 있었단 것이다. 감여범은 여전히 그 틀에 갇혀 있다.

당공진은 혀를 차며 감여범의 수혈을 짚었다.

"어이가 없군. 그건 그렇고, 곽 소저를 황룡보로 보내는 것이 흐지부지 넘어가 버렸네?"

당공진은 다시금 감여범의 치료를 하고선 객점 옆에 있는 커다란 나무 아래에 뉘여두고 황군명에게 말했다. 그의 말에 황군명은 고개를 끄덕이며 근심스런 목소리로 말했다.

"그냥 두고 갈 수도 없고, 고민입니다. 또 어디로 가야 할지도 모르겠고."

단운평은 어디에 있으라고 말을 해주지 않았다. 당가나 도림 등으로부터 정보를 받아 상대에 대한 분석을 하는 것도 좋지만 안전한 곳을 우선적으로 찾아야 했다. 그러나 이들이 안전한 곳은 그리 흔하지 않았다.

게다가 당가에 들어가기 전에 자신들을 따르던 무림맹의 간자들이 당가를 나온 뒤에도 여전히 따르고 있었다. 단운평이 이곳을 떠나기 전에 몇 명을 잡아서 객점에 묶어두고 관평위 등과 갔지만 여전히 많은 수가 남아 있을 것이 분명했다.

"일단 황룡보로 가는 것은 어떨까요?"

곽소혜의 의견에 황군명은 잠시간 눈을 감고 생각을 했다. 단운평은 그것을 바라지 않을 것이다.

'하지만…….'

지금은 가야 할 곳도 있어야 할 곳도 마땅찮은 상황.

"괜찮은 생각이군요. 어서 움직여야 할 것 같습니다. 이곳에서 가장 가까운 길이 어떻게 되는지 알고 계십니까?"

황군명은 결국 그녀의 의견을 받아들이기로 했다. 지금으로선 가장 중요한 것이 일행의 안전. 황룡보의 인원들이 사천으로 옮겨가 소수의 인원만이 있겠지만 적어도 이처럼 계획없이 돌아다니는 것보다는 좋을 것이라는 것이 황군명의 계산이었다.

"저 녀석은 한 꺼풀 벗은 듯한데 나는 여전히 제자리군."

곽소혜에게 무언가를 묻고 또 설명하는 황군명의 모습을 바라보던 당이록은 쓸쓸한 미소를 지었다. 황군명이 어느 순간 껍질을 깨고 나온 듯 많은 것을 앞서 간다고 생각되자 그에 비해서 자신의 모습이 한심하게 느껴졌던 것이다. 당이록의 옆에서 그의 얼굴을 바라보던 주화령이 말했다.

"무슨 소리예요? 제일 많이 변한 건 양 오라버니 같은데."

"뭐가?"

"예전보다 많이 편해 보이는걸요."

주화령은 평소 좌충우돌(左衝右突)하던 당이록의 모습을 기억하고 있다. 처음에는 그것이 덜렁덜렁한 성격 탓이라고 생각했었다. 당가에서의 일에 대해서 듣게 된 후로 당이록이 그러한 행동을 하는 것이 과거를 잊기 위함일지도 모른다는 생각을 하던 주화령이었기에 그의 변화된 모습을 느낄 수 있었던 것이다.

"그런가? 그럴지도 모르겠군."

당이록은 자신의 손을 내려다보았다. 항상 잔뜩 긴장해 있던 두 손이 조금은 편해 보였다.

'나는 변한 것인가?'

당이록은 고민은 그만두기로 했다. 이제 과거에 사로잡히는 것은 그만두기로 했다. 자신은 단운평을 따르기만 하면 되는 것이다. 생각하는 것은 좀 더 강해진 후에 해도 충분하다.

"제일 많이 변한 건 역시 주 사매군."

주화령은 당이록의 말에 웃고 말았다. 당이록의 말투가 점점 단운평과 닮아가고 있었다.

"전 별로 변한 것이 없는 것 같은데요?"

"무슨 소리야? 언제 이렇게 길게 말한 적이 있었나? 언제나 얼음마냥 차갑던 주 사매가 말도 많아졌고 웃음도 많아졌지. 역시 형님은 대단한 사람이야."

힐끗 그녀의 얼굴을 바라보는 것도 잊지 않았다. 그러나 당이록의 예상과 다르게 주화령의 안색은 조금도 변하지 않았다. 오히려 태연하게 답하지 않는가.

"후회하고 싶지 않아요. 더 이상."

주화령의 과거에 대해서는 대강이나마 알고 있다. 그녀의 삶은 양자택일이었다. 바닥으로 떨어지느냐, 아니면 올라서느냐. 현재에 충실하지 않으면 미래는 없다는 것을 누구보다 잘 알고 있는 그녀이기에 당이록은 그녀의 웃음이 아파 보였다.

"형님이라면 행복할 수 있을 것이다."

주화령은 당이록의 눈빛을 이해할 수 있었다. 이러한 당이록이기에 의남매를 맺은 것이다. 이 사람은 진짜 멋진 사내다.

"어서 출발하자."

황군명이 당이록에게 달려와 말하고선 그를 지나쳐 당거영에게 다가가 상황을 설명하는 듯했다. 독왕이라는 이름이 가지는 무게와 그의 나이를 생각해서 그저 출발한다고 외칠 수가 없었던 것이다.

"그건 그렇고, 천향이 간신히 짐덩이에서 벗어난 것 같군."

당이록의 말에 주화령은 그를 바라보며 말했다.

"천향을 짐덩어리라고 말하다니……. 똑같이 무공을 모르지만 화소저는 그렇게 여기지 않는 것 같던데요."

당이록의 얼굴이 빨갛게 변해 버렸다. 자신이 화소영에게 연심을 품고 있음을 일행 중 모르고 있는 이가 없다는 건 알고 있지만 그래도 왠지 뜨끔했던 것이다.

"뭐, 화 소저도 무공을 모르지만 그는 관 소협의 처제고 형님께서 일행으로 여기고 있는 사람이지. 화 소저도 형님을 좋아하고 있는 것 같으니까. 화령아, 지면 안 된다."

당이록의 말에 주화령은 당이록의 얼굴을 천천히 살펴보았다. 주화령은 이런 당이록이 좋았다. 정말로 좋았다.

"뭐 하는 거냐? 어서 말에 올라라."

언제 다가온 것일까? 요호가 말을 타고 당이록의 옆에 있었다. 당이록은 혹시나 자신의 말을 들은 것이 아닌가 하는 생각에 그의 얼굴을 바라보았지만 요호의 얼굴에서는 아무것도 느낄 수 없었다. 요호는 그저 이제 정신을 차리고 묵묵히 말 위로 오르는 감여범만을 바라보고 있을 뿐이었다. 말에 오르면서 자신을 노려보는 감여범의 눈빛에서 알 수 있었다.

'적이 될지도 모를 녀석이군.'

언제나처럼 정파의 자존심이라는 것은 위험하다. 첫 패배로 인한 분노가 아니다. 몸이 괜찮았다면 너 따위한테는 지지 않는다는 눈빛. 요호는 관평위와의 약속 이전에 감여범과 다시 겨룰 일이 일어날 것이라는 확신이 들었다. 그런데 조그만 문제가 생겼다.

"화령이 네가 곽 소저와 말을 함께 타는 것이 좋을 것 같은데……."

언제 어디서 공격이 시작될지 모른다. 말은 예민한 동물이라 자칫하다간 곽소혜 혼자 다른 곳으로 움직일지 모른다. 그럴 경우를 대비해 주화령에게 함께 말을 타라는 것이었다. 감여범이 호위무사로 있지만 여러 가지 상황으로 보아 감여범이 제대로 된 호위를 할 수 있다고 생각되지 않았다.

"그러죠."

황군명이 힘들게 꺼낸 말이라는 것을 알고 있는 주화령이 간단하게 답했다. 차가운 표정으로 말하는 그녀를 보게 된 곽소혜는 몹시 기분이 나빴다.

"제가 큰 짐이라도 되는 것 같군요."

곽소혜도 알고 있다. 자신으로 인해 모두에게 위험이 발생하게 될지도 모른다는 것을. 무공을 모르는 자신으로선 아무래도 다른 이들보다 쉽게 피로감을 느끼기 때문에 이동하는 데 시간이 더 들고 또 위험이 발생했을 때 자신으로 인해 남에게 위험을 주게 될지도 모른다는 것도 알고 있다. 그러나 분명 자신이 도움 되는 일도 있을 것인데도 모두들 자신을 짐덩이 취급만 하고 있다.

"안전한 곳까지 가게 되면 곽 소저 혼자 말을 타도 되니까 그때까지만 참아주세요."

주화령이 크게 숨을 내쉬며 말했다. 곽소혜가 크게 착각하고 있는 것 같아서 답답했다. 곽소혜가 귀찮거나 불필요하다는 생각을 가진 것이라기보단 지금 이 자리에 없지만 단운평이 거절한 사람이라는 것이 모두의 마음에 걸리는 것이다.

이곳에 있는 모든 사람들은 단운평이라는 사내를 따라가고 있다. 곽소혜와는 어떠한 친분도 없고 어떠한 이해관계도 없는 사람들이다. 단운평의 말을 어기고 곽소혜의 의견을 따를 리가 없지 않은가. 그녀는 지금의 행동이 얼마나 어처구니가 없는 것인지 모르고 있다. 그리고 사실 그녀가 짐덩이인 것은 사실이었다.

'역시 형님 없이는 유지되기 힘든 일행이군.'

황군명은 단운평이 자리를 비우자 삐걱대는 일행의 모습에 마음이 무거웠다. 이 상태로 견뎌내기엔 한 달이란 시간은 너무도 길게 느껴졌다.

일주일이 지났다. 황군명은 자신이 황룡보로 진로를 택한 것이 옳은 일인지 점점 불안해졌다. 생각해 보면 곽마효에게 황룡보의 식솔들 모두를 사천으로 이동시키라고 말한 사람이 바로 자신이다. 위험한 곳이라고 설명을 했었건만 그런 곳에 곽소혜와 함께 일행을 이끌고 가다니……. 황군명은 자신이 잘못된 결정을 내린 것이라고 생각되었다.

"왜 그래?"

당이록이 황군명에게 다가와서 물었다. 황군명은 당이록의 질문에 가볍게 미소를 지었지만 얼굴은 딱딱하게 굳었다.

"모르겠어."

"뭐?"

당이록은 자신도 모르게 반문했다. 듣지 못한 것은 아니지만 그 말을 인정할 수가 없었다. 어찌 황군명의 입에서 모른다는 말이 나온단 말인가? 엄청난 세력을 적으로 한 채 그의 의견에 따라 모두가 움직이고 있지 않은가?

"천앙이나 무림맹에서 왜 우리를 이렇게 궁지로 몰고 있는 거지? 무림맹은 사파와도 경계 중이고 형님을 적으로 돌려서 생길 위험성만 커지건만……. 도대체 무림맹에서 형님을 적대시해서 얻을 이익이 뭐지?"

황군명의 말에 당이록의 얼굴이 침울하게 변했다. 단운평이 떠난 이후 자신도 같은 물음을 머리 속에 그려보았다. 처음에는 자신들을 향해 달려드는 적들의 수준이 높지 않아 그저 귀찮을 뿐이었으나 하루가

지나자 상황이 달라진 것이다. 조금씩 위험한 적들이 달려들었고 당이록의 머리 속에도 궁금증이 일었던 것이다. 단운평이나 자신들이 무림맹에 먼저 공격한 적이 없건만 어째서 이리 공격을 해대는 것인지……. 그러나 아무도 거기에 대한 언급이 없었기에 조용히 묻어두고 있던 당이록은 황군명의 말에 온몸에 한기가 들었다. 이유는 알 수 없었지만 우연히 발생한 일이 아니기에 두려워진 것이다.

"무슨 일인지 모르지만 한시라도 빨리 황룡보로 가는 것이 좋지 않겠나?"

어느새 다가온 요호의 말에 당이록은 황군명을 바라보았다. 요호의 말투로 보아 요호에게도 어떤 걱정이 있는 듯했다.

"예, 형님이 돌아오기 전까지 알아봐야 할 것들이 많은데 황룡보 이상의 장소는 없겠지요."

황군명은 고개를 끄덕이고는 다시금 일행의 맨 앞에 섰다. 요호는 그런 황군명의 뒷모습을 바라보다가 고개를 돌려 감여범을 바라보았다. 여전히 묘한 표정으로 일행을 바라보는 그의 눈빛에 요호는 창을 든 손에 힘을 잔뜩 주었다.

"오늘은 저 객점에서 머물고 내일 다시 출발한다는군요."

한참을 달려가던 일행이 멈춘 건 어둑해져 가는 저녁 시간이었다. 당이록이 당거영에게 가장 먼저 알렸다. 당거영은 아무런 말 없이 고개를 끄덕였고, 그가 허락한 이상 아무도 불만은 없었다. 황군명과 당이록이 먼저 객점으로 들어가려는 순간 당거영이 손을 들어 모두에게 경계의 신호를 보냈다.

"무슨……?"

황군명이 물으려고 하는 순간 객점에서 누군가가 뛰쳐나왔다. 번쩍이는 검광에 황군명은 허리에 찬 검으로 급히 얼굴을 보호했다.

챙!

순간적이나 가볍게 막아낸 검은 다시금 황군명의 아랫배를 노리고 달려들었다. 그러나 황군명은 첫 일격에만 놀랐을 뿐 두 번째 공격은 가볍게 옆으로 움직여 피할 수 있었다.

"웬 놈이냐?"

황군명의 옆으로 달려온 당이록이 비도를 던지며 외쳤다. 안쪽에서 나오던 검광은 자취를 감추고 적막이 흘렀다. 황군명과 당이록은 긴장을 늦추지 않고 문을 열려 했다.

"뒤로 물러서라."

당공진의 말에 황군명은 문에 닿으려던 손을 움츠렸다. 잊어버렸다. 자신들의 적은 너무나 거대한 상대다. 적이 있다는 것을 알고 있으면서 무언가를 맨손으로 만지려 하다니 주의력의 부족이었다.

"부탁드립니다."

황군명의 말에 당공진은 가볍게 고개를 끄덕이고는 앞으로 나갔다. 감히 독을 사용하다니……. 우습기까지 했다.

"음……."

가볍게 손으로 문을 만지자 문에서 불길이 치솟았다. 독의 성분이 있을 경우 그것과 반응해서 불이 붙는 약을 뿌린 것이다. 문에서 불길이 치솟자 객점 안에서 경악성이 터져 나왔다. 순간 불붙은 문짝이 박살나면서 누군가가 뛰쳐나왔다.

"이록 네가 처리해라."

당공진이 뒤로 물러서며 말하자 당이록이 비도를 던졌다.

슈욱!

바람을 가르는 소리와 함께 이름 모를 인영의 팔에 박힌 비도. 그러나 사내는 멈추지 않았다.

"어?"

분명 힘줄이 절단되었을 것이다. 그럼에도 불구하고 달려드는 인영의 움직임이 전혀 흐트러짐 없음에 당이록은 소름이 돋았다. 객점에서 나온 인영이 검을 휘두르려는 순간 요호의 창이 인영의 목을 꿰뚫었다.

"컥!"

사람이 아닐지도 모른다는 당이록의 생각은 틀렸다. 다시금 적막이 흘렀다.

"누가 일행의 대표냐?"

객점 안에서 뚜벅뚜벅 걸어나온 백의사내가 말했다. 그러나 모두는 태연히 몸을 돌려 말이 있는 곳으로 걸어갔다. 철저한 무시. 단운평에게 배운 것이다.

"감히 나를 무시하다니!"

객점 문을 나선 백의사내는 허공을 돌아 당공진을 향해 달려들었다. 조금 전 황군명의 행동을 저지한 것이 당공진임을 알았기에 그가 이 일행의 대표라고 생각한 것이다. 하나 백의사내의 공격은 요호에 의해 차단되었다. 요호는 백의사내의 모습을 바라보다가 한마디를 내뱉었다.

"미친놈이군."

요호는 왠지 기분이 좋아졌다. 무림맹에서 마랑대를 맡고 있을 때는 분노나 기쁨을 다른 사람에게 보일 수가 없었다. 자신이 무림맹에 충성을 다하지 않고 있으며 또 자신의 부하들에 대한 책임감이 없다는 것을 다른 사람들이 알아채서는 곤란하기 때문이었다. 그래서 그는 억지로 웃었다. 황군명과 당이록이 살벌하게 느낀 미소가 바로 그것이다.

"넌 누구냐?"

백의사내의 물음에 요호는 아무런 대답 없이 창으로 사내의 가슴을 찔러 들어갔다. 백의사내는 급히 왼쪽으로 움직여 창을 피해냈지만 요호의 공격은 거기에서 끝난 것이 아니었다. 그 순간 객점에서 또 한 명의 사내가 튀어나왔다. 그 사내 역시 백의를 입고 있었는데 처음 나온 사내가 이십대 중반의 얼굴을 지닌 반면 이번에 나온 사내는 기껏해야 약관을 넘긴 듯한 앳된 얼굴을 하고 있었다.

"마랑 요호님이신 것 같은데 손속을 잠시만 멈춰주십시오."

요호는 새로 나타난 사내를 힐끗 보고는 아무런 소리도 못 들은 양 여전히 공격을 가했다.

"저는 정량목이라고 합니다."

사내의 말에 요호의 창이 멈췄다. 공격을 당하던 사내는 거친 숨을 내쉬며 요호를 바라보았다. 전력을 다하는 것처럼 보이지는 않았다. 명불허전. 자신을 어린애 다루듯 하는 요호의 솜씨에 감탄의 눈길로 요호의 전신을 훑어보았다.

"눈이 불필요한 듯하군."

조금은 기분 나쁜 눈길이다. 요호의 창이 다시금 사내의 얼굴로 날아갔다. 사내는 요호의 창이 내뿜는 기세에 아무것도 하지 못하고 있는데 어느새 다가온 정량목이 검을 뽑아 요호의 창을 쳐냈다.

"멈춰주십시오. 먼저 말로 문제를 해결해야 되지 않겠습니까?"

황군명과 당이록은 놀라지 않을 수 없었다. 한때 요호의 휘하에 있었던 그들로선 지금 요호가 펼친 창술이 진심인지 아닌지 알 수 있었는데 지금의 일식이 진정으로 상대를 죽이려는 의사가 있었다는 것을 알 수 있었다. 그러한 요호의 한 수를 가볍게 막아낸 정량목의 실력은 평범한 것이 아니었다.

"사형이 실수한 것 같은데 용서해 주십시오."

가볍게 포권하는 정량목의 모습에 요호는 등이 서늘해졌다. 빈틈이 보이지 않는다. 이 정도의 사내라면 만만히 볼 수 없었다. 현재로선 객점 안에 얼마나 많은 사람이 있는지 알지 못했다. 정량목이라는 사내가 자신들을 맞이하는 정도의 일을 하는 것이 다라면 안에는 얼마나 대단한 사람이 있을 것이란 말인가.

"천앙에서 온 사람인가?"

정량목은 고개를 저었다.

"아닙니다. 저희는 무림맹에서 왔습니다."

당공진의 안색이 눈에 띄게 나빠졌다. 있을 수 없는 일이었다. 조금 전 당이록의 비도에 맞고도 괴물처럼 달려드는 사내를 요호가 죽였다. 그러나 지금 정량목이나 그의 사형이라는 자는 전혀 신경을 쓰지 않고 있었다. 어찌 이런 이들이 정파의 일원이란 말인가.

정량목은 그러한 당공진의 표정을 눈치챈 듯 말했다.

"객점에 있던 자인데 여러분 중 한 분이라도 제압한다면 살려준다고 했지요."

웃음 띤 얼굴이다. 당이록은 아무리 생각해도 눈앞에 있는 사내가 무림맹 소속이라는 것을 믿을 수 없었다.

"넌 거기서 뭘 하고 있는 것이냐? 어서 이리로 오거라!"

정량목의 사형이라는 자의 일갈에 황군명은 급히 고개를 돌렸다.

최악의 상황이다. 감여범이 검을 들어 곽소혜의 목에 대고 있지 않은가.

"무당파인가?"

당공진의 물음에 정량목은 이번에도 고개를 저었다. 그제야 황군명은 이들의 정체를 알 수 있었다.

"무림맹의 감찰대 참마대(斬魔隊)."

황군명의 말에 정량목은 부드럽게 미소를 지었다.

"네, 저희는 강호의 악을 멸하는 존재 참마대입니다."

요호의 표정이 묘하게 변했다. 참마대를 이끄는 참마대주가 누구인지 알고 있었기 때문이다.

객점 안에서 한 무리의 사람들이 나왔다. 단 한 명의 사내를 제외하고 모두가 백의를 입고 있었다. 예외의 사내는 청의를 입고 있는데 얼핏 마흔을 넘은 듯 보였다. 특징이 있다면 사내의 허리춤에 걸려 있는 금색으로 빛나는 도. 황군명과 당이록은 사내에 대한 수많은 전설들을 떠올렸다.

"단천도객이 이런 곳까지 무슨 일이십니까?"

천하의 요호도 긴장하지 않을 수 없었다. 정파에 속하는 방파가 사파와 힘을 합치거나 사파가 되어버리는 경우 무림맹에서 제명시키기 위해서 출동하는 집단이 바로 참마대였다. 자신이 이끄는 마랑대가 참마대를 지원하기 위해 몇 번 출동한 적이 있기에 이들이 얼마나 위험한 존재들인지 너무나 잘 알고 있었다. 같은 무림맹에 속해 있던 문파를 제거해야 하기 때문에 그만큼 잔혹한 성품이 아니면 곤란했다. 정파임에도 불구하고 잔혹한 성품을 지닌 무인들로만 구성된 집단. 이러한 참마대의 대주가 바로 단천도객 팽전이었다.

"소식을 듣지 못했나 보군."

한 걸음 다가서는 팽전의 움직임에 요호는 온몸의 근육을 긴장시켰다. 단천도객 팽전은 하북팽가 출신의 고수. 웬만큼의 실력으로는 참마대원을 이끌 수가 없다. 잔혹한 성품과 더불어 침착하며 사람의 빈틈을 노릴 줄 아는 지혜를 두루 갖추어야 한다. 태연한 표정이지만 결코 저 표정에 방심해서는 안 된다는 건 누구보다 잘 알고 있었다.

"무슨 소식 말입니까?"

요호의 질문에 팽전이 차가운 미소를 지으며 말했다.

"너희들이 금강권사 언하두 대협을 죽였다는 소식을 듣고 무림맹에서 천앙보다 너희의 척살을 우선시한다고 했거든."

팽전의 도가 허공을 가르며 요호의 머리를 쪼갤 듯 다가왔다. 요호는 정신이 없었다. 가장 우려하던 일이었다. 무림맹에서 전력을 다해 그들을 쫓으려 한다. 그것을 막기 위해서 당거영과 당공진, 그리고 언하두의 풍운회 가입을 공표하길 원했던 것인데.

팅!

요호의 머리를 쪼갤 듯 무서운 속도로 날아드는 도는 다른 도에 막혀 뒤로 튕겨났다. 그제야 정신을 차린 요호는 자신의 목숨을 구해준 사람을 바라보았다. 도림에서 온 무인. 냉면도객 전습이었다.

"저자는 내가 상대하지."

전습의 차가운 목소리에 요호는 그가 팽전에게 무슨 원한이 있다는 것을 알아차릴 수 있었다. 요호는 자신을 바라보는 정량목을 향해 몸을 움직였다. 참마대의 대원 수는 대략 쉰 명. 단운평이 없다는 소문을 들은 듯 지금 이곳에 있는 자들의 수는 열 명 남짓이었다. 당거영과 당공진이 있는 이상 참마대원들은 함부로 움직일 수 없을 것이었다. 대략 살펴보면 팽전과 정량목이란 사내를 제외하고는 당이록의 수준 이

하라고 보였다. 그렇다면 자신은 지금 나선 상대만 해결하면 되었다.

"너도 앞으로 나서야 할 것 같은데……."

순간 정량목은 피식 웃었다.

"분명히 말하지만 당신이 움직이면 저 여인은 죽을 겁니다."

요호는 골치가 아파왔다. 뭐 저런 놈이 있단 말인가. 더군다나 정파라는 놈이. 그 순간 뒤에서 비명성이 들려왔다. 비명의 주인은 다름 아닌 감여범. 요호가 고개를 돌려보니 감여범이 피투성이가 된 채 무릎을 꿇고 있었다. 그의 옆에 떨어져 있는 건 분명 사람의 팔이다. 비명을 지르는 감여범의 오른팔이 보이지 않았다. 감여범의 옆에서 그를 기습할 기회를 노리던 주화령은 갑작스럽게 나타나 감여범의 팔을 베어버린 사내의 얼굴을 보고 놀라지 않을 수 없었다. 왜 이자가 이곳에 나타났단 말인가? 더군다나 왜 감여범의 팔을 잘라낸 것인가?

"항상 어려운 상황에서 만나게 되는군."

황군명은 그의 말에 고개를 끄덕였다. 그때는 천앙이라는 적에게 갇혀 있을 때였다. 그런데 이번엔 공동의 적이 아니지 않는가?

"어째서 무림맹의 일원을 벤 것이오?"

"간신히 내 길을 찾은 것뿐이오."

사내의 미소는 전에 없이 밝았다. 그의 미소에 황군명은 웃음이 나왔다.

"우리는 어찌 된 것이 미녀보다 사내에 반하는 건지 모르겠소."

알고 있다. 저 사내가 이곳에 왔다는 것은 객점에 있던 미녀와도 헤어져야 했다는 것을.

"그러게 말이오. 단 대협이 나타나면 책임을 지라고 해야겠소."

순간 얼굴에 드리워진 어두움은 이내 사라지고 사내는 미소를 지으면서 감여범의 목을 베어버렸다.

"넌 누구냐?"

정량목의 목소리가 처음으로 높아졌다. 생각지 못한 사내의 등장이었다. 도를 휘둘러 도에 묻은 피를 뿌려낸 사내는 무거운 목소리로 말했다.

"내 이름은 서문호. 저들의 일행이지."

第十八章

서문호의 등장

단운평과 헤어진 서문호는 태허관과 천군보를 가까운 의원에 데려가 치료를 부탁하고는 급히 하토 지방으로 출발했다. 초혜림도 함께 가겠다고 말했으나 태허관과 천군보의 간호와 그들에 대한 소식을 무림맹에 전할 사람이 필요했기에 서문호 혼자 움직일 수밖에 없었다.

밤낮없이 달려 간신히 도착한 서문세가는 대문이 박살나 있었다. 서문호가 서문세가로 들어서는 순간 보이는 것은 뽑혀져 이리저리 나뒹구는 나무들과 움푹 패인 바닥, 그리고 점점이 뿌려진 핏방울이었다.

"설마……?"

서문호는 온몸이 떨리는 것을 간신히 진정시키며 한 발 한 발 안으로 들어섰고, 건물 이곳저곳이 부서진 모습을 보면서도 애써 아무 일 없을 거라고 뇌까렸다. 그러나 복도 곳곳에 묻은 핏자국에 서문호는 다리가 후들거렸다.

"어디들 계십니까? 접니다! 서문호가 왔습니다!"

서문호는 떨떨 떨리는 손으로 이리저리 방문을 열어젖혔다. 그러나 다섯 번째 방 안마저 비어 있자 서문호는 입술이 바싹 타 들어갔다. 바로 그때 서문호의 귀로 웅성거리는 소리가 들려왔다.

'그곳인가?'

급히 서문호가 몸을 움직여 달려간 곳은 다름 아닌 서문세가의 집무실. 서문호가 급히 문을 벌컥 열어젖히자 안에는 많은 사람들이 있었다.

"아버님!"

제일 먼저 보이는 사람이 바로 부친 벽력도 서문항비. 서문항비를 비롯한 서문세가의 일원들은 갑자기 문이 열리며 들려온 목소리에 놀라지 않을 수 없었다.

"호야, 어째서 네가 여기에 있는 거냐?"

서문항비의 두 눈이 경악에 차 있었다.

"천앙의 습격이 이뤄진다는 소식을 듣고 급히 달려왔습니다. 다들 괜찮으신 겁니까?"

한결 밝아진 표정의 서문호와 달리 서문항비의 얼굴은 딱딱하게 굳어갔다. 그러나 서문호는 그것을 알아채지 못했다. 지금 그에겐 가족들의 안위보다 중요한 것이 없었기에 다른 것은 눈에 들어오지 않았다.

"우리야 괜찮지만 단 소협이 네가 이곳에 오는 것을 허락했느냐?"

"네, 그게……."

서문호는 쉽게 답하지 못했다. 그런 그의 모습에 서문항비의 눈에서 불이 켜졌다. 서문세가의 식솔들 모두가 일어나서 집무실 밖으로 나가기 시작했다. 한 명 한 명 나가면서 서문호의 어깨를 두드려 주는데 서문호는 그들 중 상당수가 상처를 입고 있었으나 모두가 큰 상처 없이 무사함을 알 수 있었다.

"어째서 네가 이곳에 왔는지 설명해 보거라."

차가운 서문항비의 얼굴에 서문호는 흥분된 마음을 진정시키고 부친의 얼굴을 직시했다.

"아버님, 저희 서문세가는 정파입니다. 무림맹을 저버린 그를 더 이상 따르긴 힘들었습니다."

간략히 설명해도 부친은 알아들을 것이다. 부친은 서문세가에 대한 자부심이 큰 사람이었다. 하나 서문호가 모르고 있는 것이 있었다.

펑! 쿠당탕!

"으윽!"

서문항비의 일장에 뒤로 처박힌 서문호는 갑작스런 부친의 공격에 무방비 상태로 가격당해 충격이 컸다. 그렇지 않아도 피로 때문에 힘이 없던 다리는 일어서려는 서문호의 의지를 배반해 버렸다.

털썩.

다시금 주저앉은 서문호가 의문 가득한 눈으로 부친을 바라보았다.

"무림맹이 곧 정파라고 생각하느냐?"

서문항비의 목소리에는 실망의 기색이 역력했다. 서문호는 안간힘을 다해 다시 일어서 부친 앞으로 다가가 의자에 앉았다.

"당금 천하에서는 무림맹이 곧 정파가 아닙니까?"

서문호의 눈에는 당혹감이 가득했다. 물론 단운평과 헤어지는 과정이 좋지 않은 상황이었기에 꾸중을 들을 거라고는 생각했지만 그와 헤어진 것 자체에 대해 꾸중을 들으리라곤 생각하지 못했다. 언젠가는 멀어져야 하는 인연이 아닌가.

"세 명이 죽었다."

큰 상처를 입은 사람이 아무도 보이지 않았건만……. 서문호는 방금 방을 나선 사람들의 얼굴을 되새겨 보았다. 모두가 있는 줄 알았건만 세 사람이 모자란다.

"설마……."

천앙이라는 세력의 대단함을 알고 있었다. 자신도 객점에서 죽을 뻔하지 않았던가. 그러나 예상을 했다고는 하나 사람의 죽음이 가볍게 느껴지는 건 아니다.

"그래도 이 정도의 피해로 끝나서 다행이다. 그렇지 않느냐?"

서문항비는 무서운 눈길로 그렇게 물었고, 서문호는 가만히 호흡을 고르다가 조용히 답했다.

"천하의 천앙의 공격에 그 정도의 피해는 감수해야겠지요."

퍽!

서문항비의 주먹질에 서문호는 입술이 터졌다. 주르륵 흐르는 핏줄기를 닦으며 부친을 바라보았다.

"그 정도의 피해라는 말이 잘못되었지만 어쩔 수 없는 것 아니겠습니까?"

그러나 서문항비가 주먹을 날린 이유는 그것이 아니었다.

"멍청한 녀석! 천앙의 공격 따위로 죽은 식솔은 아무도 없다. 그들의 공격을 사전에 알았고 그래서 큰 피해는 없었다. 물론 그들이 다른 세력 때문에 도중에 물러났다는 것도 큰 이유 중에 하나겠지만."

"예?"

서문호는 무슨 말인지 알 수가 없었다. 천앙이 도중에 물러나는 일이 있단 말인가? 이제껏 한 번도 그런 적이 없는 천앙이 아닌가. 죽음을 불사하고 달려드는 그들이기에 천앙의 공포가 이처럼 큰 것인데. 무림맹에서 도와준 것인가? 아니, 그렇다면 세 명이 죽은 건 누구 때문이란 말인가? 서문호의 머리 속은 복잡하게 돌아갔다.

"다시금 묻겠다. 무림맹이 곧 정파이더냐?"

서문호는 믿고 싶지 않았다. 부친의 질문이 의미하는 바가 무엇인지 깨달은 것이다.

"아버님, 설마……?"

서문항비의 움켜쥔 주먹에서 피가 흘러내렸다.

"그래, 천앙의 습격 이후 무림맹이 우리를 공격했다."

차가운 부친의 목소리는 서문호의 가슴을 서늘하게 만들었다.

"도대체 무림맹이 왜 우리를 공격했단 말입니까?"

서문호의 목소리도 높아졌다. 그들이 서문세가의 식솔을 공격해서 죽였다는 건 도저히 납득할 수가 없었다.

"그들이 말하는 이유는 풍룡과 한편이 되어서 무림맹을 적대시하기 때문이라고 하더군."

"그런 터무니없는 일이! 그들은 잘못 알고 있는 것입니다. 사과를 받아야 합니다."

우려하던 일이 터져 버렸다. 때문에 단운평과 멀어진 것이 아닌가. 그러나 부친은 담담한 표정이었다.

"식솔들의 생명을 앗아간 사람들에게 사과를 요구하라고? 우리가 무림맹을 적대시하지 않는다는 것을 무림맹에서 모르고 행동한 것이라고 생각하는 것이냐?"

그의 말을 이해할 수가 없었다. 단운평과 한편이 아니라는 것을 알고 있다면 왜 서문세가를 공격한단 말인가?

"이해가 안 되는 것이냐?"

서문호는 잠시 생각하더니 경악에 찬 표정을 지어 보였다.

'그럴 리가……? 정파, 정파가 그럴 리가……?'

서문호의 표정을 살피던 서문항비가 천천히 말했다.

"정사대전 이후 세가들의 힘이 커졌다. 특히 우리 서문세가는 눈부신 발전을 이루었지. 그것이 문제가 된 것이다. 구파일방은 자신들의 위치를 위협하는 세가들을 좋아하지 않지. 뭐, 다른 세가도 우리 세가의 발전을 마음 편하게 바라만 볼 수는 없었겠지. 대의명분이 갖추어졌으니 진실은 중요하지 않다."

결국 구파일방과 다른 세가들이 서문세가의 성장을 못마땅하게 여기고 공격했다는 말이다. 그제야 서문항비가 원하는 대답을 알았다. 무림맹은 정파가 아니다. 아니, 정파는 없다.

'이것인가, 단 대협이 무림맹과 손을 잡지 않은 이유가?'

서문호는 단운평의 얼굴과 초혜림의 얼굴이 떠올랐다. 단운평이 자신의 신상에 대해 남에게 말한 것은 자신이 처음일 것이다. 그런 그의 믿음을 저버렸다. 가만히 생각해 보면 초혜림을 구하지 않은 것이 시발점이 된 것이 아니다. 그가 정파가 아니라는 이유도 아니었다. 그저 그와 함께 다니면서 불안해져 버린 것이다. 그리고 그의 무시무시한 무공을 질투해 버린 것이다.

"풍운회라는 것에 대한 소문을 들은 적이 있느냐?"

서문호는 부친의 말을 듣지 못했다. 대신 부친에게 물었다.

"화산파에서도 우리를 적으로 인정한 겁니까?"

서문항비는 얼굴을 찡그리며 아들을 바라보다가 입을 열었다.

"소림과 무당, 그리고 전진에서는 반대를 했다고 들었다만 화산은 우리를 공격하는 것에 동의했다고 한다."

서문호는 주먹을 불끈 쥐었다. 부친의 죽음 이후 그 누구라 할지라도 의심부터 해보는 단운평과는 달리 정파라는 존재를 신앙처럼 믿었던 서문호는 배신감에 온몸이 타 들어가는 듯했다.

"서문세가 식솔들의 시신은 어디에 있습니까?"

서문항비는 아들의 안색이 서서히 정상으로 돌아오자 조용히 방문을 나섰다. 그런 그의 뒤를 따르는 서문호의 다리는 어느새 힘을 되찾은 듯 조금의 흔들림도 없었다.

그리고 일주일의 시간 동안 서문호는 부친으로부터 서문세가 도법의 배우지 못했던 초식을 모조리 전수받았다. 완벽하게 익히려면 얼마나 긴 시간이 필요할지 모르지만 초식은 그리 어려운 것이 아니었기에 짧은 시간에도 외울 수 있었던 것이다. 서문호가 새로 깨닫게 된 초식을 펼치던 중 초혜림의 서찰이 왔다는 소리를 듣고 도를 멈추었다.

서문 공자 친전.

화산파에서 풍룡 단 대협을 적으로 결정 내렸습니다. 그가 나쁜 사람이 아니라는 것은 알지만 무림맹에서 무림맹과 풍룡, 이 둘에 대해 양자택일을 요구하고 있어 고심 끝에 무림맹을 택하고 말았습니다.

하지만 서문세가에 관한 일은 잘못된 결정이라고 신검과 천검 어르신들이 발 벗고 나서 주신다고 했으니 곧 우리가 적이 되지는 않을 것 같아요. 그리고 그렇게 되면 서문 공자, 무림맹의 천단에 소속될 듯하니 준비하고 기다리세요.

초혜림 書.

서찰을 받았지만 설레임은 없었다. 이제 더 이상 무림맹에 대한 동경은 없다. 초혜림의 생각과는 다르게 무림맹의 생각은 바뀌지 않을 것이다. 아니, 한 가문을 적으로 규정하는 것을 확인하지 않고 공표한다는 것 자체가 이미 그들의 계획은 불변할 것이라는 것을 의미했다.

'천단 따위는⋯⋯.'

천단과 단운평 둘 중 하나를 선택했다. 자신의 선택은 단운평이었다. 이미 천단 따위는 안중에 없는 서문호였다. 서문호는 다시금 미친 듯이 도를 휘둘렀다.

어느새 나타난 서문항비는 그런 서문호의 모습을 보고 자신의 선택이 잘못되지 않았음을 알 수 있었다.

'엄청난 흡수력이군. 풍룡에게 부탁한 것은 잘못되지 않은 선택이야.'

초식을 전부 펼쳐 낸 서문호가 땀을 닦고 있자 서문항비가 그에게 다가가 어깨를 두들겨 주었다. 서문호는 부친의 얼굴에 안쓰러움이라는 감정이 담겨 있자 멋쩍게 웃고선 물었다.

"천앙의 무시무시함은 겪어보아서 잘 알고 있습니다. 우리 세가의 무인들 실력이 어느새 그렇게나 올랐습니까?"

"천앙의 폭풍이 있을 때는 천앙에 대한 어떠한 정보도 없었지. 때문에 그들에게 많은 피해를 입었지만 제법 많은 정보가 있어 그들의 공격에 대한 대비를 철저히 할 수 있었다. 적의 실력을 알고 그들이 쳐들어오는 날을 안다면 쉽게 패하지 않는다."

적을 알고 나를 알면 백번 싸워도 위태로워지지 않는다(知彼知己白戰不殆)라는 말이다. 서문호는 이제야 부친이 자신에게 주먹을 날린 이유를 정확히 알 수 있었다. 처음부터 무림맹은 자신들을 노리고 있었고 그런 그들에게 서문세가 혼자서 대항할 수 없었다. 단운평이라는 사내가 무림맹과 천앙 사이에서 하나의 축이 되리라는 것을 예상한 것이다.

"이제 어느 정도 익숙해진 것이냐?"

초식에 관한 이야기다.

"네, 이제 잊어버리지는 않을 것 같습니다."

서문호의 말에 서문항비가 무거운 목소리로 말을 꺼냈다.

"그렇다면 다시 단 대협에게 가라. 그가 받아주지 않는다고 한다면 무릎이라도 꿇고 잘못을 빌어라."

초식을 배운 후 서문호는 자신이 단운평을 떠나온 된 과정을 이야기하였다. 서문항비는 탄식을 했지만 화를 내지는 않았다. 이해할 수 있었다. 무인이라면 당연한 것이었다. 바로 옆에 거대한 벽이 있다는 것은 의욕과 갈망을 주기도 하지만 절망과 슬픔을 주기도 한다. 게다가 여인을 버려두는 모습을 보고서 젊은 혈기에 참고 넘어가긴 힘들었을 것이다.

'그래, 그 누구보다 자존심 강한 네가 인정했다고는 하나 풍룡의 졸개 취급을 받고서는 참기 힘들었을 것이다. 하지만 인정해야 한다. 세상에는 자신보다 뛰어난 사람이 있다는 것을. 그러나 그가 언제까지고 너보다 강할 리는 없다. 노력만 한다면.'

"사내란 남에게 머리 숙이는 것보다 죽음을 택하는 존재니 그에게 잘못을 비는 것이 쉽지 않은 일이라는 건 알고 있다. 하지만 너를 위해서, 그리고 서문세가를 위해서. 부탁한다."

처음이다. 부친이 자신에게 부탁한다는 표현을 한 것은. 무겁다. 가문이라는 이름의 무게는.

삼 일 후 서문호는 다시 서문세가를 떠났다.

"오호, 어차피 제거해야 할 존재로군. 피에 대한 대가는 피라는 것을 알고 있겠지?"

정량목의 말에 서문호는 피식 웃었다.

"내가 할 말이군. 서문세가의 식솔들 목숨 값은 너로부터 받아야겠다."

서문세가를 쳐들어온 무림맹의 세력이라면 당연히 참마대일 것이다. 부친 역시 무림맹에서 온 자들의 정체가 참마대일 것이라고 하였었다.

"미숙한 녀석들을 보냈더니 일을 끝내지 못하고 왔더군. 서문세가의 힘은 생각 이상이었어."

정량목의 말에 서문호는 도를 양손으로 잡고 앞으로 달려갔다.

붕!

위에서 아래로 휘두르는 서문호의 도에는 힘이 실려 있었다.

팅!

"윽!"

가볍게 검으로 막았던 정량목은 도에 실린 힘 때문에 자신도 모르게 신음성을 내었다. 그의 흔들림을 느낀 서문호는 이어서 좌에서 우로 도를 휘둘렀다. 방금의 공격에 검날이 상한 것을 본 정량목은 급히 뒤로 물러섰다.

"역시 생각 이상이야."

자신의 검은 명검 수준으로 도끼를 상대한다 해도 상처가 남지 않는다. 그런데 서문호의 도에 의해 검날이 상했다. 서문호의 도가 뛰어난 것도 있겠지만 도에 정확하게 힘을 실을 줄 아는 자와 상대한 경우에 생기는 상흔이다.

"꽤나 열심히 도를 휘둘렀지."

서문호는 단운평의 도가 위력적인 이유를 알 수 있었다. 끊임없는 반복을 통해서 자신의 도에도 피가 흐른다.

"제법 열심히 한 모양이군."

정량목의 말에 서문호는 어이가 없었다. 이제 약관을 넘은 듯한 사내에게 들을 말이 아니다. 서문호는 가볍게 어깨를 돌려 긴장을 풀면서 그에게 물었다.

"통성명이라도 해야 할 것 같은데, 당신은 누구요?"

그의 물음에 정량목은 피식 웃었다.

"글쎄, 이 일검을 받아낸다면 이야기해 주지."

가볍게 땅을 박차고 달려드는 정량목의 모습에 서문호는 도를 휘둘러 그의 접근을 막으려 했다. 그러나 정량목은 가볍게 허리를 젖혀 도를 피하고는 이내 몸을 일으켜 세워 앞으로 달려들었다. 서문호는 적의 공격을 피하기 위해 옆으로 움직였지만 어느새 정량목이 자신의 옆을 스쳐 지나갔다.

"제법이군. 이걸 피한 사람은 처음이야."

정량목의 표정에서 놀라움이라는 감정을 읽을 수가 있었다.

'엄청난 기술이군.'

뒤로 몸을 눕혔다가 다시 몸을 세우는 반동을 이용해 앞으로 재빠르게 움직인다. 까딱하면 균형을 잃게 될지도 모르는데 훌륭한 몸놀림이다. 충분히 자신의 실력을 과신할 만하다. 게다가 스쳐 지나며 정확하게 옆구리를 베어왔다. 서문호는 다시금 단운평의 훈련에 대해 감사하는 마음이 들었다. 옆구리가 멀쩡할 수 있었던 것은 단운평이 몇백 번

반복시킨 탓에 자연스럽게 움직여진 팔 때문이었다. 예전이었다면 도의 무게 탓에 정량목의 공격을 막아내지 못했을 것이다.

"내 이름을 알 만한 자격이 충분하군. 해남파의 검귀가 바로 나야."

그의 말에 귀를 기울이며 적을 상대하던 황군명과 당이록은 정량목의 말을 듣고도 쉽사리 상대의 정체가 떠오르지 않았다. 아무래도 어린 사람이라는 선입견이 남아 있어 약관의 나이를 중심으로 사람을 기억해 내려 했기 때문일 것이다. 그러나 주화령은 달랐다.

"영환검(靈幻劍)!"

그녀의 외침에 황군명은 그제야 알 수 있었다. 변화무쌍한 검술로 천하의 환검객들의 우상이 되는 젊은 검객이 바로 저 정량목이라는 사내란 말인가.

주화령의 외침에 서문호는 더욱 긴장했다. 들은 적이 있다. 절정의 환검술을 펼치는 젊은 검객 영환검 정량목. 검수들은 일반적으로 빠르기 위주의 쾌검과 변화 위주의 환검 중 하나의 길을 택한다. 물론 고수라 불리는 자라면 두 가지 모두 어느 정도 수준 이상에 도달해 있지만 어느 한쪽을 자신의 특기로 하여 그것을 수련의 중점에 두게 된다. 검보다 상대적으로 무거운 도를 사용하는 도수들에게는 쾌검보다는 환검이 상대하기 어렵다. 쾌검의 경우 어느 정도의 반응 속도만 가진다면 넓은 도신을 이용해 막을 수가 있지만 환검의 움직임에는 도의 무거움 때문에 따라가기가 힘들기 때문이다.

"해남파는 정사지간에 있을 뿐이라고 들었건만 어째서 당신이 참마대에 있는 것인가?"

서문호의 말처럼 해남파는 무림맹도 사파도 아닌 정사지간의 균형을 유지했다. 해남파가 위치한 해남도가 중원에서 한 발짝 떨어진 섬인지라 정과 사라는 대립 구도에서 벗어나 필요에 의해 정을 택하기도 사를 택하기도 하면서 긴 세월 자신들의 안전을 지켜오고 있었다.

"내 검술을 제대로 연마하기 위해선 참마대가 가장 좋더군."

"그럼 저 사형이란 자도 해남파 출신인가?"

서문호가 주화령과 겨루고 있는 사내를 가리키며 묻자 정량목은 크게 웃었다.

"하하하, 저따위 녀석이 어찌 해남파의 출신이라 할 수 있으랴. 그저 나이가 많은 관계로 그렇게 불러주는 것뿐이지. 자, 이제 잡담은 그만 하고 겨뤄보자구."

정량목은 온몸에서 살기를 뿜어댔다. 서문호는 처음처럼 사내가 오만하게 느껴지지는 않았다. 저것은 자신에 대한 자부심이리라. 힘든 수련을 거친 후 참마대에서 실전의 경험을 함으로써 자신감이 생긴 자라면 스스로에 대한 자부심을 가져도 충분하다.

서문호는 부드럽게 도를 움직여 정량목의 팔을 노리고 달려갔다. 이에 정량목은 몸을 움직여 옆으로 이동하면서 검으로 서문호의 손을 노렸다. 서문호는 손목만을 틀어서 그 검을 튕겨내고 도를 몸에 붙이며 한 발 다가갔는데 정량목은 튕겨지는 검을 뒤로 빼내면서 왼발을 축으로 부드럽게 돌고선 반대쪽 손을 노려왔다.

'어디서 본 듯한 움직임인데…….'

상대의 공격하는 힘을 역으로 이용하는 모습은 어디선가 많이 본 움직임이었다. 서문호는 도로 자신의 손을 방어하고서는 반보 앞으로 나서며 힘차게 도를 휘둘렀다.

붕!

그러나 이번에도 허공을 그리는 도의 궤적에 급히 몸을 움직이지 않을 수 없었다. 어느새 몸을 깊숙이 숙인 채 자신의 바로 앞까지 온 정량목이 검으로 자신의 턱을 노리고 있지 않은가. 서로 물러서지 않고 한 발 한 발 다가서다 보니 어느새 이처럼 가까워진 것이다.

"웃!"

경악성과 함께 몸을 허공으로 띄운 뒤 부드럽게 뒤로 돌아 검을 피한 서문호는 등이 축축하게 젖은 것을 느낄 수가 있었다.

'강하다.'

서문호는 발이 땅에 닿는 순간 왼발로 땅을 차서 몸을 오른쪽으로 움직였다.

서걱.

옷자락이 잘렸다. 자신의 예상대로 땅에 닿는 순간을 노리고 달려든 정량목이었다. 서문호는 몸을 돌려 왼쪽 아래에서 오른쪽 위로 도를 쳐올렸고, 순간 도에 무언가가 닿는 느낌이 들었다.

"하앗!"

기합성과 함께 힘차게 치켜 올려진 도. 정량목은 도에서 느껴지는 힘에 검이 위로 들려진 것을 느끼고는 급히 뒤로 몸을 움직였다.

'기회다.'

서문호는 기회를 놓치지 않고 앞으로 달려가며 도를 휘둘렀는데 정량목은 정신없이 날아드는 서문호의 도를 몸을 움직이는 것만으로 피할 수가 없어 검을 들어 막았다.

팅팅!

검이 울리는 소리와 함께 정량목의 손목에 시큰한 통증이 밀려왔다. 계속 뒤로 밀려나던 정량목은 위험을 느꼈다. 시간이 지나도 서문호의 도는 힘이 떨어지지 않고 오히려 점점 빨라지고 있는 것이 아닌가!

"이런, 젠장!"

정량목은 상체를 뒤로 길게 눕힌 상태로 뒤로 물러섰다. 정량목의 몸놀림에 정량목과 거리가 생긴 서문호는 그에게 날카로운 공격을 퍼붓지 못하게 되어 도를 아래로 휘둘러 그의 다리를 노렸다. 정량목은 땅을 박차고 상체 쪽으로 다리를 잡아당겨 서문호의 도를 피해내었다.

붕!

허공을 가른 서문호의 도에서 나는 소리에 정량목은 식은땀이 났다. 위험한 순간이었다. 정량목은 서문호의 눈을 바라보다가 검을 검집에 넣었다.

"오늘부로 참마대는 그만두어야겠군. 강해지고 싶지만 죽고 싶지는 않아."

갑작스런 정량목의 행동에 서문호는 자신도 모르게 고개를 흔들었다.

'괴물이군.'

이상한 놈이다. 하나 방심할 수는 없다. 서문호는 여전히 도를 들어 정량목의 빈틈을 노렸다. 그러자 정량목이 손을 흔들며 말했다.

"난 서문세가에는 가지 않았고, 지금부터 참마대도 관둘 거니깐 오늘은 이만 하자구."

정량목의 말에 서문호는 도를 거두었다. 계속 싸운다 할지라도 이길 수 있을지도 의문인데다 이제는 싸워야 할 이유도 없었다.

"이, 이봐!"

주화령과 겨루고 있던 사내의 우렁찬 목소리가 들려왔다. 그러나 정량목은 가볍게 손을 흔들고선 서문호를 뒤로한 채 어디론가 사라졌다. 오늘은이라고 말했다. 완벽하게 이길 자신이 생긴 후 다시 나타날 것이다. 아무리 생각해도 이상한 사람이다. 자신이 어째서 그렇게 열심히 싸웠는가 하는 생각으로 고개를 젓고선 그가 사라진 곳을 바라보았다.

'뭐, 나름대로 괜찮은 경험이었군. 그런데 소문으로는 삼십대라고 들었건만 엄청난 동안이군.'

분명 소문에 의하면 영환검 정량목의 나이는 이십대를 지났다고 했다. 서문호는 역시 괴물이라고 생각할 수밖에 없었다. 싸움이 끝난 서문호는 몸을 움직여 곽소혜가 있는 곳으로 가서 그녀의 주변으로 다가설지 모를 무인들을 경계했으나 그녀에게 다가설 무인들은 없었다. 당거영이 네 명의 무인을 상대하고 있는 중인데 그가 가볍게 손을 휘저을 때마다 참마대원 네 사람은 연신 땅에 나동그라졌다.

"이 나이가 되어도 쉴 기회가 없구나."

당거영의 한탄 아닌 한탄에 바빠진 것은 당공진이었다. 당공진은 그의 말이 들리자마자 이리저리 바쁘게 뛰어다니며 참마대원을 제압했는데 덕분에 당가십이수의 수장 당이연과 황룡보에서 파견한 궁사 보서대는 가만히 서 있을 수밖에 없었다. 당이연과 보서대를 향해 서문호가 인사를 건넸다.

"이런 상황에서 어울리지는 않지만 저는 서문호라고 합니다."

"아, 문무쌍절이시군요. 명성은 익히 들었습니다. 저는 황룡보에 고용된 궁수입니다. 이름은 보서대라고 합니다."

보서대의 소개에 가볍게 포권을 한 서문호는 당이연을 바라보았다.

"독문 출신 당이연이오."

높낮이가 없는 특이한 어투다. 서문호는 포권을 하며 당이연을 얼굴을 바라보았다. 얼굴과 목의 피부 색이 다른 것을 보아 본 얼굴이 아닐 것이다. 잠시 그의 얼굴을 바라보던 서문호는 그에게도 포권을 하여 예의를 차렸다.

"저자의 도법은 정말 대단하군요."

보서대는 원래 말이 많은 사내였다. 그러나 당가를 떠나온 후 입을 열 기회가 없었다. 풍룡 단운평이나 독왕 당거영이란 존재는 자신에게 있어 너무나 먼 존재였고 그들에게 인사를 하지 않으면서 다른 이들에게 말을 걸기엔 그들을 무시하는 것만 같아 가만히 있을 수밖에 없었던 것이다. 때문에 입이 근질근질했는데 다행히 서문호가 말을 걸어와 살 것 같았다.

보서대가 가리키는 사람은 다름 아닌 냉면도객 전습이었다. 단천도객 팽전과 싸우고 있는 전습의 도법은 별 특색이 없어 보였다. 아니, 팽전의 도법에 비해 너무나 보잘것없어 보였다. 화려한 몸놀림과 번쩍이는 금도가 어우러져 도광이 허공을 가득 메우고 있었는데 이상한 것은 전습의 도가 한번 움직일 때마다 팽전이 연신 뒤로 물러서는 것이다. 보서대는 이 장면을 묘사할 적절한 단어가 생각이 나질 않아 끙끙대고 있는데 당이연이 한마디를 뱉었다.

"천적인 것 같군."

보서대는 속이 시원했다. 자신이 찾던 단어가 바로 그것이었다. 뱀과 개구리, 호랑이와 토끼 같은 천적이란 것이 바로 저런 모습 같았다. 팽전이 아무리 발버둥 쳐도 곧 전습에게 잡아먹힐 듯 보이는 것이다.

"으악!"

전습의 도가 팽전의 오른쪽 어깨 부근을 잘라 버렸다. 핏물이 터져 나오는 어깨를 부여잡은 팽전이 전습을 노려보자 전습은 차가운 음성으로 말했다.

"십이금도(十二金刀)는 림주의 호위대만 가질 수 있는 도다. 감히 그 것을 훔쳐 가다니."

"무슨 소리냐! 그건 무림맹에서 받은 것이다!"

"실력이 없는 자가 보도를 가지고 있는 것 또한 죄가 되는 법. 무림 맹에도 죄를 물을 것이니 걱정하지 말아라."

전습은 한 걸음 다가가 팽전의 목을 베었다. 주저없는 그의 손속에 당거영은 알 수 있었다.

'저자는 제법 많은 사람을 베어보았군. 무서운 눈이다.'

도림의 명성은 헛되이 전해지고 있는 것이 아니었다.

"대강이나마 정리가 되었으니 어서 다음 행선지로 가는 것이 좋을 것 같습니다."

서문호의 말에 고개를 끄덕인 황군명은 당이록을 바라보았다. 자신 이 현재 상의할 수 있는 이는 당이록뿐이다. 당이록은 고개를 끄덕였 다. 서문호를 받아들이자는 의미다. 황군명 역시 당이록을 향해 고개 를 끄덕이고는 모두에게 서문호를 소개시켰다. 서문호는 자연스럽게 이들 무리에 들어설 수 있었다.

"자자, 어서 서두르지 않으면 노숙을 해야 할지도 모르겠습니다. 어 서 출발하도록 하지요."

간단한 인사가 끝나자마자 황군명은 말에 올랐다. 쉬려던 객점은 보 나마나 아무도 없을 것이다. 사람이 잠만 자고 살 수는 없는 법. 제대 로 된 음식을 먹어야 활동할 수 있다. 서문호도 저 뒤쪽에 매어둔 말을 타고 그들과 함께 다른 객점이 있는 곳을 향해 출발했다.

"여기는 괜찮은 것 같군."

사람들로 북적이는 객점 안을 바라본 황군명은 안도의 한숨을 쉬었다. 이미 어두워진 하늘을 보면서 더욱 다행이라는 생각이 든 황군명은 객점 안으로 들어섰다.

　"어서 오십시오. 저희 객점으로 말씀드리면 오랜 전통과……."

　"자리나 안내해 주게."

　어떠한 객점을 가도 손님의 기분을 알아채지 못하고 이처럼 피곤하게 구는 점소이가 있다. 하나 해가 진 후에 이렇게 영업을 하는 것만 해도 고마운 일. 황군명은 가볍게 점소이의 말을 끊고 빈자리가 있는지 안을 둘러보았다. 창가에 제법 큰 자리가 비어 있었다.

　"저기에 앉겠네. 괜찮은가?"

　황군명의 말에 점소이가 잽싸게 황군명의 앞으로 나서며 자리를 안내했다.

　"일행이 많으시군요. 당연히 저곳에 앉으셔도 됩니다. 주문은?"

　점소이가 이처럼 재빠르게 움직인 이유는 사람의 수가 많아서라기보다는 단 한 사람 때문이었다.

　'세상에 저런 여인도 있구나.'

　점소이에게 있어 미녀란 그리 좋은 존재가 아니었다. 더구나 무림의 미녀는 특하나 가까이 해서는 좋지 않은 존재다. 무림의 미녀는 사내들의 다툼을 유발하고 거만하며 냉혹하다. 술잔을 쏟았다가 죽지 않을 정도로 몰매를 맞은 적도 있었다.

　지금처럼 그저 미녀가 아니라 이름도 유명한 절세미녀의 경우는 피를 부르는 존재였다. 저런 여인과 함께 있는 무리라면 이름난 존재들일 것이다. 그렇지 않다면 다른 자리에 있는 거친 사내들이 저리 가만히 있지 않을 것이었다.

"적당한 요리를 내오게. 잡스런 것 말고 먹을 만한 것으로."

가격은 상관없이 맛있는 것을 가져오란 말이다. 점소이는 잽싸게 주방으로 달려가 무언가를 열심히 주문했다. 다양한 요리 이름이 나오는 것을 보아 제법 괜찮은 주방장이 있는 것이 틀림없었다.

잠시 후 식탁 가득히 먹음직스러운 음식들이 올라왔다.

"저기……."

음식이 나왔건만 식탁 옆에서 떠나지 않는 점소이의 모습에 당공진은 피식 웃고선 품에서 작은 은자 하나를 꺼내 점소이에게 주었다. 그러나 점소이는 은자를 받지 않았다.

"무슨 일인가?"

"저……."

점소이는 쉽게 말을 꺼내지 못하고 있었다. 황군명의 눈에 이층에서 내려다보고 있는 사내들이 들어왔다.

"뭐라고 하던가?"

어차피 말을 하지 않아도 얻어맞는 건 마찬가지다. 점소이는 속으로 한숨을 쉬고선 입을 열었다.

"위쪽에 계신 분들은 무림맹 천단에서 주요 직책을 맡으신 분들이라고 합니다. 괜찮으시다면 위로 올라오셔서 합석하시는 게 어떠냐고 전하라더군요."

"물론 우리는 아니겠지?"

당이록의 이죽거리는 목소리에 점소이의 안색이 굳었다. 점소이는 두 눈을 질끈 감고선 답했다.

"네, 두 미녀 분만이라고 말하더군요."

자포자기한 목소리다. 황군명의 안색이 어두워졌다.

"지금 무림이 어떠한 상황인데 저런 놈들이 있는 건지……. 뭘 그리 걱정하는가? 보아하니 겉멋 든 놈들일 뿐 우리들을 노리고 온 자들이 아닌 것 같은데."

당공진의 말에 당이록이 맞장구를 쳤다.

"그냥 손 좀 봐줘서 쫓아내지 뭐."

그러나 황군명의 안색은 여전히 어두웠다.

"형님이 얼마나 담대한 사람인지 새삼 알게 되는군요. 어딜 가도 무림맹의 인원들이 있다는 것이 얼마나 두려운 일인지……."

강호 어디에도 무림맹의 인원이 있다는 것은 강호 전체와 싸우고 있다는 소리와 마찬가지다. 황군명이 앞으로의 일을 걱정하고 있음을 알게 된 모두의 안색도 어두워졌다.

"풍룡이 어떻게 행동하느냐에 따라 무림맹의 입장도 바뀔 것이다. 너무 고민하지 말거라."

지금 상황에서는 무림맹이 적이라고 말할 수가 없다. 당가처럼 단운평을 지지하는 문파가 늘어나게 되면 무림맹은 단운평을 공적에서 제외시킬 수밖에 없을 것이다. 물론 적대시하는 문파가 늘 수도 있지만 조금씩 풍운회의 영향력이 커진다면 무림맹에서도 단운평을 적대시하는 것보다 그를 인정하는 것이 이익이라는 것을 알게 될 것이다. 문제는 그때까지 견뎌낼 수 있느냐 하는 것이지만.

"어쨌든 저자들에게 인사를 하지 않는다면 점소이만 고생하겠죠?"

주화령이 자리에서 일어났다. 그녀의 말에 점소이가 주화령을 바라보았다.

'이런, 내가 아직 사람 보는 눈이 부족한가 보구먼.'

미녀란 이런 여인을 가리키는 말이다. 점소이는 진짜 선녀란 이 여인이 아닌가 하는 생각이 들었다. 게다가 함께 있는 절세미녀 탓에 미모가 눈에 띄지 않았지만 이 여인 역시 미녀다. 다만 은근히 느껴지는 위험함과 차가움에 시선을 오래 둘 수가 없었다. 점소이는 깊숙이 허리를 숙여 감사를 표했다.

"내가 올라갈까요, 아님 내려오시겠어요?"

위층을 바라보며 주화령이 말하자 위에 있는 사내 몇몇이 움찔했다. 음식을 먹는 소리, 함께 담소를 나누는 목소리 등 그리 조용하지만은 않은 곳이 객점이다. 그런데 이층까지 그녀의 목소리가 또렷하게 전해짐에 놀란 것이리라.

"어찌 당신들을 귀찮게 하겠소. 저희가 내려가지요."

나름대로 잔뜩 무게를 잡은 목소리. 황군명은 고개를 흔들었다. 처음에는 주화령이 알아서 처리하겠다고 자리에서 일어난 것인 줄 알았다. 그러나 그들이 내려오도록 만든 이상 자신들이 처리할 수밖에 없다. 바로 옆에 적이 있건만 여인에게만 맡겨두기엔 강호 사내의 자존심은 너무 강했다. 그들이 계단을 내려오자 서문호가 자리에서 일어났다. 이어서 당이록이 일어났다.

"저희가 맡도록 하겠습니다."

서문호의 정중한 말에 주화령은 아무 말 하지 않고 자리로 돌아갔다.

"어느새 여우처럼 변한 거 같구만."

그런 주화령의 모습에 당이록이 투덜거렸다. 그러나 주화령은 태연히 제자리에 앉아 다시금 젓가락을 들었다.

"나 먼저 갑니다."

당이록이 부드럽게 식탁 사이를 지나 앞으로 나아갔다. 서문호도 급히 그를 뒤따라갔는데 뒤에서 바라본 당이록의 몸놀림에 감탄성이 절로 나왔다. 식탁과 식탁 밖으로 나와 있는 사람들의 다리를 너무나 쉽게 피하며 앞으로 나가고 있다. 분명 의식하고 피하는 것이 아니라 이런 곳에서도 싸운 경험이 많은 것이리라.

"천단 소속의 무인들의 실력이 얼마나 뛰어난지 볼 수 있겠군."

서문호가 당이록의 옆으로 왔을 때 당이록은 이미 비도를 던지고 있었다.

슈욱!

비도는 내려오던 세 사내의 발끝에 정확하게 박혔고, 사내들은 제자리에서 멈칫하며 설 수밖에 없었다.

"한 놈, 두 놈, 세 놈, 그리고 위에 남은 놈이 두 놈인 것 같고. 모두 다섯 놈, 아니, 여섯 놈인가?"

당이록의 목소리가 점점 작아졌다. 두 번째 놈, 아니 두 번째 사람까진 모르는 얼굴이었으나 세 번째 사람은 어디서 본 적이 있는 얼굴이었다.

"혹시……?"

세 번째 사람이 입을 열었다.

"아는 사람이오?"

서문호가 분위기를 눈치채고 물었다. 그러나 당이록은 고개를 저었다.

"내가 아는 사람 중에 여인을 희롱하고 다니는 사람은 없소. 만약 그 사람이 날 안다면 감히 아는 척하지도 못할 것이고."

당이록의 말에 첫 번째 사내가 말했다.

"우리가 여인을 희롱하다니, 무슨 말인가? 우리는 단지 뛰어난 미녀가 있기에 인사를 나누려고 했을 뿐이다."

"인사를 나누려면 점소이를 보내기 전에 몸을 움직여야 하지 않겠나? 더구나 동행이 있다면 그 동행에게도 양해를 구해야 하고."

서문호의 반박에 두 번째 사내의 얼굴이 구겨졌다.

"누구를 가르치려는 것이냐? 천단 소속의 우리가 관심을 가져주면 고마워해야 할 것이지 내려오라고 하고선 자리에 돌아간 저년은 누구냐?"

입 안에 음식을 넣던 주화령의 눈썹이 꿈틀했다. 상당히 귀에 거슬리는 단어를 사용하는 사내다. 주화령이 옆에 세워둔 검을 들었다. 그녀의 반응을 알아챈 황군명이 그녀를 막으려 했으나 어느새 주화령은 그들을 향해 달려가고 있었다.

"이런, 보상금이 제법 많이 나오겠구먼."

힘든 기억을 가진 그녀는 저러한 말을 상당히 싫어했다. 때문에 그런 상대에게는 손속에 조금도 자비를 두지 않았다. 황군명은 여러 가지로 머리가 아팠다. 아무리 생각해도 단운평이 돌아오기 전에 많은 시련이 다가올 것 같았다.

"건방진 놈!"

주화령의 목소리가 들리자 자신도 모르게 옆으로 물러선 당이록과 서문호는 자신들을 스쳐 지나가는 인영을 바라보았다. 긴 머리를 휘날리며 몸을 숙인 채 검을 뽑는 그녀의 일련의 동작은 그녀의 별호가 왜 검령미후인지를 분명하게 알려주었다.

"아름답군."

황군명은 움찔하지 않을 수 없었다. 이 사내에게서 아름답다는 말이 나올 것이라고는 생각하지 않았는데 의외의 말이었다.

"관심을 두지 않는 것이 몸에 좋소. 저 녀석은 대형에게 관심이 있소. 대형도 그렇고."

"내가 아름답다고 한 건 저 여자가 아니라 발검술을 말하는 거요."

전습의 말에 황군명은 놀란 가슴을 진정시켰다. 다행이 아닐 수 없다. 전습이라는 자는 집착이 강하게 보이는 자인데 까딱하면 위험한 적을 만들 뻔했다. 팽전을 가볍게 제압할 정도의 실력이라면 요호 수준이거나 그 이상일 것이다.

황군명이 안심하는 동안 주화령의 검이 두 번째 사내를 압박하고 있었다. 그리고 위에 남아 있던 두 명이 계단을 천천히 내려오며 모습을 드러냈다.

"빌어먹을."

황군명의 입에서 나온 말이라고 생각하기엔 너무나 거친 말이다. 그러나 그런 말이 나올 만도 하였다. 그들은 다름 아닌 화산일룡 임선곽과 화산의 장로 배명환이었다.

第十九章

악연

"악연이군."

배명환의 말에 서문호도 고개를 끄덕였다. 서문호로서는 가장 만나기 싫은 상대인 화산파의 사람들이었다.

"어째서 단 대협을 적으로 삼기로 한 것입니까?"

서문호의 물음에 배명환이 씁쓸한 미소를 지었다.

"위에서 결정한 사항일세."

화산파의 결정이 배명환보다 윗자리를 차지하고 있는 사람의 입김에 의한 것이라는 소리다. 서문호의 머리 속으로 스쳐 가는 얼굴들이 있었다.

"설마 그분들의 의견이란 말씀이십니까?"

서문호는 가슴이 아팠다. 이럴 수는 없는 것이다. 어쩌면 무림맹에서 단운평이라는 사내를 가장 잘 이해하고 있는 사람이 바로 그들이건만 어찌해서 이런 결정을 내린다는 말인가.

"후기지수들을 위해, 아니, 문파의 미래를 위해서라는 이유로 내린 결정입니까?"

서문호의 눈에서 비애가 느껴졌다. 배명환은 알 수가 있었다. 서문호가 슬퍼하는 것이 무엇인지. 문무쌍절이란 별호만큼이나 많은 책을 읽었으리라. 하나 그 어느 책에도 인간이 해서는 안 되는 일이 너무나 당연히 벌어지는 것을 설명해 주는 책은 없으니.

"그분들이 아니라 그분이라네. 맹주도 처음에는 반대를 했지만 결국 꺾이고 말았네. 그 누가 그분의 명을 어길 수 있겠는가."

서문호의 탄식에 황군명 등도 자리에서 일어나서 그들에게 다가갔다.

어느새 객점 안은 비어 있었다. 심상치 않은 일이 벌어질 것을 예상한 객점 주인이 손님들을 조용히 내보낸 것이다. 어차피 파손에 대한 보상은 무림맹의 무인들이 해줄 것이다. 남들의 시선을 중시하는 무림맹의 무인들이라면 결코 그냥 가지는 않으리라는 예상에 사람이 다치는 일은 피하고 싶었던 것이다. 만에 하나 누구라도 상관없는 사람이 다치게 되면 손님들의 발길이 뚝 떨어질 것은 불을 보듯 뻔한 일이었기 때문이다.

"소림과 무당과는 다르게 화산에서는 단 대협을 적으로 하자고 했다 하더군요. 신검 어르신이 설득해 보겠다고 한 것은 거짓인가 보군요. 생명의 은인을 적으로 삼다니."

서문호의 말에 배명환의 얼굴이 일그러졌다. 배명환도 소식을 들어 알고 있었다. 하지만 신검 태허관이 감히 그분의 명을 어길 수는 없다. 소림과 무당은 단운평에 대해서 한 번 더 생각해 보자고 말했다고는 하나 대외적으로 알려진 바가 그러한 것이고 실제로는 그들 역시 태허

관처럼 그의 말을 따를 수밖에 없었을 것이다.

"무제께서는 너무하시는군요."

서문호의 말에 황군명은 가슴이 덜컥 내려앉았다. 그도 이제는 확실하게 알았다.

'차라리 무림맹이 적이라는 것이 더 좋겠건만……'

무림맹의 결정이 누구로부터 나온 것인지 알게 된 당거영은 자신들의 생각이 얼마나 짧은 것인지 깨닫게 되었다. 독문만을 내세워 피할 수 있는 일이 아니다. 풍운회에 속한 모두가 전력을 다하지 않는다면 강호에서 영원히 지워지게 될지도 모른다. 상대는 철혈무제 초류염이다.

"자, 이제 시작하세나."

철없는 천단의 녀석들을 말리지 않고 있었던 자신의 행동이 조금은 부끄러웠던 배명환은 서둘러 검을 뽑았다. 그런 그의 모습에 요호가 창을 들고 배명환을 노려보았다.

"저자는 내가 맡도록 하지."

요호의 말에 전습이 약간 아쉬운 표정을 짓다가 뒤로 물러섰다. 그 외의 사람들에겐 자신의 도를 휘두르고 싶지 않았던 것이다.

"이미 이렇게 된 거 저자는 제가 손을 보도록 하죠."

주화령은 두 번째 사내를 지목했다. 황군명이 보기엔 두 번째 사내는 아마도 살아서 돌아가기 힘들 듯했다.

"자, 그럼 나와 서문 공자가 한 명씩 맡으면 될 듯하고 저 화산일룡은 누가 맡을 것인지……."

당이록의 말에 서문호가 움찔하지 않을 수 없었다. 분위기상 처음의 가볍게 손을 보는 수준이 아니라 적을 죽이게 될 듯하다. 화산파 사람들을 죽이게 된다면 서문세가는 더 이상 정파라고 불리기 힘들지도 모른다. 그렇다고 대충 상대하다가는 일행의 신용을 얻을 수가 없었다. 아니, 생명조차 보장할 수가 없다.

"야앗!"

주화령은 짧은 기합성과 함께 검을 휘둘렀고, 두 번째 사내는 그녀의 검에 앞 머리칼이 잘려진 것을 알고 급히 난간을 잡고 몸을 날렸다. 사내는 계단에서 벗어나자마자 검을 뽑아 주화령의 공격에 대비했다. 주화령은 가까운 식탁을 밟고 허공으로 뛰어올라 검을 휘둘렀다.

파바박!

허공에서 빛을 발하는 검은 사내의 요혈들을 노렸고, 사내 역시 검을 휘둘러 주화령의 검세를 약화시키려 했다.

"구경하고 있을 여유가 있군."

배명환은 자신의 뺨에 생긴 상흔에 소름이 돋았다. 자신이 잠시 시선을 돌렸다고는 하나 상대가 공격하는 낌새를 눈치채지 못할 정도로 긴장을 풀고 있지는 않았다. 배명환은 자신의 뺨에 상처를 낸 요호를 바라보며 묘한 표정을 지었다.

"미안하게 됐네. 방심했나 보군."

적을 앞에 두고 딴 곳에 신경 쓰는 것은 그만큼 상대를 무시한다는 소리다. 배명환의 사과에 요호의 눈썹이 꿈틀했다. 배명환이 검을 뽑으면서 그의 기도가 달라진 것이다. 당이록은 요호의 모습에 놀란 표정을 지었다. 과거의 요호라면 지금 일수로 상대의 목을 찔렀을 것이다. 전장에서 방심은 죽음이라고 말한 것이 바로 그인데 어찌 저러한 행동을 한다는 말인가.

"나도 슬슬 움직여……."

휙!

당이록의 머리 위를 지나 뒤에 선 첫 번째 사내가 검을 뽑았다. 자신의 머리를 뛰어넘는 가벼운 몸놀림은 놀라웠다. 아마도 뛰어난 경공술을 가진 자일 것이다.

'에효, 잘못 골랐군.'

비도를 사용하는 자가 상대하기 가장 어려운 자가 경공술이 뛰어난 자이다. 당이록은 가볍게 손목을 풀고선 품에서 비도를 꺼내 들었다. 첫 번째 사내는 가벼운 미소를 짓고선 발끝으로 바닥을 톡톡 치더니 본격적으로 경공술을 펼치려 하였다. 당이록은 그런 그의 모습을 바라보고 비도를 던졌다.

"화산일룡의 검은 내가 받도록 하겠소."

당이연의 목소리였다. 임선곽이 그의 목소리를 듣고 사방을 둘러보았으나 목소리의 주인공을 찾을 수가 없었다. 순간 임선곽은 등 뒤에서 느껴지는 기운에 급히 난간을 잡고 아래로 뛰어내렸다.

고개를 돌려 자신이 있던 곳의 뒤쪽을 바라보았으나 아무도 없었다. 그러나 임선곽은 알 수 있다. 분명 자신의 뒤에 누군가가 있었다. 그 섬뜩한 느낌은 분명 살기였다. 임선곽은 긴장을 높이며 주변을 돌아보았다.

그때였다.

"크아악!"

어느새 목에서 피를 흘리며 쓰러진 세 번째 사내. 서문호가 무심한 눈빛으로 주변을 돌아보았다.

"천단 따위에 어떠한 기대를 했던 내가 부끄럽군."

서문호의 말에 화가 치밀어 오른 것은 천단의 인물보다 그들을 상대하는 사람들이었다. 단운평이라는 사내가 있을 때는 몰랐지만 단운평이 사라진 지금 모두 다 은연중에 일행에서 자신의 위치가 높다는 것을 증명하려 했는데 서문호가 적을 이렇게 쉽게 처리하니 왠지 모를 패배감이 든 것이다.

"하앗!"

당이록은 짧은 기합성과 함께 앞으로 뛰쳐나갔다. 첫 번째 사내는 비도를 던지려다 말고 자신에게 다가오는 당이록의 모습에 주변에 있는 의자를 가볍게 차고선 앞으로 달려나갔다. 당이록은 몸을 띄워 허공에서 몸을 비틀며 비도를 던졌는데 비도가 노리는 곳은 첫 번째 사내의 요혈이 아니라 사내가 발을 디딜 곳이었다.

파파박!

바닥에 박힌 비도를 바라본 첫 번째 사내는 급히 몸을 멈추려 했다. 박힌 비도는 날이 바닥에 박힌 것이 아니라 손잡이가 박혀 있었다. 즉, 날이 위를 향하고 있는 것이 아닌가. 급히 몸을 멈추려 하던 첫 번째 사내는 자신의 눈앞에 날아드는 비도를 보고 급히 숨을 들이키고는 몸을 움직이려 했다. 그러나 바닥에 박혀 있는 비도를 바라본 순간 멈춘 몸을 움직이기 위해서는 준비 동작이 필요했다. 그것을 노리고 던진 당이록이었기에 지금의 비도를 피할 수 없으리라 생각하며 몸을 돌렸다.

'한 걸음 더 나아갔나 보군.'

당공진은 당이록의 비도술에 놀라움을 금치 못했다. 손잡이를 바닥에 박으려면 비도의 날을 잡고 평소처럼 비도를 던질 수 있다는 말이다. 그리고 두 수를 바라본 수법이었다. 당공진은 조카의 어깨라도 두들겨 주고 싶었지만 불만 가득한 그의 얼굴에 아무런 행동도 할 수 없었다.

"이 계집이!"

두 번째 사내는 연신 자신의 요혈을 노리고 다가오는 주화령의 검 때문에 짜증이 치밀었다. 검술을 펼칠 틈이 없다. 연신 다가오는 검에 몸을 보호하기도 바빠 공격을 할 수가 없었다.

"어서 해결해라, 화령!"

황군명의 신경질 섞인 목소리가 들렸다. 아마도 철혈무제 초류염이 적이라는 것에 적지 않은 충격을 받아서일 것이다. 주화령은 순간 두 번째 사내에게 바짝 다가섰다. 그리고는 검을 두 손으로 잡고 몸을 회전시키며 연속적으로 상대를 공격했다.

팅! 팅! 팅!

두 번째 사내가 주화령의 검을 막아내었지만 주화령의 회전은 점점 빨라졌고, 두 번째 사내의 손이 점점 급해졌다. 그 순간 주화령의 회전이 갑자기 멈추었다. 그리고 섬전 같은 주화령의 찌르기.

푹!

사내는 자신의 가슴에 박힌 검을 바라보며 믿을 수 없다는 표정으로 주화령을 바라보았다. 지금의 한 수는 단운평의 움직임을 보고 만들어 낸 것이다. 회전력을 이용해 연속적으로 공격하면 검에 실리는 힘이 더욱 커진다. 상대가 그 힘으로 인해 손아귀에 힘이 떨어지게 되면 회전하면서 펼치는 검술보다 실리는 힘은 약하지만 빠른 쾌검을 이용해 상대를 제압하는 것이다.

단운평이 앞으로 달려갔다가 상대가 검을 휘두르면 뒤로 물러서고 상대가 자세를 바로잡기 전에 다시금 앞으로 달려가 상대를 베는 것을 보고 만든 몸놀림이었다.

"저도 해결했어요."

이제 남은 것은 화산파의 두 사람이다. 어느새 몸을 드러낸 당이연은 쓰러진 식탁을 발끝으로 가볍게 딛고선 이리저리 빠르게 움직이고 있었다. 반면에 임선곽은 제자리에서 당이연의 공격을 막아내고 있었는데 아직 상처가 없는 것을 보아서는 그도 적잖은 발전을 한 듯하였다.

"제법이군."

전습이 다시금 앞으로 나와 당이연의 모습을 바라보고 있었다. 당이연의 움직임은 도수인 자신에게 큰 압박이 되는 움직임이었다. 변칙적인 움직임으로 상대의 눈을 어지럽히고는 빠른 공격으로 수비를 어렵게 만들고 있다. 게다가 아직 사용은 하지 않지만 당이연이 독문 출신이라고 말했으니 독까지 사용한다면 전습으로서도 승부를 장담할 수 없었다.

'대단하군. 저것이 당가십이수의 실력인가?'

자신과 같은 항렬의 사내다. 당가에서도 그 자질이 매우 뛰어난 이들을 따로 선발하여 수련시켜서 완성시킨 무인이 바로 당가십이수. 순간 감탄했던 당이록은 단운평의 말을 떠올렸다.

"먼저 비도술을 완성시켜라. 무림에서 약한 자가 내세울 수 있는 건 아무것도 없다."

배명환은 검을 정신없이 휘둘렀다. 공간 가득 메우고 있는 요호의 창은 연신 자신의 요혈들을 노리고 있었기에 배명환은 잠시라도 검을 멈출 수가 없었다.

채채챙!

울리는 검과 창이 부딪치는 소리에 모두의 시선이 모이자 요호의 마음이 급해졌다. 자신있게 나선 만큼 확실하게 상대를 제압해야 하건만 배명환의 실력은 명성만큼이나 뛰어났다.

"죽어랏!"

요호는 크게 외치고선 계단을 밟고 올라갔다. 조금씩 거리가 가까워 지면서 배명환의 검도 요호의 몸을 위협했는데 순간 요호는 창의 가운데 부분을 잡고 봉처럼 휘둘렀다. 이로써 검과 길이가 비슷해졌으나 무기가 두 개인 것 같은 효과를 내었다.

붕붕!

바람 소리를 내는 요호의 창은 점점 빠르게 회전했고, 배명환의 검도 점차 날카로운 움직임을 보이고 있었다.

"아앗!"

배명환은 갑작스레 들려온 임선곽의 비명에 자신도 모르게 고개가 돌아갔다. 집중력이 깨진 순간 요호의 창은 배명환의 목을 노리고 움직였고, 배명환은 자신의 실수를 깨닫고 몸을 최대한 비틀었다.

"으윽!"

배명환은 요호의 창이 스쳐 지나간 자신의 어깨를 바라보았다. 금세 붉게 젖은 의복으로 보아 가볍지 않은 상처이리라.

"두 번이나 나에게서 시선을 돌리다니 죽고 싶은가 보군."

요호의 눈이 묘하게 빛났다.

"미안하이. 그래도 화산파에서 아끼는 아이다 보니 신경이 쓰이는구면."

배명환은 짜증이 치밀었다. 장문인의 부탁이 아니었다면 임선곽과 함께 다니는 짓은 하지 않았을 것이다. 매번 문제를 일으키는 녀석이었다.

'하지만… 나를 가장 많이 따르는 놈이기도 하지.'

배명환은 어깨 부근의 혈도를 찍어 피가 흐르는 것을 막았다. 그리고 요호가 창을 멈춘 틈을 타 난간을 잡고 계단 옆으로 뛰어내렸다.

"젠장."

요호는 급히 따라서 뛰어내리며 배명환의 등을 향해 창을 휘둘렀다.

쾅!

폭음과 함께 식탁이 쪼개어지고 먼지가 피어올랐다. 배명환은 등 뒤로 검을 휘둘러 창의 궤도를 비틀었지만 창에 가득한 힘을 어쩔 수 없었다.

"비켜!"

배명환의 외침과 함께 날아드는 검에 당이연은 급히 몸을 피했고, 순간 배명환과 임선곽은 객점 문을 향해 움직였다. 그러나 객점 문에는 어느새 요호가 와 있었다.

"승부에서 피하려는 것인가?"

요호의 말에 배명환은 쓴웃음을 지었다.

"지금 상황으로선 자네와의 승부라고 말하기 어렵지 않겠나?"

말인즉 요호를 이기더라도 살아나가기 힘든 상황이라는 것이다. 요호는 고개를 끄덕였다.

"나를 이기면 조용히 보내주도록 하겠소."

그의 말에 모두의 표정이 변했다. 황군명 등의 표정은 어이없다는 표정이고 배명환과 임선곽의 경우는 반신반의하는 표정이었으며 당거영을 비롯한 당가의 사람들은 화가 난 표정이었다.

"저자는 내 몫이오."

당이연이 요호에게로 다가서며 말했다. 당이연은 임선곽을 보내줄 의사가 없음을 밝힌 것이다. 요호의 표정이 딱딱하게 굳었다. 자신의 말을 정면에서 반박하는 이가 있으리라고는 생각지 못한 것이다.

"그런데 말입니다. 왜 이곳에 천단의 무인들이 있는 겁니까? 더구나 화산파의 장로이신 배명환 대협까지 말입니다."

갑작스런 황군명의 질문에 모두의 시선이 배명환의 입으로 향했다. 그러나 배명환은 아무런 대답을 하지 않고 임선곽을 잡아당겼다. 분명 자신들을 노리고 온 것은 아니다. 만약 그랬다면 이처럼 곽소혜나 주화령을 희롱하는 행동을 하지 않았을 테니까. 천단이 움직이는 이유를 가만히 생각하던 황군명의 입이 열렸다.

"설마 이 주변에 천앙의 무리들이 있는 겁니까?"

황군명의 말에 요호의 고개가 순간 돌아갔다. 그때를 놓치지 않고 배명환은 검을 휘둘렀지만 가만히 그들을 노려보던 당이연의 움직임에 이내 손을 멈출 수밖에 없었다.

"사실이오?"

요호는 배명환의 기습에도 불구하고 배명환이나 황군명을 조금도 탓하지 않았다. 무언가 불길한 예감이 들었기 때문이다.

"삼 일 전부터 이 일대에 천앙이라고 의심되는 무리들이 모여들고 있다는 소식을 무림맹에서 접수했고, 원인을 알아보기 위해 우리가 온 것이지."

"다섯 명만을 천앙의 무리들이 가득한 곳에 보냈다? 설마 그럴 리가 있겠나?"

당공진의 말에 배명환은 피식 웃었다.

"설마 그러기야 하겠소. 무림맹에서 보낸 다른 세력도 있소."

황군명은 배명환이 자꾸만 객점 밖으로 나가려고 한 이유를 알 수 있었다. 객점을 나서더라도 자신들이 따라가면 얼마 지나지 않아 잡힐 것임을 알면서도 나가려고 한 것은 객점 주변에 무림맹의 세력이 있는 것이다.

"혹시나 해서 묻는 것인데… 그 지원 세력이라는 곳이 어디입니까?"

황군명은 아니길 빌었다. 그러나 불행히도 좋지 않은 예감은 언제나 정확히 맞는다.

"바뀔지는 모르지만 진주언가에서 세력을 보내줄 거라고 들었네."

황군명은 한숨을 쉬었다. 주화령과 당이록 역시 묘한 표정으로 서로를 바라보았고, 요호 역시 상황이 좋지 않자 한숨을 쉬었다.

"어째서지? 어째서 무림맹에서 진주언가의 이름을 내세운 거지? 금강권사가 어떠한 생각으로 풍운회에 침입을 했든 그들이 풍운회와 관련이 있다는 것을 누구보다 잘 알고 있지 않은가."

황군명의 혼잣말에 요호는 창을 거두고 황군명에게 다가갔다. 당이연이 지키고 있는 이상 쉽게 빠져나갈 수 없다. 요호는 황군명에게 자신들의 행보를 묻지 않을 수 없었다. 그들의 말을 가만히 듣고 있던 배명환의 안색이 새까맣게 변했다. 당이록과 황군명의 말이 사실이라면 무림맹이 자신들을 위험에 빠뜨린 것이다.

"무슨 소리냐? 우리가 그런 말을 믿을 것 같으냐?"

임선곽의 외침에 당이연이 조용히 말했다.

"우리가 속여서 무슨 이득이 있나?"

임선곽은 당이연의 말에 아무런 답도 못하고 털썩 주저앉았다. 싸울 의지도 도망칠 생각도 나지 않았다. 그리고 그것은 배명환도 마찬가지였다.

"일단 화산파로 돌아가서 사실을 알아봐야겠다."

배명환의 말에 당이록이 이죽거렸다.

"누가 보내준다고 그랬습니까? 게다가 무림맹에서 알고 있는 사실을 화산파에서 모르고 있다는 것이 말이 된다고 생각하십니까?"

당이록의 말은 배명환에게 절망을 주었다. 평생을 화산파를 위해 보냈다. 단운평과 겨룬 것도 화산파의 자존심 때문이었고 지금처럼 위험한 곳에 온 것도 무림맹을 믿기보단 화산파를 다른 구파일방의 무리들보다 우위에 서게 하겠다는 의지였건만 지금의 상황은 그야말로 희생양에 불과하지 않은가. 황군명은 배명환의 옆을 태연하게 지나쳐 당이연에게 다가갔다.

"그냥 보내주시오. 그들을 잡아두거나 죽여서 우리가 얻는 이득은 없소."

황군명의 말에 당이연은 당거영을 바라보았고, 당거영이 고개를 끄덕이자 문에서 비켜섰다.

"가십시오"

배명환은 황군명을 가만히 바라보았다. 황군명의 의도를 살피려는 것이다. 그러나 배명환은 이내 고개를 젓고선 객점을 나섰다. 황군명의 마음이 바뀌게 되면 여기서 일생을 마감해야 한다는 것을 너무나 잘 알기 때문이었다. 그가 객점을 나서자 당거영이 황군명에게 물었다.

"왜 저자를 보내주었나?"

질책이 아니라 순수한 궁금증이었다. 물론 황군명의 말처럼 그들을 죽이거나 잡아두어서 생기는 이득은 없을지 몰라도 칼을 맞댄 상대를 그냥 보내는 것은 무림인의 습성이 아니었다.

"천앙의 무리들이 이 주변에 있는 이유가 바로 우리들 때문일 것입니다."

황군명의 말에 모두의 표정이 침울해졌다. 그들 역시 예상은 하고 있었다.

"무림맹 세력 중에 천앙에 속하지 않은 이들도 천앙 세력이 잡지 못한 우리들을 잡아 자신들의 힘을 보이려 할 겁니다."

황군명의 말에 서문호의 등에 식은땀이 흘러내렸다. 부친이 단운평과 인연을 맺으라고 했지만 상상 이상으로 위험한 인물이다. 천앙이나 무림맹의 적이라는 것은 어느 정도 적응을 했지만 그들이 적극적으로 단운평을 제거하기 위해 움직일 거라고는 생각하지 못했던 것이다.

"그래서?"

당거영의 말에 황군명이 자신을 바라보는 주변 사람들을 쭉 훑어보고 입을 열었다.

"우리가 할 일은 하나뿐입니다. 아무런 희생 없이 이곳을 빠져나가 형님을 만나는 것. 그러기 위해선 미끼가 필요하죠. 그래서 그들을 보낸 것입니다."

배명환이나 임선곽은 천앙이나 무림맹과의 접촉을 피하며 이곳을 빠져나가려 할 것이다. 어떻게든 화산파에 도달할 수 있다면 개죽음을 피할 수 있다. 아니, 적어도 화산파가 자신들을 버리려 했던 것인지 아닌지 정도는 확인할 수 있으리라.

"이곳에 온 인원이 적지 않을 것인데 일부만 그들을 쫓지 않겠나?"

당공진의 물음에 황군명은 피식 웃었다.

"말했듯이 화산파에서도 알고서 그들을 보냈습니다. 그렇다면 이곳에 온 이들은 무제에게 어떠한 언질을 받지 않았을까요? 그들을 절대 되돌려보내지 말라는 등의. 물론 그것은 화산파에서 부탁받은 것이겠지요."

당공진은 황군명이 힘이 아닌 머리로 모두를 제압해 나가고 있는 모습에 두려움마저 들었다. 시간이 흐를수록 점점 더 날카로워져 가고 있지 않은가.

"어서 출발하세."

당공진의 말에 황군명은 고개를 끄덕이고는 객점 주인을 불렀다. 그리고 주머니에서 전표 한 장을 꺼내 그에게 주며 사과의 말을 건넸다.

"객점 안에서 이러고 싶지 않았건만 미안하오. 이 정도면 파손된 것을 치우고 남을 걸세."

객점 주인은 고개를 조아리며 전표를 보았는데 금액이 상상 이상으로 많았다.

"이, 이건 너무 많습니다."

"괜찮으니 받으시오. 대신 미안하오만 음식을 좀 준비해 주겠소? 쉽게 상하지 않는 음식이 좀 필요하오."

황군명의 말에 객점 주인은 급히 주방으로 뛰어갔고, 서문호는 황군명을 바라보며 감탄했다. 다른 이들은 지금의 황군명의 행동이 별스럽게 느껴지지 않을지 몰라도 서문호는 알 수 있었다. 지금의 정중한 행동은 결국 단운평에 대한 좋은 소문을 만들어낼 것이고 그것은 보이지 않는 힘이 될 것이다. 황군명은 황군명대로 서문호의 표정이 무얼 의미하는지 알아채고는 놀랐다. 자신의 의도를 정확히 알고 있으리라. 문무쌍절이라는 별호는 그냥 생긴 것이 아니었다.

"이 정도면 며칠 견딜 수 있을 겁니다."

객점 주인이 가지고 나온 봇짐의 부피가 상당히 컸다. 아마도 이것저것 많이 넣었나 보다. 황군명은 허리를 굽히며 인사를 했다.

"감사합니다. 그리고 다시금 사과드립니다."

그의 이러한 인사에 객점 주인 역시 허리를 숙여 인사를 하였다.

"객점을 운영하다 보면 이런 일이 숱하게 일어나지요. 이처럼 보상을 후하게 해주시는 분은 처음입니다. 무림맹에서도 보상을 해준다고 하지만 언제 할지, 또 얼마나 할지는 확실하지가 않더군요. 주면 주는 대로 받고 참을 수밖에 없는 것이 우리들입니다. 이렇게 과분한 보상을 받아도 되는지 걱정이 될 정도랍니다."

그의 말에 황군명의 눈빛이 변했다. 그것을 감지한 서문호가 나섰다.

"피해를 입혔다면 보상을 하는 것이 당연하지요. 잊어버리세요. 오히려 저희로 인해 피해를 입힌 것이 미안할 따름입니다."

서문호의 말에 황군명은 만족스러운 표정을 지으며 그를 바라보면서 문을 나섰다. 그런 황군명의 행동에 객점 주인은 감탄을 하며 가만히 서 있었고, 서문호는 손짓으로 모두에게 밖으로 나가라는 시늉을 하였다. 그들 모두가 객점 밖으로 나가자 마지막으로 서문호가 문을 나서며 객점 주인에게 다시금 허리를 숙였다.

"제법 훌륭한 연극이었어."

말에 오르자마자 당이록이 한마디 던졌다. 천하가 어지러울수록 명성을 얻어야 한다. 자신들에 대해서는 무림맹에서 충분히 알려줄 것이다. 황군명은 피식 웃으며 손가락으로 한 방향을 가리켰다.

"우리의 행선지를 눈치챈 것 같군. 어쩔 수 없이 저쪽으로 가야겠어."

상황이 점차 위험해지고 있다. 이런 상황에서 황룡보로 계속 향하다가는 기습을 당할 위험이 크다. 아니, 기습이 아니라 할지라도 많은 적이 있게 된다면 곤란하다. 황군명의 말에 모두의 시선이 황군명이 가리키는 방향으로 향했다.

"저곳에 뭐가 있는데?"

당이록의 물음에 황군명은 고개를 돌려 전습을 바라보았다.

"설마?"

"그래, 이제 우리가 안전하게 쉴 곳은 도림밖에 없다구."

그의 말에 전습의 표정이 묘하게 변했다. 천하의 도림에 정파의 인물들을 데려가겠다는 발상을 하는 자체가 있을 수가 없다. 더욱이 황군명은 속가제자라고는 하나 정파의 태두라고 하는 소림 출신이 아닌가.

"어쩔 수 없지."

당거영은 자신이 살아 있는 동안에 도림에 갈 일이 있을 거라고는 생각해 본 적이 없었다. 사파라는 이유 때문이 아니다. 도왕 화엽상이라는 존재 때문이다. 과거 정사대전에서 철혈무제 초류염과 겨루면서 불을 뿜어대는 그의 도를 경악하며 바라본 적이 있었다. 압도적인 강함, 절대적인 무예라는 것이 존재한다고 믿게 된 것이 바로 그를 본 이후였다.

"그분은 아직 생존해 계시는가?"

당거영의 물음에 전습은 아무런 대답도 하지 않았다. 그저 말을 몰아 일행의 제일 앞에 섰을 뿐.

"모르고 있을 수도 있겠군. 아무나 만날 수 있는 분은 아니니까."

자존심을 건드려 보았지만 전습은 여전했다. 십이금도의 회수자라면 반드시 화엽상의 일에 대해서 알고 있을 것인데 아무런 말을 하지 않다니. 당거영의 안색도 어두워졌다. 당금의 무림에 대해서 알려고 할수록 더욱 어지러워지고 있다.

다행히도 한 가지 알게 된 것은 정파 쪽의 이상한 움직임은 철혈무제 초류염에 의한 것이라는 것이다. 그렇다면 천앙의 움직임은 도왕 화엽상에 의한 움직임이 아닌가 하는 생각에 당거영은 머리 속이 점점 복잡해졌다.

"잠시만 멈춰보세요."

주화령의 목소리에 모두는 잠시 멈출 수밖에 없었다.

"그런데 그곳에 있으면 단 대협에게 연락은 어떻게 하실 거죠?"

주화령의 질문에 모두는 얼음장이 되어버렸다. 모두가 깜빡 잊었다. 주화령의 한마디에 황군명은 심각한 표정으로 그녀를 바라보았다.

"도림이 풍운회의 한 축이라는 것은 공개하지 않아야 하는 것 같은데… 형님에게 연락할 방법이 없는 걸까?"

분명 단운평이 한 말 중에 도림에 대한 일을 알려야 한다는 말은 없었다. 도림이 풍운회와 관련되었다는 것은 가능한 한 숨기는 것이 좋을 것이다. 낭인들의 상당수가 자신들은 정파의 인물이라고 믿고 있다. 비록 사파 중에서 정파인들에게 가장 좋은 평가를 받고 있는 도림이라도 도림과의 관련은 그리 큰 도움이 되지 않을 것이다.

"하나의 방법이 남아 있는 것 같은데……."

서문호의 말에 황군명의 고개가 돌아갔다. 왠지 듣고 싶지 않다. 한 걸음 뒤처지는 듯한 기분에 황군명은 아무런 말 없이 서문호를 바라보았다.

"무슨 방법이죠?"

다행히 주화령이 대신 물어주었다. 주화령의 물음에 서문호는 누군가를 바라보았다.

"왜 날 바라보는 건가?"

요호의 물음에 서문호는 피식 웃었다.

"내가 알기론 지금 마랑대는 강호 전역에 퍼져서 당신의 명을 기다리고 있다 들었소."

그렇다. 마랑대는 원래 풍운회주와 함께 움직이는 조직이다. 그러나 단운평의 의지로 인해 마랑 요호 외에는 아무도 활동할 수가 없었다. 단지 싸움을 좋아하는 강한 무인들의 집단 마랑대. 그들은 강호 전역에서 요호의 명을 기다리고 있었다.

"그렇군."

요호의 대답에 황군명은 주먹으로 자신의 머리를 쳤다. 그들이 전력으로 찾는다면 단운평의 모습은 금세 찾을 수 있을 것이다. 그들을 숨기려 갈 때는 몸을 숨기겠지만 그 이후에는 숨기려 하지 않을 것이다. 단운평이 자신을 숨기려 노력하지 않는 이상 그를 찾는 것은 어렵지 않은 일이다.

'어째서 그걸 생각하지 못했던 것이지.'

분했다. 당이록은 그런 황군명의 모습이 왠지 부럽기도 하고 화가 나기도 했다. 얼마 전까지만 해도 자신과 황군명은 서로 호적수였다. 그러나 이제 그의 호적수는 서문호다. 호적수가 있다는 것은 행복한 일이다. 호적수란 보이지 않는 벽을 부술 수 있도록 도와주는 망치이며 절망에 빠졌을 때 끌어 올려주는 밧줄과 같은 존재다.

"이제 남은 건 이곳을 어떻게 빠져나가는가 하는 문젠데… 힘들더라도 말은 버리고 가야 할 것 같습니다."

황군명이 다시금 정신을 차리고 모두에게 자신의 생각을 전했다. 서문호가 뛰어난 머리를 가지고 있을지는 모르지만 모두의 신뢰를 얻고 있는 것은 황군명이었다. 황군명은 지금껏 어려운 상황에서도 침착을 잃지 않았다. 그것은 일행을 이끄는 자에게 무엇보다 중요한 자질이다. 일행 중 서문호를 신뢰하고 있는 자는 그리 많지 않았다. 서문호와 단운평이 헤어지는 상황을 지켜보았던 황군명과 당이록, 그리고 주화령의 경우 더 더욱 그를 믿지 못하고 있었다.

"어쩔 수 없지. 우리야 무인들이니 상관없지만 곽 소저가 문제로군."

곽소혜의 표정이 어두워졌다. 자신은 짐이 되지 않는다고 말했지만 이제는 확실하게 짐덩이로 전락하고 만 것이다. 그리고 이제는 홀로 돌아갈 수도 없는 상황이었다.

"괜찮아요. 어차피 그들에게 들키지 않으려면 조심조심 갈 수밖에 없잖아요."

주화령의 말에 곽소혜는 묘한 감정이 들었다. 모두가 알고 있다. 적을 피하기 위해서 천천히 가야 하는 경우도 있지만 조용하고 신속하게 움직여야 하는 경우도 있다. 그리고 그 빈도수는 후자의 경우가 훨씬 많다.

"어차피 두고 갈 수도 없지 않소."

전습의 말에 곽소혜의 얼굴이 붉어졌다. 한마디 변명이라도 하고 싶었지만 그것이 더욱 자신을 비참하게 만들 거라는 생각에 그저 입술만 앙물고 말에서 내렸다.

"최대한 짐이 되지 않도록 노력할게요."

말에서 내린 전습은 자신을 노려보는 곽소혜의 모습을 힐긋 바라보다가 몸을 돌려 앞으로 나섰다. 보서대는 곽소혜의 편을 들지 못해 미안했지만 자신 역시 곽소혜가 짐덩이로만 느껴졌기에 아무 말 하지 않고 급히 전습의 뒤를 따랐다.

"네가 책임지고 데려와라."

요호의 살기 어린 음성. 당이록은 도대체 왜 자신이냐고 묻고 싶었지만 이글거리는 요호의 눈빛에 아무런 말도 할 수가 없었다.

'위험하다. 대주가 왜……'

요호는 지금 머리가 복잡했다. 단운평은 분명 주화령과 황군명, 그리고 당이록의 안전을 부탁했다. 그러나 곽소혜는 어떠한 언질을 받은 것이 없다. 아마도 당거영은 곽소혜에 대해서는 어떠한 행동도 취하지 않을 것이다. 그러나 그녀를 위험에 처하게 했다면 단운평은 결코 그를 좋게 대하지 않을 것이다.

하지만 그렇다고 그녀를 보호하는 것도 가히 마음에 내키지 않는 요호였다. 누군가를 호위하기 위해서는 그 사람의 모든 움직임을 항상 생각하고 움직여야 한다. 무공을 모르는 곽소혜라면 다른 사람에 비해 배는 더 신경을 써야 한다. 그것이 싫었던 요호는 곽소혜의 전반적인 상황을 살피는 것을 당이록에게 맡겨 버린 것이었다.

"제길, 관평이라는 자의 실력이 기대 이하라면 가만있지 않겠어."

마랑대의 인원은 지금 일행의 인원과 비교할 수 없을 만큼 많다. 그럼에도 이처럼 골치 아프지는 않았다. 적을 정하고 적당한 사람들을 골라 인원을 짜고 보내면 끝이다. 실패하면 더 강한 무인을 다시 보내면 되고 성공하면 그걸로 끝이다.

이 일행은 많은 것을 요구한다. 스스로 많은 것을 생각해야 하고 결정해야 하며 서로의 생각을 평가해서 가장 옳은 방향을 찾아야 한다. 처음에는 생소한 경험에 기쁘기도 했지만 이제는 골치가 아픈 요호였다.

황군명 등이 천앙의 눈을 피해 도림으로 향하고 있을 때 단운평의 마차는 시장으로 들어서고 있었다.

'여전하군.'

북적이는 사람들과 갖가지 물건들. 활기찬 사람들의 모습이 가득한 시

장의 모습에 단운평의 얼굴로 슬며시 미소가 피어올랐다. 마차가 지나가
자 시장의 한복판에 가득한 사람들이 옆으로 비켜났다. 화소민과 화소영
은 처음 보는 광경에 자신도 모르게 마차 밖으로 고개를 내밀었다.

"와, 저것 봐요!"

자신의 팔을 잡아당기며 흥분하는 화소민의 모습에 관평위는 새삼
자신이 화위무사를 그만두고 단운평을 따라나온 것이 잘한 행동이라는
생각이 들었다. 이처럼 생기있는 아내의 모습은 처음이었다.

"저기 저 미녀를 봐봐. 어느 댁 아가씨지?"

"고관대작의 딸은 아닐 거야. 그렇다면 저리 허름한 마차에 저런 아
가씨들을 태우진 않았을 테니까."

"그런데 저 마차, 어디서 많이 보던 마차 아닌가?"

이러저리 시끄러운 시장 사람들의 목소리에 화소민과 화소영은 급
히 마차 안으로 머리를 집어넣었다. 그러나 단운평은 피식 웃을 뿐이
다. 그들의 말에는 화소민이나 화소영에 대한 어떠한 음심이 있지 않
았다. 그저 아름다운 여인에 대한 순수한 놀람만이 서려 있을 뿐이다.
단운평은 시장 깊숙이 들어가 어느 한곳에서 마차를 멈췄다. 관평위가
마차 밖을 바라보니 그곳은 대장간이었다.

"잠시 기다리게."

관평위에게 한마디를 남긴 단운평은 마차에서 내려 대장간으로 들
어갔다.

"오랜만이군."

단운평은 뜨거운 불길에서 기다란 쇠붙이를 꺼내는 사내에게 말을
건넸다. 사내는 일할 때 말 거는 것을 상당히 싫어하는 듯 한마디 툭
내뱉었다.

"기다리시오. 조금 후면 끝나니까."

그런데 사내의 움직임. 부자유스럽다. 단운평의 눈가가 실룩거리고는 급히 사내에게 다가갔다.

"어떻게 된 건가?"

사내는 자신의 어깨에 얹어진 손의 익숙한 느낌에 고개를 돌려 단운평을 바라보았다.

"어, 어떻게… 자네……?"

사내의 이름은 임사영. 임사영을 바라보는 단운평의 눈에서 불꽃이 튀었다. 임사영의 굵은 팔에도 심상치 않은 상흔이 남아 있었다.

"어떻게 된 건가?"

다시금 묻는 단운평. 임사영은 피식 웃으며 말했다.

"밖에서 기다리게, 여긴 더우니까. 조금만 더하면 끝나니까 기다리라구."

임사영이 자신의 등을 떠밀자 단운평은 아무런 말 없이 바깥으로 나갔다. 자신을 밀어내고 다시금 뜨거운 쇳물이 있는 곳으로 걸어가는 임사영은 절룩이고 있었다. 사고로 인한 것이 아니다. 저건 분명히 누군가가 임사영의 발목을 부숴놓고 제대로 치료를 하지 않아 저렇게 된 것이다. 마차 위에 오르지 않고 대장간 밖에서 가만히 안을 노려보는 단운평의 모습에 관평위는 마차에서 내려섰다.

"무슨 일인가?"

"……"

굳게 입을 다문 단운평의 표정은 살벌함 그 자체였다. 건드리면 폭발하는 폭약 같았다. 관평위는 단운평의 시선을 따라 대장간 안을 바라보았다. 한 사내가 열심히 망치를 두드리고 있었다. 뭐가 이상한 것인가.

"아……!"

벌겋게 달궈진 쇠붙이를 물속에 넣는데 그 짧은 거리를 걷는 모습에서 관평위도 알아차릴 수 있었다. 사내는 절고 있었다. 그뿐이 아니다. 열기로 인해 공기가 일렁여서 정확하게 볼 수는 없지만 사내의 굵은 팔에 생긴 상흔이 절대 대장간에서 생긴 것이 아니라는 것 정도는 알 수 있었다. 관평위는 자신의 팔에 소름이 돋음을 느끼며 옆으로 고개를 돌렸다.

"위험한 행동을 많이 한 녀석이니 그 대가를 치렀는지 모르지. 그러나… 만약 그것이 아니라 나로 인해 생겨난 것이라면 결코 그들을 용서하지 않겠다."

높낮이가 없는 단운평의 말은 알아듣기가 쉽지 않았다. 그러나 그가 말하는 바를 모를 정도로 관평위는 그와 짧은 시간을 보내지 않았다.

"설마 무림맹과 연관이 있다고 생각하는 건 아니겠지?"

천앙의 짓일 것이다. 절대 천앙의 짓일 것이다. 이마에 흐르는 땀을 닦으며 나오는 임사영의 모습에 관평위는 신음성을 내었다. 단운평이 본 것이 바로 저것이었다.

임사영의 양팔에는 무언가 굵은 쐐기 같은 것을 박아 넣은 흔적이 남아 있었다. 엄청난 고통이었을 것이다. 단운평은 그를 마부석 옆에 태웠다. 그곳이 바로 그의 자리였다. 자리에 앉은 임사영은 손가락으로 한곳을 가리켰다.

"저곳으로 가자구."

손가락 방향을 본 단운평은 아무런 말 없이 고개를 끄덕였다. 임사영이 가리키는 방향이 어디인지 알고 있다. 관평위는 마차에 올라 아무런 말 없이 화소민의 손을 잡아주었다. 화소민은 가늘게 떨리는 관평위의 손을 느끼며 관평위의 손을 꼭 잡고 그의 어깨에 기대었다. 잠시 후 마차가 선 곳은 단운평이 시장에 있을 때 머문 곳, 즉 사후락의 집이었다.

"어르신은 네가 떠난 후 많은 것을 하셨지. 이 시장 바닥에 이리저리 굴러다니는 아이들이 쉴 수 있는 집도 만들고 불편한 몸으로 장사하는 사람들을 위해 의원도 하나 여셨네."

단운평은 고개를 끄덕였다. 그는 거금이 생겼다고 혼자서 즐기며 살 사람이 아니었다. 고아나 병든 사람을 도왔다고 한다. 밑 빠진 독에 물 붓는 격이 될지 모를 일에 손을 뻗은 것이다. 그리고 자신은 여전히 조그만 집에서 살고 있다.

"들어가 보게."

단운평은 불안한 마음에 마차에서 내리고 싶지 않았다. 임사영은 말을 하다가 갑자기 멈추고 자신에게 저곳으로 들어가 보라고 말했다. 단운평은 묘한 기분에 자신의 손을 내려다보았다. 두 번째로 보는 광경이다. 자신의 손이 덜덜 떨리고 있었다.

"말해 주게. 무슨 일이 있는 건가?"

마차 안에 있던 관평위는 깜짝 놀랐다. 단운평의 목소리가 떨렸다. 사후락이라는 존재가 단운평에게 얼마나 큰 의미인지 관평위도 알고 있었다. 그러나 단운평의 평정이 깨어지리라고는 생각해 본 적이 없었다.

"단 대협도 보통 사람이군요."

화소영의 말에 관평위는 둔기로 머리를 맞은 듯한 느낌이 들었다. 단운평도 감정이 있는 사람이라는 것을 머리로는 알고 있었지만 가슴으로는 인정하고 있지 않았다. 한없이 강하고 강한 사내라고만 생각하고 힘들 때 그에게 의지하고는 했었다. 힘든 일을 말하기도 하고 부끄러운 이야기도 말하곤 했다. 어쩌면 자신은 단운평을 친구라고 생각하기보단 머리 속으로 생각해 오던 이상적인 사내, 혹은 이상적인 무인으로 생각하고 있었는지 모른다. 관평위는 당장이라도 마차에서 내려 단운평에게 사과하고 싶었다. 하지만 관평위는 아무런 말을 하지 않았다. 그저 그의 어깨를 한번 잡아주었을 뿐이다.

"어서 들어가게."

무뚝뚝한 임사영의 목소리에 단운평은 다시금 철벽의 정신을 되찾았다. 길게 호흡을 한 후 마차에서 내린 단운평은 문을 열고 안으로 들어갔다.

第二十章

풍룡 분노하다

"누구시오?"

깜깜한 방 안에서 들려오는 카랑카랑한 목소리. 사후락의 목소리다.

"접니다. 그동안 잘 지내셨습니까?"

단운평의 인사에 사후락은 아무 말도 하지 않았다. 낮인데도 방 안이 이리 어두운 이유는 간단했다. 문마다 나무 판을 대어두어 빛이 들어올 틈이 없었던 것이다.

'무엇을 두려워하고 계시는 건가?'

단운평은 애써 자신의 상상이 틀린 것이라고 생각하며 앞으로 한 걸음 움직였다.

"불을 켤 테니 기다려라."

목소리에는 힘이 넘친다. 자신의 걱정은 기우였을 뿐이다. 단운평은 제자리에 앉아서 불이 켜지길 기다렸다. 촛불이 켜지면서 사후락의 손이 보였다.

'어?'

자신이 잘못 본 것이리라. 분명 예전에도 약간 마른 작은 체구였지만 저리 앙상할 정도는 아니었다.

"잘 지냈냐?"

사후락의 얼굴이 보인다. 단운평은 무릎으로 기어 앞으로 급히 다가갔다. 몸에는 큰 이상이 없다. 그러나 단운평은 가슴이 덜컥 내려앉았다.

"여전히 뚱한 표정이구먼. 듣기로는 풍룡이라는 거창한 별호도 생겼다던데 왜 그리 잔뜩 찌그러진 표정이냐?"

이건 사후락이 아니다. 어찌 저런 눈빛으로 자신을 바라본단 말인가.

"어르신, 무슨 일이 있었습니까?"

단운평의 침착한 어조에 사후락은 손사래를 치며 말했다.

"아무 일도 없었어. 건강하게 잘 지냈지. 자네가 적지 않은 돈을 주고 가서 여러 가지 귀찮은 일도 있었지만 별일없었어."

사후락의 눈동자는 불안하게 움직이고 있었다. 이리저리 불안하게 움직이는 눈동자는 무언가에 쫓기는 듯한 모습을 보였다.

그때 방문이 열렸다.

"후—"

급히 촛불을 끄는 사후락. 불을 끄고선 단운평의 손을 꼭 잡았다. 떨리는 사후락의 손. 단운평은 몸을 일으켜 방문을 막아놓은 나무 판을 떼기 시작했다.

"뭐 하는 짓이냐! 가만히 둬라!"

사후락의 외침에도 불구하고 단운평은 나무 판을 부지런히 떼어내었다. 방문을 열고 들어온 임사영은 그러한 단운평의 행동을 보더니 같이 나무판을 뜯기 시작했다.

"멈추라니깐!"

사후락은 벌떡 일어나서 단운평의 팔을 잡았다. 그러나 단운평은 멈추지 않았다.

"사영, 무슨 일이 있었던 것이냐?"

단운평의 목소리에 나무 판을 떼어내는 것을 멈추고 자리에 앉은 임사영이 한숨을 푹 쉬었다.

"그만 하고 앉게."

그 순간 사후락은 방의 제일 구석으로 가서 벌벌 떨기 시작했다.

"어르신, 도대체……."

"아무 말 말고 묵뢰나 이리 주게."

임사영의 말에 단운평은 묵뢰를 임사영에게 주었다. 임사영은 열린 문으로 묵뢰를 던져 버렸다.

"무슨 짓인가?"

저것은 단순한 무기 이상의 의미를 지닌 것이다. 단운평이 일어나서 묵뢰를 가져오려 하자 임사영이 그의 팔을 잡았다.

"훔쳐 갈 사람 없으니 내 이야기 먼저 듣지 않겠나?"

임사영은 턱으로 사후락이 있는 곳을 가리켰다. 어느새 사후락은 진정되어 있었다. 단운평은 사후락이 갑자기 두려움에 떤 것이 묵뢰 때문이었음을 알 수 있었다.

"어르신이 시장에 있던 고아들을 위한 집을 지은 지 얼마 지나지 않아서 그들이 나타났네. 그리고……."

임사영의 이야기에 단운평은 기가 찼다. 어느 날 나타난 한 무리의 무인들이 사후락과 임사영을 강제로 어디론가 끌고 갔고, 그것을 말리려던 시장의 몇몇 상인이 팔다리가 부러지는 일을 당했다고 한다. 두 사람이 끌려가서 제일 먼저 당한 일은 방망이로 죽기 일보 직전까지 맞는 일이었다고 한다. 특별한 질문도 없고 어떠한 말도 없이 그저 무작정 두들겨 팬 것이었다. 무엇 때문이냐는 질문에 대답이 없을 뿐만 아니라 하다못해 방망이를 든 서로 간에도 아무런 말이 없었다.

며칠간을 그렇게 맞은 두 사람이 다음으로 끌려간 곳은 조그마한 방이었다. 아무런 말 없이 두 사람을 방에 가두고선 몇 날 며칠 동안 같은 질문을 해대는 것이었다.

"단운평이라는 사내와 무슨 관계인가?"

처음에는 아무런 대답을 하지 않았다. 그러다가 일주일 동안 같은 질문만 듣게 되자 미쳐 버릴지도 모른다는 생각이 들고 잠잘 때에도 같은 질문이 머리 속에서 울렸다. 이 주일이 지난 어느 날 마침내 방 안에서 나갈 수 있었다. 방 안에서 나간 그들은 다시금 아무런 질문 없이 두들겨 맞았다. 얼마나 맞았는지 모른다. 다만 의식이 희미해질 지경이 되면 누군가가 온몸에 덕지덕지 약을 발랐고 몸의 상태가 조금 나아지면 다시 두들겨 팼다는 것만 기억날 뿐이었다. 한참을 맞은 사후락과 임사영은 고통을 견디지 못하고 단운평과의 관계를 털어놓았지만 그들은 아무런 말을 하지 않았다. 그들은 다시금 조그만 방으로 끌고 들어가서야 입을 열었다.

"단운평이라는 사내와 무슨 관계인가?"

둘은 간단하게 단운평과의 관계를 설명했다. 그러나 대답이 마음에 들지 않았는지 계속 같은 질문을 해댔다.

얼마간의 시간이 지났을까? 이번에는 두 사람을 밀실로 데리고 갔다. 작은 방에서나 두들겨 팰 때에도 음식은 주었지만 밀실에서는 어떠한 것도 주어지지 않았다. 빛 하나 없는 방 안에서 그들은 배고픔을 참고 견디고 있었는데 어느 순간 잠이 들자 누군가가 있는 힘껏 발길질을 해댔다. 그 과정에서 임사영은 발목이 부러져 버렸고 사후락은 손가락이 부러졌다.

그들이 며칠간 끙끙 앓고 난 후 다시금 그들을 데려간 곳이 바로 고문실이었다. 팔에 말뚝을 박은 건 임사영뿐이었다. 그리고 사후락은 나이 탓에 그러한 고문을 했다면 죽어버릴 것을 그들은 알고 있었던 것이다. 그 후 다시금 두 번째 방으로 끌려가 단운평에 대한 질문을 들었을 때 임사영과 사후락은 무슨 대답을 하는지도 모르고 아무 말이나 계속 해댔다. 그들이 멈추라고 말해도 정신없이 무언가를 말했다. 그리고 잠이 들었다가 깨어났을 때는 자신들이 시장 바닥에 버려져 있었다고 한다.

그 후 사후락은 방에서 나가지 않았다. 겁을 먹어버린 것이다. 사람이라는 존재에 대해, 무인이라는 존재에 대해.

"그들이 누군가?"

"모르겠네."

임사영이 고개를 젓자 단운평은 일어서서 사후락에게 성큼성큼 다가갔다.

"누굽니까?"

"필요없다. 아무것도."

사후락의 목소리가 떨렸다. 단운평은 조용히 그의 손을 잡았다. 그리고 그 손을 자신의 얼굴에 가져다 대었다.

"누굽니까?"

거친 상처들. 사후락은 단운평의 얼굴을 쓰다듬었다. 아마도 자신보다 더 큰 고통을 받으며 살아왔을 것이다. 사후락은 단운평의 온몸에 있던 상처를 기억해 냈다. 사후락은 조용히 고개를 흔들었다. 복수라는 것은 쉬운 일이 아니다. 복수를 당하는 자도 복수를 하는 자도 모두가 상처를 입는다. 사후락은 단운평이 더 이상 아프지 않기를 바라고 있었다.

"복수는 바라지 않는다. 무슨 의미가 있겠느냐."

사후락의 말에 임사영은 두 주먹을 불끈 쥐었다.

"무슨 말씀이십니까? 제가 이 녀석을 얼마나 기다렸는데."

처음에는 단운평을 원망했었다. 단운평만 아니었다면 자신이 그곳에 끌려갈 일도 없었고 또 그처럼 고초를 겪지도 않았을 것이며 또 이렇게 다리를 절게 되지도 않았을 것이다. 발목이 부러졌을 때 바로 치료를 했다면, 아니, 일주일만 빨리 왔더라도 다리를 절지 않았을 거라는 의원의 말에 임사영은 하늘을 바라보며 단운평을 저주했었다.

그러다 시간이 흐르고 확실하게 알 수 있었다. 자신이 원망해야 하는 사람은 단운평이 아니었다. 자신을 끌고 가서 이리 만든 그들을 원망해야 했다.

그 후 매일매일 단운평을 기다렸다. 자신의 원통함을 풀어주기를 기원하며 하루하루를 그렇게 보냈다. 시간이 흐르고 어쩌면 단운평이 오지 않을지도 모른다는 생각이 들면서 불안했다. 그래서 미친 듯이 일을 하며 시간을 보냈다. 그토록 하기 싫었던 대장간 일에 덕분에 재미가 붙었고 복수를 포기하려는 생각도 들었었다.

그러나 이제는 아니다. 단운평이 왔다. 저 깊은 곳에 잠자던 분노의 불씨가 다시금 타오른다. 왜 자신이 그러한 일을 당하고 그들은 왜 그런 일을 하고도 멀쩡해야 한단 말인가.

"저는 모릅니다. 그들이 누구인지. 그러나 분명 어르신은 알고 계실 겁니다. 그들을 그냥 두면 또 다른 누군가가 우리처럼 당할지도 모릅니다. 복수가 무의미하지 않습니다. 복수를 하지 않으면 그들은 자신들의 잘못을 모른 채 살아갈 겁니다."

분노도 전염이 된다. 임사영의 말에 사후락의 표정이 조금씩 변해갔다. 한참 동안 무언가를 생각하는 표정으로 가만히 창문을 바라보던 사후락이 입을 열었다.

"오랜만에 보는 햇살이군. 내가 입 다물고 있다가 누군가도 햇살의 따스함을 잊어버리게 되면 안 되지. 나도 그들에 대해서는 잘 모르고 있다. 다만 그들 중 한 명의 손이 특이했다는 것밖에는 모르겠다. 손가락이 여섯 개더군."

사후락의 말에 임사영은 실망하는 기색이 역력했다. 그것만으로 어찌 적을 찾는다는 말인가. 그러나 임사영의 표정은 이내 밝아졌다. 단운평의 입에서 나온 말 때문이었다.

"육지검객(六指劍客) 한경운 그놈이군. 쉽게 죽이지는 않겠다."

사후락의 집에서 나온 단운평은 떨어진 묵뢰를 집어 들고서 마차로 돌아갔다.

"괜찮은가?"

관평위는 단운평의 모습이 무섭게 느껴졌다. 단운평은 관평위를 힐긋 바라보고선 말했다.

"어르신께 아직 말을 못했군. 내 친구 가족이라고 말하면 아무런 말씀 없으실 걸세. 안에 들어가 쉬고 있게. 나는 다녀올 곳이 있네."

"뭘 하려고 하는 건가?"

관평위의 질문에 단운평은 차갑게 답했다.

"내일이면 무림에 공동파가 없을 걸세."

성큼성큼 어디론가 걸어가는 단운평. 관평위는 멍하니 서 있을 수밖에 없었다.

'공동파? 육지검객 한경운이라는 자가 공동파의 제자란 말인가?'

설마 정파의 열 개의 기둥 중 한곳인 공동파로 쳐들어갈까 하는 생각을 하던 관평위는 어느새 단운평의 신형이 저 멀리 희미하게 보이자 그저 멍하니 그를 바라볼 뿐이었다.

"방문첩을 작성해야 하니 별호와 용건을 말씀하십시오."

공동파의 출입을 담당하는 일대제자 조욱의 물음에 단운평은 차갑게 말했다.

"풍룡 단운평. 공동파 멸."

조욱은 자신의 귀가 잘못된 것이 아닌가 하는 생각이 들었다. 무림맹의 척살 명령이 떨어진 지금 풍룡이 공동파로 올 이유가 없었다. 게다가 공동파의 멸이라니. 무림맹에서 먼저 공격하지 않는 이상 풍룡이 먼저 공격하는 일은 없다고 분명 무림맹에서 말했건만.

"방금 뭐라고……?"

퍽!

조욱은 배에서 느껴지는 격통에 숨이 턱 막혀왔다.

"일어나라."

"왜? 왜……?"

퍽!

이번엔 턱이다. 조욱의 입 안이 터지면서 입에서 피가 주르륵 흘러
내렸다.

"공동파를 원망해라."

퍽퍽퍽!

끝나지 않을 것 같은 구타. 조욱은 어느새 정신을 잃어버렸다. 가볍
게 주먹을 휘두르던 단운평은 조욱이 정신을 잃자 공동파 안으로 들어
갔다. 어느새 많은 무인들이 진을 치고 있는데 단운평의 주먹에 묻어
있는 피에 모두의 눈에는 살기가 가득했다.

"웬 놈이냐?"

이번에는 제법 지위가 높은 사람인 듯했다.

"육지검객을 불러와라!"

단운평의 당당한 모습에 공동파의 무인들은 어이가 없었다. 뭘 믿고
저리 당당하단 말인가? 천하의 공동파에서 저리 행동할 수 있다니 저
자는 미친 것이거나, 아니면 무언가 대단한 착각을 하고 있는 것이리
라.

"다시 한 번 묻겠다! 넌 누구냐?"

"한 번만 더 말하지! 한경운 그놈을 데려와라!"

파박!

바닥을 박차고 앞으로 나아간 단운평은 제일 앞에 서 있던 건장한
사내의 얼굴을 오른쪽 다리를 들어 갈겨 버렸다.

퍼억!

사내는 왼손을 들어 단운평의 공격을 막아보려 했으나 손 하나로 막아낼 수 있는 것이 아니었다. 왼손을 들어 올린 채 나동그라진 사내는 일어나지 못했다. 일격에 기절해 버린 것이다.

"운이 좋은 놈이군."

단운평의 한마디가 혼전의 시작을 알렸다.

"미친놈, 죽어라!"

몇 명의 무인들이 검을 뽑아 들고 단운평에게 달려들었다. 그들은 합격술을 연마하였는지 사방에서 단운평의 몸을 정확하게 노리고 달려들었는데 단운평은 앞으로 나아가며 도를 뽑아 들었다.

붕!

단운평의 도가 위에서 아래로 휘둘러지자 사내는 도를 막으려 검을 들었다.

빠각! 퍽!

검을 부러뜨리고 머리를 박살 내버린 묵뢰. 단운평은 자신의 몸에 튀겨지는 핏방울을 피하려는 듯 옆으로 움직여 다시금 도를 치켜들었다. 또 다른 사내는 자신에게 다가서는 단운평의 도 때문에 필사적으로 몸을 옆으로 움직였지만 단운평의 도는 어느새 옆구리를 베어가고 있었다.

"멈춰라!"

조금 전에 단운평에게 누구냐고 물었던 목소리다. 그러나 단운평은 전혀 신경 쓰지 않고 손에 힘을 주었다.

서석!

뭉툭한 모양의 묵뢰지만 지금 이 순간은 그 어떤 도보다 날카로웠다. 상체와 하체를 분리해 버린 단운평은 앞으로 달려들어 다시금 도를 휘둘렀는데 한 사내가 달려들어 단운평의 도를 멈췄다. 그 순간 다른 무인이 단운평의 옆구리를 노리고 달려들자 단운평은 자신의 도를 막아선 사내를 향해 몸을 돌려 다리를 휘둘렀다.

픽!

사내의 코가 얼굴 깊숙이 박혀 들어가면서 단운평의 몸은 빙글 돌아서서 자신을 노리는 무인의 방향으로 쏘아져 나갔다. 사내의 얼굴이 발판이 된 것이다.

슈욱!

옆구리를 노리던 검은 단운평의 머리를 노리고 다가왔는데 단운평은 부드럽게 몸을 회전시켜 검을 피하고는 도를 휘둘렀다.

팍!

사내에게는 단운평의 도가 보이지 않았다. 쾌도술. 여섯 글자의 도법 중 풍(風)의 초식이다.

"멍청한 놈."

들려오는 목소리에 고개를 들어 주변을 살펴보니 어느새 십여 명의 무인이 자신을 둘러싸고 있었다.

"육지검객은 나왔나?"

단운평의 물음에 공동파의 제자들 중 몇몇이 고개를 돌려 한 사내를 바라보았다.

'저자인가?'

단운평은 허공으로 솟구치며 도를 휘둘렀다. 그러자 단운평의 주변에 있던 공동파의 무인들의 입가에 비릿한 미소가 걸쳐졌다.

'멍청한 놈.'

'저 정도의 실력으로 공동파에 쳐들어오다니.'

여러 명의 적과 상대할 때 절대로 하지 말아야 하는 행동을 하고 있었다. 허공으로 솟구치면 착지할 때까지 무방비 상태가 되기 때문이다. 그러나 단운평은 아래를 바라보며 어깨에 힘을 주었다.

"죽음의 비를 맞이하라!"

단운평의 날카로운 목소리와 함께 그의 손이 허공을 분주히 움직였다.

"어······?"

아래에 있던 무인들은 자신도 모르게 자신들의 눈을 비볐다. 헛것이 보이는 것이 아니라면 저 검은 빛은 무어라고 설명해야 하는 것인가.

'구름은 비를 부르고 비는 천하를 적시니······.'

풍운뇌력도법의 우(雨)가 펼쳐짐과 동시에 아래에 있던 무인들의 살점이 허공으로 튀어 올랐다.

"크아악!"

퍼엉!

감히 막을 생각을 할 수가 없었다. 특히 단운평의 바로 아래에 있는 무인들은 뒤로 물러서려고 노력했지만 발이 움직이지 않았다.

'아름답군.'

뒤에 서 있던 육지검객 한경운은 이상하게도 피가 허공을 수놓는 이 광경이 아름답게 느껴졌다.

"나는 여기 있다!"

한경운은 자신도 모르게 단운평에게 소리쳤다. 땅에 발을 내려놓은 단운평은 바닥에 가득한 핏물을 지나 앞으로 걸어갔다.

처벅처벅.

공동파의 무인들은 자신도 모르게 옆으로 비켜서며 하나의 길을 만들었다. 아직 아무도 단운평의 몸에 손을 대지 못하고 있었다. 아니,

손을 대기는커녕 짧은 순간 죽은 무인의 수가 열이란 숫자를 넘어섰다. 게다가 죽은 무인 모두가 공동파에서 자랑하는 무인들이다. 그 누가 이러한 무위를 보일 수 있단 말인가.

"육지검객 한경운 맞나?"

단운평이 도를 들어 자신을 가리키자 한경운이 한 발 나서며 되물었다.

"너는 누구냐?"

"내 이름은 단운평이다."

순간 주변으로 적막이 흘렀다. 잠시간의 적막을 깨고 단운평이 물었다.

"왜 그랬나?"

"무림맹에서 자네에 대한 자료가 필요하다고 하더군."

태연한 한경운의 대답. 단운평은 피식 웃었다.

"왜 웃는 것인가?"

단운평은 한경운의 물음에 가볍게 어깨를 풀고는 고개를 돌려 목 근육을 풀었다.

"공동파가 멸망하는 이유가 그 정도라니 웃겨서 말이지. 나는 숨지도 피하지도 않았다."

붕!

한경운은 간신히 단운평의 도를 피했다. 준비를 하고 있었는데도 보이지 않았다. 하마터면 몸과 머리가 분리될 뻔했다.

'이거야 영, 반하겠는걸.'

한경운은 미소를 지었다. 처음 무공을 접한 후 느꼈던 그 흥분을 맛본 지도 꽤나 오랜 시간이 흘렀다. 생사를 겨루는 순간 느껴지는 그 설레임은 자신의 검이 경지에 이른 순간 사라져 버렸다. 그 후에 겨룬 상대는 버러지와 다를 것이 없었다. 그저 마음에 들지 않으면 죽이면 되고 그렇지 않으면 그저 적당히 놀다가 보내주면 된다. 빌어먹을 정파라는 입장만 아니라면 더 재밌었겠지만 무공을 배우던 처음으로 돌아갈 수는 없지 않는가.

"재밌군."

한경운의 말에 단운평의 몸이 움직였다. 일순간 상대와의 간격을 지워 버리는 단운평의 보법은 그를 지켜보는 모든 무인들의 입에서 감탄성이 튀어나오게 만들었다.

사락!

한경운은 검을 휘둘러 단운평의 움직임을 막으려 했다. 그러나 단운평의 기세를 막을 수가 없었고, 어느새 자신의 옷자락이 잘려 있었다. 한경운은 옆으로 이동하면서 검을 휘둘렀는데 너무나 빠르게 움직이는 그의 검은 마치 검의 수가 늘어난 듯 수십 개의 검의 환영을 만들어내었다. 단운평은 도를 들어 한경운의 검을 막아냈는데 검을 막는 순간 뒤에서 느껴지는 묘한 기운에 급히 바닥을 굴러 몸을 피했다.

슈욱!

"크윽!"

의외의 상황이다. 단운평의 뒤를 노리던 공동파의 무인을 한경운이 검으로 찔러버린 것이다.

"방해하지 마라."

한경운은 입가에 미소를 띠고 있었다. 단운평은 그런 한경운에게서 몸을 돌려 주변의 무인들을 향해 도를 휘둘렀다.

서걱!

한경운의 모습에 놀라 있던 무인들 중 한 명이 단운평의 도에 의해 목을 베였다.

푸시시!

뿜어져 나오는 핏줄기. 털썩 쓰러진 무인에게서 몸을 돌린 단운평이 입을 열었다.

"나는 오늘 공동파의 문을 닫기 위해 왔다. 무공도 모르는 이들을 잡다 그렇게 잔인하게 행동했다면 각오는 했을 테지?"

단운평의 말에 공동파의 무인들이 웅성대기 시작했다. 사후락과 관련된 일에 대해서 모르는 이가 훨씬 더 많았던 것이다. 물론 무림맹으로부터 어떠한 부탁을 받아 한경운을 비롯한 몇 명이 어떤 이들을 잡아온 것은 대부분의 무인들이 알고 있었지만 그들에게 어떠한 일을 했고 그들이 무공을 모르는 사람이란 건 전혀 알 수 없었던 이들은 단운평의 말을 믿어야 할지 말아야 할지 그저 바라볼 뿐이었다.

"나는… 몰랐소."

자신에게 다가오는 단운평의 모습에 한 무인이 그리 말하였다.

"모른다고 죄가 가벼워질까? 이곳에 그들이 온 것을 몰랐나? 아니, 방금 전까지 나에게 검을 겨누던 네놈들이 아닌가?"

자신의 손을 더럽히지 않았다고 죄가 가벼워지는 것은 아니다. 알고 싶어하지 않았을 뿐이다. 공동파에서 한경운이 아닌 이들에게 직접 명하였다면 이들 역시 한경운처럼 행동했을 것이다. 순간 단운평은 급히 몸을 움직여 자신의 뒤통수를 노리고 날아드는 검을 피해내었다. 머리칼 한 줌이 떨어져 내렸다.

"피하지 마라. 내가 널 상대해 줄 테니."

한경운의 말에 단운평은 좌우로 정신없이 도를 휘둘렀다. 붕붕 무섭게 휘둘러지는 도의 위력에 한경운은 급히 뒤로 물러서며 검을 휘둘렀는데 도와 검이 부딪칠 때마다 무서운 소리가 들렸다.

쩡! 쩡!

대기가 찢어지는 소리가 들린다. 한경운은 환검(幻劍)의 대가인만큼 변화무쌍한 검세를 보였다. 점차 많아지는 검의 환영에 단운평의 도법도 따라 변해갔다. 도에 실린 힘은 조금씩 사라지며 부드러운 움직임을 보이기 시작한 것이다.

'떠도는 구름의 변화에……'

초식 운(雲)의 모습이다. 단운평의 묵뢰와 한경운의 검은 화려한 움직임을 보였고, 주변의 무인들은 조금씩 두 사람이 있는 공간을 줄여갔다. 어느 순간 단운평의 도는 한경운의 왼쪽 어깨를 향해 날아들었다.

팅!

팅겨지는 힘을 이용해 팔을 빙그르르 돌린 단운평은 도로 허공에 반원을 그리며 한경운의 왼쪽 다리를 노렸다. 한경운은 급히 뒤로 물러서며 단운평의 도를 피하려 했다. 그러나 단운평은 앞으로 달려가면서 도의 움직임은 그대로 유지했다. 한경운은 식은땀을 흘리며 급히 검을 내려 단운평의 도를 막았다.

팅!

이번에도 단운평은 반동을 이용해 팔을 뒤로 뻗었고, 오른발을 축으로 몸을 회전하면서 왼발을 앞으로 뻗었다.

픽!

한경운은 배가 뚫린 게 아닌가 하는 생각에 자신도 모르게 왼손으로 자신의 배를 쓰다듬어 보았다.

"엄청나군. 큭, 캐액!"

'이럴 줄 알았다면 아침 식사는 하지 않았을 텐데……'

한경운은 속이 울렁거리고 아랫배가 당기는 느낌에 검을 든 손에 힘이 들어가지 않자 쓴웃음을 지었다.

퍼벅!

어느새 달려든 단운평의 주먹이 한경운의 얼굴을 가격했다. 한경운은 순간 정신을 잃었다가 다시 정신을 찾았다. 아릿한 아픔. 한경운은 지금의 상황이 현실처럼 느껴지지 않았다. 다시금 자신의 턱을 가격하는 단운평의 주먹. 무슨 말을 하고 싶은데 턱이 움직이지 않는다. 다시금 단운평의 몸이 움직이는 순간 허공을 울리는 일갈.

"멈추거라!"

단운평은 들려오는 소리에 전혀 신경 쓰지 않고 한경운의 정강이를 발로 차서 부러뜨려 버렸다. 그리고선 고개를 돌려 목소리의 주인공을 찾았다.

"오랜만입니다."

단운평의 말에 환옹은 침중한 안색으로 그를 바라보았다.

"내가 명한 것이다. 나를 탓해라."

환옹의 말에 공동파 무인들의 웅성이는 소리가 들렸다. 공동파 무인들에게 있어 환옹은 목표이자 이상이고 자존심인 존재다. 그런 그가 무공도 모르는 사람을 잡아서 폭력을 가하라고 명했다고 한다. 모두는 믿지 못하겠다는 표정으로 서로를 바라보았다. 그러나 단운평은 태연했다.

"신경 쓰지 마십시오. 내가 원하는 것은 책임을 질 사람이 아니니까."

단운평의 말에 환옹의 몸이 부르르 떨렸다. 보고를 받았다. 단운평이 오늘 이곳에 온 이유는 공동파를 멸망시키기 위해서라고 말했다고. 공동파 장문인부터 장로들 모두는 어이없는 표정으로 서로를 바라보았지만 환옹은 알고 있었다. 단운평은 진심이다. 그리고 단운평이 그러한 마음을 먹었다면 적어도 공동파 고수의 반 이상이 희생될 것이고, 그렇다면 이러한 강호 정세에서 공동파는 분명 멸문될 것이다.

"어차피 나를 척살해야 한다고 무림맹에서 결정하지 않았습니까?"

단운평은 목을 다친 후 발음을 정확히 하려 단어를 끊어가며 또박또박 말하기에 어투는 그러하지 않았지만 누가 들어도 분명 빈정거림이었다.

"그 노인에게는 충분한 사례를 할 테니 그만 돌아가게."

단운평을 상대하기 위해서는 각파에서 뽑은 정예들을 모아서 보내야 한다. 그렇지 않고 한 문파별로 단운평을 상대한다면 그 문파는 엄청난 타격을 입게 될 것이다.

"사례라……."

끝까지 자신의 마음에 들지 않는 상대다. 순간 단운평의 도가 무서운 속도로 환옹을 향해 움직였다.

펑!

보이지 않았지만 궤적을 예상해 도면을 손바닥으로 쳐냈다. 머리가 아닌 몸이 반응한 것이다. 환옹은 단운평이 진심으로 자신을 베려고 하자 심각한 표정으로 검을 뽑았다. 그러나 검을 뽑았다고 해서 환옹 본인이 단운평을 상대하겠다는 것은 아니었다. 만에 하나라도 자신이 패하게 된다면 공동파의 명성에 크나큰 흠집이 생기기 때문이다. 더구나 무림맹에서 보였던 단운평의 움직임은 자신의 아래가 결코 아니었다.

"공동의 태상장로로서 명한다! 무림의 평화를 위해 풍룡을 살려 보내서는 안 된다!"

검을 뽑아 들고 외치는 그의 목소리에 웅성거림은 잦아들고 모두의
얼굴이 변했다.

'무림의 평화라……. 역시나 나는 무림의 평화를 해치는 인물이군.'

애당초 단운평의 목표는 공동파의 멸. 그들의 반응에 특별히 화가
나지는 않았다. 단운평은 환옹의 검이 내려지자마자 몸을 움직였다.

번쩍.

"크억!"

육지검객 한경운의 목이 허공에 떠올랐다가 떨어졌다. 순간 주변 무
인들의 경악성에 환옹이 고개를 돌렸다.

펑!

간신히 막아냈다. 보이지도 않았건만 어느새 자신에게 달려들었단
말인가. 환옹은 급히 단운평으로부터 간격을 두려고 뒤로 움직였는데
그보다 단운평의 움직임이 한발 앞섰다.

서걱!

"윽!"

간만에 느껴지는 통증이다. 환옹은 자신의 팔에서 느껴지는 아릿한
통증에 급히 검을 휘둘러 단운평의 얼굴을 노렸다. 단운평은 고개를
최대한 옆으로 꺾어 검을 피하면서도 손을 멈추지는 않았다.

피빗!

단운평의 얼굴에서도 피가 튀었다.

'대단하군.'

적지 않은 부상임에도 불구하고 검을 휘둘렀다. 단운평은 환옹의 복
부를 향해 무릎을 쳐올렸다.

턱!

가볍게 손바닥으로 무릎을 막은 환옹은 반동을 이용해서 허공을 돌아 뒤로 물러섰는데 검을 든 팔에서 연신 피가 흘러내리고 있었다.

"후읍, 대단하구먼. 내가 실수를 했군. 무림맹에서 제대로 상대해 봤었더라면 방금의 공격은 충분히 피할 수 있었을 텐데 말일세."

단운평의 도가 간신히 보였다. 게다가 묘하게 움직임이 간단하다. 분명 베기건만 찌르기처럼 공간의 최단 거리를 달려드는 단운평의 도에 환옹은 쓴웃음을 지었다. 더군다나 그 속에 실린 엄청난 힘에 상처 입은 팔이 말을 듣지 않는다. 그런 환옹에게로 옆에 있던 젊은 무사가 옷을 찢어 건넸다. 환옹은 단운평에게서 눈을 떼지 않은 채 자신의 팔에 옷을 감았다. 그 모습을 바라보던 단운평은 자신의 등 뒤에서 느껴지는 기운에 급히 뒤로 물러섰다. 하나 한발 늦었다.

사르륵.

단운평이 몸을 멈추고 고개를 돌린 순간 이번에도 머리카락이 떨어져 내렸다. 이번에는 앞 머리카락.

'이거 이젠 얼굴을 가릴 수가 없겠군.'

반쯤 보이던 단운평의 얼굴이 완전히 드러났다. 차가운 눈빛과 굵은 상처들. 기습을 한 무인은 단운평의 눈빛이 자신을 향하자 몸이 얼어붙는 듯한 느낌을 받았다. 사람을 바라보는 눈이 아니다.

그때였다.

슈욱! 퍽!

"윽!"

단운평의 입에서 신음성이 나왔다.

슈욱! 슉!

단운평은 급히 몸을 움직여 날아오는 물체를 피했다.

"그래, 처음부터 이랬어야지."

단운평은 자신의 왼쪽 어깨를 스치고 바닥에 박힌 화살을 바라보았다. 전각에 올라가서 화살을 겨누고 있는 사내들이 보였다. 다시금 활을 당기는 사내들을 보고 단운평은 화살을 피할 가장 확실한 방법을 찾았다.

"크억!"

"컥!"

단운평은 이곳이 정파의 열 개의 기둥 중 한곳인 공동파가 맞는지 의구심이 들었다. 단운평이 택한 날아드는 화살을 피하는 방법은 다름 아닌 공동파 무인들 사이로 들어가 있는 것이었다. 근접전을 하더라도 자신은 있었고, 같은 문파인들에게 화살을 쏠 수는 없으리라는 생각 때문이었다.

그러나 이러한 단운평의 예상은 너무나 쉽게 무너졌다. 전각 위에서 화살을 쏘던 무인들은 단운평이 무인들 사이에 들어가서 분주히 움직이자 동료를 무시한 채 태연하게 화살을 쏘았다. 공동파의 무인들이 동료가 쏜 화살에 맞아 이리저리 뒹굴기 시작했다. 이래서는 화살이 날아들어도 피할 공간이 충분치 않다. 단운평은 차선책을 선택하기로 했다.

"헉!"

단운평이 허공으로 솟구쳐 공동파 무인의 머리를 밟자 머리를 밟힌 무인은 놀라지 않을 수 없었다. 급히 검을 머리 위로 휘둘러 단운평의 다리를 공격하려 했으나 단운평은 어느새 다른 무인의 머리를 밟고 있었다.

"죽어라!"

단운평이 밟고 있던 무인이 갑자기 주저앉으며 소리를 질렀다. 순간 몸의 균형을 잃은 단운평이 비틀거리자 사방에서 무인들이 단운평을 향해 검을 휘둘렀다. 단운평은 발을 비틀어 아래에 있는 무인의 목을 꺾어버리고선 도를 휘둘러 공동파 무인들의 접근을 막았다. 그 순간을 놓치지 않은 전각 위의 무인들이 다시금 화살을 날렸다.

이로써 분명해졌다. 전각 위의 무인들은 단운평이 많이 움직일 수 없는 상황이 되면 희생을 각오하고 화살을 쏘는 것이다. 단운평이 공동파 무인의 머리를 밟으며 위로 올라섰을 때는 단운평의 운신할 공간이 충분하기에 화살을 쏘지 않았던 것이다. 단운평은 화살을 처내고선 위로 솟구쳐 공동파 무인의 머리를 밟고 앞으로 달려나갔다.

"이런……."

피할 수 없는 상황이 될 경우를 예상하고 공동파 원로들이 결정한 사항이건만 단운평은 풍룡이라는 이름값을 하고 있었다. 환웅은 문도를 희생해서라도 단운평을 잡으려 했건만 거침없이 자신을 향해 달려드는 모습에 검을 잡은 손에 힘을 주었다.

푸슉!

격한 움직임에 출혈이 멈추었던 상처가 벌어지면서 피가 솟구쳤다. 제법 깊은 상처라 상처가 터지자 많은 피가 흘러 잠시라도 방심하다간 생명을 잃게 될지도 모른다.

"뭣들 하느냐! 어서 활을 쏘거라!"

어서 단운평을 죽이지 않으면 피해가 얼마나 커질지 예상조차 할 수가 없다. 게다가 시간이 흐를수록 단운평이란 사내에 대해 공포를 느끼는 무인들의 수가 늘어가고 있다. 공포를 느끼게 되면 몸은 점차 굳어지게 되고 공격에도 소극적으로 변할 수밖에 없다.

그렇게 되면 단운평이 탈출하는 것이 굉장히 쉬워진다. 자신이 죽는 것은 상관이 없지만 공동파가 한 명의 무인이게 유린당하고 그자를 잡지도 못했다는 것이 강호에 알려진다면 공동파의 미래는 없다고 해도 과언이 아니었다.

활을 들고 있던 무인들은 환웅의 명에 활을 잡아당겼다. 화살을 걸고 단운평의 모습을 찾았는데 순간 단운평의 모습이 보이질 않았다.

"어서!"

조금은 떨리는 환웅의 목소리에 활을 든 사내들이 활을 내리고 환웅을 바라보았다. 어느새 환웅의 앞에 나타난 단운평의 모습이 보였다. 단운평은 사라진 것이 아니었다. 다만 머리를 밟고 있던 것이 아니라 머리를 박차고 허공으로 솟아오른 관계로 활을 겨누던 무인들에게 보이지 않았던 것이다.

'천하는 비에 젖어 흘러내리니……'

풍운뇌력도법 초식 폭(暴). 단운평은 일 수에 끝내기로 마음을 먹고 도를 힘껏 내리찍었다.

콰쾅!

폭음과 함께 환웅은 검을 들어 단운평의 공격을 막으려 했다. 그러나 단운평의 도에 실린 힘은 환웅의 상처 입은 팔로 막을 수 있는 것이 아니었다.

뿌득!

뼈가 부러지는 소리와 함께 환웅의 처절한 비명이 들려왔다.

피슈슈!

뿜어져 나오는 핏줄기를 바라보던 전각 위의 무인들은 순간 이성을 잃어버렸다.

슉! 슉!

단운평을 향해 날아드는 수십 개의 화살. 단운평은 몸을 비틀어 화살을 막았다.

"헉!"

단운평은 놀라지 않을 수 없었다. 쏟아지는 화살들 속으로 공동파의 무인들이 검을 들고 달려들고 있었다. 환옹의 죽음에 공동파 무인들이 이성을 잃은 듯했다. 빗발치는 화살 속으로 달려들면 죽음을 맞이할지도 모른다는 생각은 전혀 하지 않는다. 그저 단운평만 죽일 수 있다면 하는 생각으로 가득 찬 무인들의 공격에 단운평은 바쁘게 손을 움직였다.

팍!

단운평의 오른쪽 허벅지에 누군가의 검이 박혔다. 살을 뚫고 들어오는 검의 차가움이 느껴질 틈도 없이 등 뒤로 느껴지는 싸늘한 느낌에 단운평은 앞으로 달려갔다.

"죽어랏!!"

환옹이 공동파에서 가지는 위치는 상상 이상의 것이었다. 공동파의 무인들이 자부심을 가지고 있는 것은 공동파의 제자라는 것보다 환옹이 속해 있는 곳에 그들이 함께 있다는 것이라는 소문이 있었다. 그것이 사실이라는 생각이 단운평의 머리 속으로 들기 시작했다.

시간이 흐를수록 단운평은 조금씩 힘이 빠지는 것을 느낄 수가 있었다. 단운평은 앞쪽에서 달려드는 사내를 오른발로 가격하고는 왼쪽에서 달려드는 사내를 도로 베었다.

"산(散)!"

누군가의 외침과 동시에 단운평의 주변에 있던 무인들이 단운평에게서 멀어졌다. 단운평이 주변을 돌아보니 단운평과 가까운 곳에 있는 무인들의 얼굴 표정이 바뀌어 있었다. 광기에 휩싸인 듯한 그들의 얼굴은 어느새 침착을 되찾은 듯했다.

"침착하게 대응하라. 풍룡은 내일의 태양을 맞이하지 못한다."

스르륵 단운평에게 가까이 다가서는 여덟 명의 무인. 그들 모두 창을 들고 있었다. 강한 소수의 적을 상대하기 위한 합격술의 대표적인 것이 바로 소림의 소나한진(小羅漢陣), 다른 말로 십팔나한진(十八羅漢陣)이다. 소림의 십팔나한진과 같은 합격술이 공동파에도 있었다. 그것이 바로 천쇄창살(天鎖槍殺)이란 것으로 지금 나타난 여덟 명의 무인이 펼치려는 것이었다.

'조금 힘들어지는군.'

조금 흥분한 상태로 공동파에 찾아온 단운평은 퇴로를 확인하지 않고 쳐들어왔다. 지금의 몸 상태를 생각해 봤을 때 물러나야 할 때다. 그러나 피할 수 있는 상황이 전혀 아닌 관계로 단운평의 입에서는 한숨이 터져 나왔다.

"살(殺)!"

다시금 들려온 목소리. 단운평은 긴장을 늦출 수가 없었다. 허벅지와 등을 다친 지금의 상황에서 적이 사용하는 무기가 창이라는 것은 상당한 부담을 주지 않을 수 없다.

적당한 거리를 둔 상태로 합격술을 펼친다면 창을 이용한 진법이 가장 유리하다. 여러 명이 창을 휘두르다 창대가 서로 부딪치더라도 공격에 큰 영향을 끼치지 않고 또 그러한 상황이 되어서 같은 편에게 위협이 되지 않기에 창으로 합격술을 연마할 때 다른 무기보다 쉽게 익힐 수가 있었다. 때문에 관군들도 전투에서 주로 창을 사용하는 것이다.

"어서 공격해라!"

목소리는 무인들이 잔뜩 섞여 있는 곳에서 들려왔다. 보이지는 않지만 계속 들려오는 말의 내용을 들어보면 상대의 정체를 알 수 있었다.

"공동파 문주는 제자들이 다 죽고 나서야 밖으로 나오는 직책인가 보군. 더구나 적이 두려워 얼굴조차 보이지를 않고 있으니."

단운평의 말에 공동파 문주는 아무런 대꾸도 하지 않았다. 괜히 자신의 위치를 밝혀서 좋을 것이 없었다. 지금 공동파 무인들이 냉정을 찾을 수 있는 것은 문주인 자신이 아직 살아 있기 때문이다. 환웅처럼 혹시라도 자신이 단운평에 의해 죽는다면 극도의 혼란 속에 단운평의 탈주를 막을 수 없을 것이다. 그것은 절대 용서할 수 없는 일이었다. 아니, 있어서는 안 된다. 그때 정문 쪽에서 비명이 터져 나왔다.

"크아악!"

"윽!"

단운평은 창을 든 무인들의 움찔하는 기색을 놓치지 않고 섬전 같은 움직임으로 앞으로 달려가 정면에 있는 사내의 창대를 잡았다.

"어엇!"

사내는 급히 창을 잡아당겼으나 단운평의 손아귀 힘은 그리 약하지 않았다.

숙!

그것을 본 옆에 있는 사내가 창을 뻗었다. 그러나 단운평은 창을 놓지 않고 몸을 움직여 자신이 잡고 있는 창의 주인을 발로 찼다.

퍽!

턱을 강타당한 사내는 자신도 모르게 창을 놓치고 말았다. 그러자 단운평은 창을 왼손으로 잡아서 겨드랑이 사이에 끼워 넣었다.

"운평, 어서 나오게!"

관평위의 목소리다. 단운평은 피식 웃었다. 저 멍청한 친구가 여기가 어디라고 찾아왔단 말인가.

"너무 늦었어."

단운평의 목소리는 나직했지만 관평위의 귀에 선명하게 들렸다. 관평위는 주변 상황을 살피며 세류편을 휘둘렀다. 그러나 자신이 소리치는 순간 수없이 달려드는 무인들의 수에 기가 질릴 지경이었다.

'무슨 생각으로 이렇게 쳐들어온 거야? 퇴로 정도는 확보하고 온 것인가?'

멀리 보이는 단운평의 위치를 봐서는 결코 퇴로를 생각한 사람이 있는 곳이 아니었다. 그러나 평소 냉철한 단운평의 모습을 생각해서는 아무런 생각 없이 저리 갈 리도 없지 않은가. 관평위는 심각하게 고민할 수밖에 없었다. 단운평에게 다가가 단운평이 생각해 둔 퇴로로 함께 갈 것인가, 아니면 여기서 단운평에게 집중되는 무인들의 수를 줄여 줄 것인가.

"네놈은 누구냐?"

날카로운 음성이 들리자 관평위는 결정을 내렸다.

"내 이름은 관평위다!"

날카로운 외침과 함께 관평위는 앞으로 달려나갔다. 관평위가 기합성과 함께 앞으로 달려가자 이리저리 창을 피하며 움직이던 단운평의 등에는 식은땀이 흘렀다. 얼핏 상황을 알 수 있었다.

"빌어먹을."

단운평의 입에서도 욕설이 튀어나왔다. 점차 상황이 힘들어지고 있었다. 단운평은 자신의 왼손으로 잡고 있는 창을 바닥에 힘껏 꽂았다. 그리고 사방에서 창이 날아들자 꽂혀 있는 창대를 잡고 위로 솟구쳤다가 내려오면서 도로 창의 끝을 후려쳤다.

투툭!

두 개의 창끝이 잘려 나갔다. 날카로운 창의 날이 잘려 나가자 두 무인은 창끝을 바라보았고, 그 순간을 놓치지 않은 단운평은 그 창끝을 발로 힘껏 내리찍었다. 순간적인 힘에 의해 사내들이 잡고 있는 부분이 반동으로 위로 치솟았다.

퍼벅!

이로써 여덟 명 중 세 명을 처리했다.

서걱.

단운평이 창끝을 발로 찬 후 바닥으로 발을 내리자마자 하나의 창이 자신의 왼쪽 어깨를 스쳐 감을 느낄 수 있었다. 이어지는 다른 창들 때문에 상처를 돌볼 틈이 없는 단운평은 급히 도를 휘둘러 창을 튕겨내었다.

"괜찮은가?"

어느새 꽤나 가까워졌다. 관평위가 사람들을 뚫고 왔다기보단 공동파의 무인들이 관평위를 이리로 몰아넣었다는 것이 옳은 말일 것이다.

"퇴로를 정하지 않았는데……."

단운평의 낮은 음성이 이처럼 크게 들린 적이 없다. 그제야 관평위는 자신이 착각을 했음을 알 수 있었다. 단운평과의 거리가 가까워짐에 따라 자신에게 가해지는 압박도 점차 커지고 있었다.

"도대체 무슨 생각으로 이곳에 온 건가!"

관평위는 화가 치밀어 올라 소리쳤다.

"잔소리 말고 주변이나 잘 보게."

관평위는 단운평의 말에 세류편을 휘두르며 주변을 바라보았다.

"젠장!"

전각 위로 보이는 건 분명 궁(弓)이다.

"일단 이 진을 깨고 나서 이야기하자구."

관평위가 보기에도 단운평은 매우 급해 보였다. 허공에서 몸을 이리 저리 접어가며 창을 피하는 단운평의 모습에선 평소 보았던 여유가 하나도 없었다.

'그건 그렇고, 뭔가가 달라진 것 같은데······.'

주변에서 날아드는 검들을 피하며 단운평의 얼굴을 힐긋힐긋 바라보았다. 잠시 후에야 그것이 무엇인지 알 수 있었다. 머리칼이 잘려 나가면서 얼굴 전체가 드러난 것이다. 관평위는 단운평을 향해 이죽거렸다.

"자네 얼굴이 훤해졌구만. 보기 좋네. 윽!"

어느새 관평위의 몸에도 하나둘 상처가 생기기 시작했다.

빠각!

또 하나의 창대가 부러졌다.

"반드시 자네의 아름다운 아내 옆으로 자넬 데리고 갈 테니 걱정하지 말게."

마음에 불안이 생기면 손놀림이 어지러워진다. 점차 호흡이 가빠옴에 따라 긴장이 되기 시작한 단운평의 말에 관평위는 피식 웃었다. 단운평의 걱정과는 다르게 공동파에 온 후 불안감은 전혀 없었다. 다른 누구도 아닌 풍룡 단운평과 함께 있기에 관평위에게는 두려움이 없었다.

"알겠으니 눈앞의 일이나 걱정하라구."

조금의 긴장도 보이지 않는 그의 음성에 단운평의 머리 속에 피어오르던 불안감도 사라졌다. 나를 위해 위험한 곳에 달려와 주고 또 힘든 상황에서도 나를 믿어주는 친구가 있는데 두려울 것이 무엇이 있겠는가. 단운평이 길게 소리쳤다.

"하압!"

단운평은 도를 허리춤으로 가져갔다가 앞으로 뻗었다.

'비에 젖은 천하를 밝히는 한줄기 빛이 있으니……'

풍운뇌력도법의 초식 섬(閃). 단운평을 찔러 들어오던 창을 든 사내는 순간 눈앞이 환해짐을 느꼈다. 그리고 이내 정신을 잃었다.

"뭐……?'

창을 든 채 단운평을 경계하던 무인 네 명이 가만히 섰다. 방금 본 것을 믿을 수가 없었다. 아니, 방금 보이지 않았던 것을 믿을 수가 없었다.

스르륵.

사내의 목이 떨어져 내렸다. 빛과 같은 빠르기다. 초식 풍(風)과 또 다른 쾌도술이다. 단운평의 도는 또다시 허리춤으로 돌아갔다.

번쩍.

또 다른 사내의 목이 베어졌다. 남은 두 사내는 그제야 정신을 차리고 단운평의 앞뒤를 동시에 공격했다. 단운평은 앞으로 한 발 나가 자신의 가슴을 찔러 들어오는 창대를 잡아채 힘껏 당기면서 허공으로 솟구쳤다. 단운평의 앞에 있던 사내는 단운평이 당기는 힘을 이기지 못하고 앞으로 끌려갔고, 단운평 뒤쪽에 있던 사내가 찔러 들어오는 창에 가슴이 꿰뚫려 버렸다. 그것에 놀란 뒤에 있던 사내를 향해 단운평의 도가 움직였다.

"흐흑!"

단운평은 길게 숨을 내쉬고는 관평위에게로 다가갔다. 그런 그의 움직임을 막아서는 이는 아무도 없었다. 방금 본 단운평의 쾌도술에 취해 있는 것이다.

"응원군치고는 큰 도움이 안 되는데?"

단운평의 말에 관평위는 놀라지 않을 수 없었다. 분명 지금의 말은 농담이라는 것이다. 단운평을 알고 지냈던 시간을 돌이켜 봐도 단운평이라는 사내가 단 한 번이라도 농담을 하는 것을 들은 기억이 없다.

"뭣들 하느냐!"

다시금 들려오는 일갈. 단운평은 관평위의 옷깃을 잡고 전각을 향해 던졌다.

"자네가 저들만 처리한다면 퇴로를 확보할 수 있네."

허공을 날아가던 관평위는 자신의 몸이 아래로 내려가자 급히 세류편을 휘둘러 전각의 기둥에 편을 박아 넣었다.

슈욱!

자신을 향해 날아오는 화살에 관평위는 세류편을 힘껏 잡아당겼고, 관평위의 몸이 앞으로 쭉 나가면서 화살을 피할 수 있었다.

"다음은?"

단운평의 말에 공동파의 문주 갈운보는 더 이상 자신의 모습을 숨길 수가 없었다.

"다음은 내가 상대해 주지."

더 이상 제자들만 앞으로 보낼 수가 없었다. 공동파를 위한다는 변명을 하는 것도 한계가 있는 것이다. 게다가 창을 든 무인들 중 마지막으로 단운평에게 죽임을 당한 이가 자신의 수제자임에야 더욱 가만히 있을 수 없는 일이었다.

"역시 대단하군. 오늘이 공동파의 멸문의 날이 될 거라고는 생각하지 못했는데 말이지."

이미 공동파는 무너진 것과 다름이 없었다. 단 한 명의 무인에 의해 수많은 사상자가 발생했고, 일 대 일로 풍룡을 막을 수 있는 사람도 없다. 게다가 마지막 한 수라고 믿었던 천쇄창살마저 너무나 쉽게 무너져 버렸다.

"왜 그랬소?"

단운평의 물음이 의미하는 바가 무엇인지 갈운보는 알 수 있었다.

"무림맹에서 급하게 요구한 자료네. 시간이 없었어."

"그래도 그리 대하지 않을 수도 있지 않았소?"

"어려운 상황에서 공동파가 무르다는 소리를 듣고 싶지 않았네."

단운평은 한숨을 푹 쉬었다. 그리고 갈운보 역시 한숨을 푹 쉬었다. 무림맹의 부탁을 승낙하지 않았다면, 아니, 책임자를 육지검객 한경운으로 택하지 않았더라도 이 같은 상황은 발생하지 않았을 것이다. 후회를 해도 모든 것을 돌이킬 수는 없다.

"으윽!"

"헉!"

전각 위에서 들려오는 신음. 갈운보와 단운평이 대화를 하면서 잠시 생긴 소강 상태를 틈타 전각 위로 올라간 관평위가 해낸 일이다.

"그들을 죽일 필요는 없었네만… 자네가 날 이긴다면 아무런 조건 없이 자넬 보내주겠네."

갈운보의 말에 주변이 시끄러워졌다. 사형과 사제를 죽게 만들었고 태상장로인 환옹마저 죽인 인물이다. 어찌해 그냥 보내준다는 말인가. 특히 자신의 친형제를 잃은 사람들의 목소리는 매우 컸다.

"언제든 찾아와라! 내 잘못을 부정하거나 피하거나 하지 않는다!"

단운평의 커다란 목소리에 사람들의 목소리가 잦아들었다. 이들 모두는 무인이다. 단운평이 이성을 잃은 잔혹한 살인마가 아니라는 것은 알고 있는 일이다. 자신들의 실수로 일어난 일을 단운평에게 책임을 묻는 행동을 할 수가 없었다. 철저하게 자신의 입장만 내세우지도 않고 자신의 잘못을 인정하되 당당하게 복수할 것을 요구한다. 무인으로서, 아니, 사내로서 어찌 수적인 우세를 믿고 이런 사내를 죽이자고 말할 수 있겠는가. 갈운보는 다시금 자신의 선택에 후회가 되었다.

"자네의 모습을 보니 후회가 되는군. 그러나 부끄럽지는 않네."

갈운보의 말에 단운평은 아무런 말 없이 도를 허리춤으로 가져갔다. 태연한 척하고 있지만 허벅지나 어깨의 상처가 그리 가벼운 것이 아니었다. 게다가 어둑어둑해지는 하늘을 봐선 긴 시간 싸움으로 근육의 피로도도 컸다. 단운평의 자세에 갈운보도 검을 검집에 넣었다.

"단 한 수구면."

갈운보의 눈에서 불길이 치솟았다. 평생을 연마한 검이다. 기초가 되는 발검술은 얼마나 반복했는지도 모른다. 발검과 발도의 대결. 조금 전 단운평의 발도술을 보았던 갈운보로서는 자신이 없었다. 그러나 발검으로 인생을 마무리하는 것에 후회는 없었다.

"타앗!"

공동파의 문을 나서는 관평위는 뒤통수가 뜨끈뜨끈했다. 살기 어린 눈빛들. 그 짧은 거리가 얼마나 길게 느껴지는지 식은땀이 흘러 옷이 축축하게 젖어버렸다.

"제법 멀리 왔지?"

단운평의 물음에 관평위는 고개를 돌려 뒤를 바라보았다. 여전히 자신들을 노려보는 눈이 있는 것 같다.

"그래, 제법 멀리 온 것 같군."

관평위의 말에 단운평은 털썩 주저앉았다.

"헉헉!"

단운평의 격한 숨소리에 관평위가 단운평의 어깨에 손을 얹었다.

"괜찮은가?"

순간 관평위는 황급히 손을 어깨에서 떼었다. 단운평의 몸에서 열기가 강하게 나고 있었다.

"천쇄창살이라고 하더군. 공동파의 창으로 이루어진 합격술 말이야. 상상 이상이더군."

애써 괜찮은 척하였지만 창의 위력은 대단했다. 검은 옷을 입은 관계로 별 상처가 없는 것처럼 보였지만 실제로는 창이 스쳐 지나갈 때마다 피부가 갈라지며 피가 쏟아진 것이다.

"어디, 어디."

관평위는 급히 자신의 몸을 더듬거리며 외상약을 찾았다.

"미안하네만 잠시만 자겠네."

단운평은 앉은 자세에서 옆으로 스르륵 넘어지며 눈을 감았다. 생각보다 심각한 상태다. 관평위는 급히 단운평을 들쳐 업고 시장으로 달려갔다.

"음……."

"정신이 좀 드냐?"

단운평이 눈을 뜨고 제일 먼저 보게 된 사람은 다름 아닌 사후락이었다. 단운평은 피식 웃고선 몸을 일으키려 했다.

"으윽."

"멍청한 놈, 제 몸 상태도 모르고 움직이다니. 이곳은 내가 지은 의원이다. 이곳이 아니라면 네놈의 험한 얼굴을 보고 아무도 치료해 주려 하지 않았을 것이니 내게 감사해라. 며칠은 더 쉬어야 운신할 수 있다고 하니까 며칠 후에나 움직이고."

사후락의 말에 옆에서 키득거리는 소리가 들렸다. 단운평은 고개를 돌려 웃음소리의 진원지를 찾았다. 웃음의 주인은 다름 아닌 화소영이었다.

"단 대협께 그리 말씀하시는 분은 처음 보는군요."

화소영의 말에 사후락은 그녀를 힐긋 바라보고는 단운평에게 물었다.

"이 처자는 누구길래 이 방에서 나가질 않는 거냐?"

단운평은 알 수가 있었다. 사후락이 많이 밝아졌다.

"정신이 들었나?"

방문을 열고 들어오는 이는 관평위와 화소민이었다. 그들이 들어서자 향긋한 냄새가 났다.

"좋은 냄새가 나는군."

단운평의 말에 사후락과 관평위의 얼굴이 굳었다. 이런 말을 하는 사내가 아니었건만…….

"버섯과 이것저것 약재를 넣어 만든 죽이에요. 드셔보세요."

화소민이 조용히 작은 그릇에 죽을 퍼서는 단운평에게 주었다. 단운평은 가만히 그릇을 잡고 죽을 떠서 입에 넣었다.

"언제고 생명의 빚을 갚겠다고 하더니 결국 빚을 갚았군."

단운평의 말에 관평위는 아무런 대답도 하지 않았다. 분명 공동파에서 어떠한 심경의 변화가 생겼다. 그것이 지금 상황에서 좋은 것인지 나쁜 것인지 알 수가 없었다. 사실 지금처럼 위험한 상황에서는 변하기 전의 그 냉철한 모습이 더욱 도움이 되는지라 그의 한결 부드러워짐을 기뻐할 수가 없는 것이다. 관평위는 화소민과 화소영을 방 밖으로 내보내고 단운평이 죽을 먹는 모습을 지켜보았다. 단운평은 죽을 다 먹고 그릇을 내려놓고는 관평위에게 말했다.

"무언가 묻고 싶은 모양이군."

관평위는 조용히 고개를 끄덕이고는 단운평의 옆에 앉아 그를 바라보았다. 사후락은 그런 그들의 모습에 고개를 흔들더니 문을 열고 밖으로 나갔다.

"뭐가 궁금한 건가?"

"공동파에서 무슨 일이 있었기에 이렇게 변했는가?"

"보기 싫은가 보군."

단운평이 자신의 머리칼을 잡아당기며 말하자 관평위는 단운평의 손목을 잡아챘다.

"내가 자네의 얼굴 이야기를 하는 것이 아니라는 건 알고 있지 않는가! 물론 자네가 좀 더 여유로워지고 부드러워지는 것에는 찬성을 하네만 이렇게 풀어져 있으면 무림맹이나 천앙으로부터 우리들의 생명을 지킬 수가 없네. 자네를 믿고 따르는 이가 한둘이 아니잖는가!"

단운평의 표정은 여전했다.

"잠시 내버려 두게. 실도 지나치게 당기면 끊어지는 법. 가끔은 풀어주기도 해야 한다네."

단운평의 말에도 일리가 있다. 그러나 사람의 마음 상태는 그리 쉽게 변하는 것이 아니다. 관평위가 다른 말을 하려고 하자 단운평은 반쯤 일으킨 몸을 움직여 눕고선 눈을 감았다.

다음날 아침 관평위는 단운평이 누워 있는 방으로 갔다.

"일어났는가?"

관평위가 몇 번을 물어도 아무런 대답이 없어 문을 열고 들어가자 방 안에는 아무도 없었다. 관평위는 놀란 마음에 이리저리 단운평을 찾았는데 단운평은 의원의 뒤뜰에 나가 있었다.

"흠, 여기서 뭘 하고 있나?"

관평위의 물음에 단운평이 몸을 돌렸다.

"내가 며칠이나 정신을 잃었나?"

차가운 음성과 무표정한 얼굴. 본래의 단운평의 모습이다.

"보름일세."

긴 시간이다. 단운평은 관평위의 어깨를 잡으며 다시 물었다.

"풍운회의 일이 강호에 충분히 퍼져 나갔는지 궁금하군."

그의 말에 관평위는 조용히 고개를 끄덕여 보였다. 이곳 시장에도 풍운회에 대한 여러 가지 소문이 들리는 것을 보아 충분히 알려진 것이 틀림없었다. 사실 이른 아침부터 단운평을 찾은 건 이른 아침 시장에 나온 상인들에게서 듣게 된 풍운회의 소식 때문이었다.

"제법 크게 알려진 모양이네. 독왕이 풍룡에게 패했다는 것마저 알려져 있더군."

관평위의 말에 단운평이 급히 몸을 움직였다.

"빨리 돌아가야겠군."

단운평의 말에 관평위는 그의 뒤를 따르며 물었다.

"자네 의도대로 된 건데 왜 그리 서두르는 건가?"

"전혀 다른 방향으로 흘러가고 있네."

단운평의 말에 관평위는 급히 단운평의 뒤를 따랐다. 방 안으로 돌아온 단운평은 자신의 허벅지를 감아둔 천을 풀어 상처를 살펴보았다. 그리고는 옷을 갈아입고 묵뢰를 집어 들었다.

"어딜 가려고 하는 건가? 지금 자네의 몸은 정상이 아니라고."

관평위의 말에 단운평은 손을 저었다.

"멈춰 있을 시간이 없네. 아무래도 곧 무림맹이 당가를 비롯한 무림맹에 진정으로 충성을 바치지 않은 이들을 쳐낼 걸세."

"무슨 소린가?"

"내 예상보다 훨씬 빠르게 퍼지고 있네. 아무래도 무림맹에서 풍운회의 소문을 왜곡시키려고 하는 것이 아닌가 하는 의심이 드는군. 어떤 자가 전한 소문이 신빙성이 있다면 그 사람의 다음 말도 사람들은 쉽게 믿게 되지. 만에 하나 무림맹에서 사람을 풀어 풍운회의 소식을 전하고 있다면 그 사람들이 거짓말을 하더라도 사람들은 쉽게 믿게 될 걸세. 사람들의 머리 속에는 이미 그가 올바른 정보를 전하는 이로 정해져 있을 테니까. 그리고… 그렇게 하는 것으로 보아 곧 철혈무제가 본격적으로 움직이려 하는 것 같군."

철혈무제가 왜 나온단 말인가. 관평위의 놀란 표정에 단운평이 말을 이었다.

"무림맹의 실세가 바로 철혈무제 초류염일세. 신검과 천검이 그의 명에 의해 나를 따른 적이 있으니 그가 실세인 건 틀림없는 일이지. 하지만 웬만한 일로는 철혈무제는 움직일 수가 없네. 그만큼 그의 명성이 크기 때문이지. 게다가 그가 움직이면 도왕도 움직일 테니 그로서는 강호가 충분히 술렁이지 않는 이상 움직일 수 없네. 이런 때에 내가 독왕을 쓰러뜨렸다는 소문이 돌게 되면 사람들은 당연히 도왕이나 철혈무제가 움직이길 바라게 되네. 당가에서 자신들의 자존심에 손상이 가는 일을 퍼뜨릴 이유가 없지 않은가. 더구나 독왕과의 겨룸을 어찌 알고 있단 말인가?"

관평위는 정신이 없었다. 무림맹이 단운평을 쫓을 때보다 더욱 상황이 심각해졌다. 시대의 거인 철혈무제와 도왕이 움직인단 말인가? 아니, 단운평의 생각이 잘못된 것일지도 모른다. 그러나 단운평의 예상이 사실이라면 당장이라도 일행과 합류해서 대책을 세워야 한다.

"그 몸으로 돌아가서 어찌하려는 것인가?"

관평위의 말에 단운평이 답했다.

"돌아가서 어찌하는 것이 문제가 아니라 그들이 쫓기는 심정에 혹시나 도림으로 갈까 봐서 그러는 거네. 무림맹보다 위험한 곳이 도림. 여우를 피해 호랑이에게 가는 모습을 보고 있을 수는 없지."

'도림이 무림맹보다 위험하다고?'

관평위로서는 동의하기 힘들었다. 적의 적은 동료라는 말이 있다. 무림맹, 그리고 천앙과 대적하고 있는 도림이라면 역시나 무림맹, 도림과 적인 단운평을 적대시하지 않을 것이건만.

어찌 되었든 단운평이 급히 서둘자 관평위는 화소민과 화소영을 사후락의 방으로 데려왔다.

"철혈무제나 도왕은 자존심 때문에라도 무공을 모르는 사람들에게 해코지는 하지 않을 겁니다만 그래도 혹시나 해서 이 두 분과 함께 숨어 계셨으면 좋겠습니다."

단운평의 말에 사후락은 조용히 고개를 끄덕였다. 이제는 누구도 두렵지 않은 사후락이었다. 자신을 위해 목숨을 걸어주는 단운평이라는 아들이 있으니 두려울 것이 뭐가 있겠는가. 하지만 자신이 잘못되기라도 하면 단운평은 또다시 생명을 걸 것이다. 그건 사후락이 바라는 바가 아니었다.

"알았다. 무림인들이 쉽게 찾지 못하는 곳에 있으마."

"마차도 부탁드립니다. 일이 끝나고 찾아가겠습니다."

단운평의 말에 사후락은 단운평의 등짝을 철썩 때렸다.

"이놈아, 네 몸 걱정이나 해라. 신(神)과 싸우러 가는 놈이 마차 걱정은. 게다가 저건 원래 내가 몰던 마차가 아니냐. 네놈과 보낸 시간보다 저 마차와 보낸 시간이 더 길다. 아무런 걱정 말고 다녀와라."

단운평은 가슴이 훈훈해졌다. 다녀오란 말이 이처럼 듣기 좋은 말일 거라고는 생각하지 못했다.

"예."

짧은 대답과 함께 단운평이 밖으로 나섰다. 관평위는 화소민의 손을 꼭 잡아주고서는 급히 단운평의 뒤를 따라 방을 나섰는데 그 순간 화소민의 눈에서 눈물이 흘러내렸다.

"걱정되느냐?"

사후락의 물음에 화소민은 눈물을 뚝뚝 흘리며 고개를 끄덕였다. 왜 안 그렇겠는가. 천하에 그 이름을 모르는 자가 없는 철혈무제와 도왕과 적이 되려고 돌아간다는데.

"걱정하지 말거라. 무제와 도왕이라고 하더라도 용을 쉽게 죽일 수는 없지 않겠느냐. 더구나 저놈은 약속을 어기질 못하는 놈이다. 분명

네 남편과 함께 돌아올 것이다."

사후락의 말에 화소민은 눈물을 훔쳐 내고는 굳은 표정으로 관평위가 뛰어나간 문을 바라보았다. 그런 그녀의 손을 화소영이 꼭 잡아주었다.

"형부가 그랬잖아. 단 대협이 약속을 어긴 적은 한 번도 없었다고. 아니, 어길 약속은 하지 않는다고. 분명 무사히 돌아올 거야."

화소영의 말에 화소민은 순간 갈등이 되었다. 남편의 안전을 빌어야 하는 것인가, 아니면 단운평이 약속을 지키도록 빌어야 할 것인가. 결론은 남편이 무사히 돌아오기를 기원하는 것이지만 단운평을 대상으로 하는 것과 남편을 대상으로 하는 것은 느낌상 달랐다. 그런 그녀의 당혹스런 눈빛을 눈치챈 화소영이 까르르 웃었다.

"내가 단 대협의 안전을 빌 테니깐 언니는 형부를 챙기라고."

그녀의 말에 화소민도 피식 웃었다. 그런 그녀들의 모습에 사후락이 한마디 건넸다.

"다 좋은데 우선 밥부터 먹어야 하지 않겠나? 두 사람이 힘겨운 싸움에도 불구하고 무사히 돌아왔는데 안전한 곳에 있던 사람들이 비실비실해서야 체면이 서겠나?"

사후락의 말에 화소민과 화소영은 서로를 바라보다가 깜짝 놀랐다.

"이런, 두 분 아침 식사도 챙겨 드리지 못했네요."

사후락도 아차 하는 표정을 지었다.

"이것 참, 아침은 먹고 올 걸 그랬나?"

관평위의 말에 단운평도 동의한다는 듯 고개를 끄덕였다.

"그렇지만 그렇다고 돌아갈 수는 없지 않은가."

멋지게 뛰쳐나오고 나서 배고프다고 돌아가기엔 체면이 허락하지
않는다.

"제길, 시장을 벗어나면 한동안 식사를 할 곳이 없는데……."

단운평의 신경질 섞인 말에 관평위의 표정도 어두워졌다.

第二十一章
천력 질주

"헉… 헉……!"

단운평은 산길을 달려가며 연신 거친 숨을 몰아쉬었다. 그의 옆을 함께 달리던 관평위는 그 모습이 안쓰러워 말했다.

"쉬엄쉬엄 가는 것이 좋겠네. 그들을 따라잡더라도 이런 상태라면 짐이 될 뿐이지 않나."

"이렇게… 내공을 사용치 않고… 뛰어야 근력이 돌아온다네. 그리고… 쉴 틈이 없지 않나."

단운평의 땀에 범벅이 된 얼굴에 관평위는 고개를 절레절레 저었다.

"그러다가 상처가 벌어질까 봐 걱정되는군."

하지만 관평위 역시 쉴 틈이 없다는 말에는 동의하지 않을 수 없었다. 반 시진 전에 사천으로 돌아가던 그들은 귀면살 고흥으로부터 황군명 일행이 도림으로 향하고 있다는 말을 전해 들었다. 단운평의 걱정이 현실이 된 것이다.

"그래도 독왕이 함께 있으니 너무 걱정하지 않아도 될 것 같네만……."

관평위의 말에 단운평은 심각한 표정으로 발걸음을 멈추었다.

"문제는… 독왕이 움직여 줄 것인가 하는 것인데… 내가 정면으로 공동파와 충돌했다는 소문을 듣고 어떻게 반응할지 모르겠네."

그의 말에 관평위는 단운평의 어깨를 두드려 주며 말했다.

"자네의 무공이 뛰어나단 말이니 독왕으로서는 더 더욱 자네를 도우려 하지 않겠나?"

"아닐세. 이런 상황이 되면 독왕으로서는 움직이지 않을 확률이 크네."

"무슨 말인가?"

"내 행동은 하나의 세력의 책임자가 개인적인 원한 때문에 경솔하게 움직인 것으로 보일 거네. 그건 독왕으로서는 자신의 선택을 후회하게 만들 소지가 크지."

단운평의 말에 관평위는 가만히 단운평의 말을 생각해 보았다.

"하지만 반대로 자네가 자신의 편을 건드리는 자를 결코 용서하지 않는다는 모습이 강조되지 않는가? 그건 당가 역시 마찬가지가 아닌가?"

"그 대상이 마부와 대장장이라면 강호인들의 반응이 달라지지."

단운평의 표정이 어두워졌다. 자신의 입으로 이러한 말을 하고 싶지 않았던 것이다.

"그게 무슨? 하!"

한숨을 쉬는 관평위. 관평위 역시 알고 있었다. 강호인들은 대상이 마부나 대장장이라면 하찮은 자들 때문에 자제심을 잃은 것으로 생각할 것이다. 마부와 대장장이가 풍룡의 동료라고 생각할 리가 없다는 것이 문제였던 것이다.

"지금은 그들과의 합류가 우선이네."

단운평은 다시금 달리기 시작했다. 잠시간의 휴식 아닌 휴식 탓인지 단운평은 점점 더 빨리 달렸다.

"이들은 정말……!"

관평위의 경악에 찬 표정에 단운평은 고개를 끄덕이고는 관평위를 바라보았다.

"자네가 처리하게."

단운평의 말에 관평위는 고개를 끄덕였다.

"그냥 보낼 수는 없지."

단운평과 관평위의 앞에 있는 육 인은 단운평 등을 쫓아오던 무림맹의 간자들이었다. 단운평은 시장에 도달하기 전 그들을 따돌리기 위해 관평위에게 마차를 맡기고 그들을 유인한 적이 있었다. 제법 먼 곳까지 이들을 이끌고 사라졌던 단운평이었으나 이들은 다시 처음으로 되돌아가 마차의 움직임을 쫓아오고 있었던 것이다. 그러다가 되돌아오던 단운평 등과 마주친 것이다.

"왜, 왜 그러시우? 나를 아는 분이오?"

육 인의 사내 중에 한 명이 더듬거리며 말하자 단운평은 피식 웃었다.

"미안하지만 당신들의 체형을 정확히 기억하고 있으니 연극 따위는 하지 않는 것이 좋을 거요."

사실은 체형이 아니라 옷을 기억하고 있는 단운평이었으나 이들이 옷은 누군가와 바꿔 입었다고 변명을 하게 된다면 확신이 없어지기에 체형을 기억한다고 한번 말해 본 것이다.

"그렇다면 어쩔 수 없지."

다행히도 그들은 단운평의 말을 믿었다. 단운평은 안도의 한숨을 쉬었고, 그 모습에 관평위 역시 가슴을 진정시킬 수 있었다. 혹시라도 이들이 아니었다면 마차가 있는 곳까지 그들이 찾아가는 것을 막지 못할 뻔했다. 그곳에 있는 이들은 무공이 전무한 이들. 돌이킬 수 없는 상황에 처할 위기였던 것이다.

"전력 질주를 해야 할 상황이라는 것을 잊지 말게."

단운평의 말에 관평위는 세류편을 풀고선 앞으로 달려갔다.

"미안하지만 죽어줘야겠다."

세류편이 허공을 너울거리며 육 인을 노리자 여섯 명은 순식간에 사방으로 퍼졌다.

"어쩔 수가 없군."

단운평은 투덜거리며 여섯 명 중 도망간 한 사람을 쫓았다. 그리고 그런 단운평의 뒤로 세류편의 화려한 움직임이 시작됐다.

단운평이 돌아왔을 때 관평위는 세류편을 허공에 튕겨 피를 뿌렸다. 다섯 명의 간자는 각기 무기를 떨어뜨린 채 쓰러져 있었는데 관평위의 차가운 눈으로 보아 그들 모두는 이미 이 세상 사람이 아닌 것이 틀림없었다. 자신의 아내와 처제의 목숨이 달린 일. 상대의 목숨에 인정을 둘 상황이 아니었다.

"큭."

단운평이 잡아온 사내를 바닥에 내동댕이치자 사내는 신음성을 내었다.

"몇 명이지?"

관평위의 물음에 사내는 그저 고개를 돌려 자신의 동료를 바라볼 뿐이었다.

"다시 묻지. 몇 명이냐?"

관평위는 사내의 고개를 돌려 사내의 눈을 바라보았다.

'제, 젠장.'

관평위는 더 이상 물을 수가 없었다. 사내의 눈에는 생기라는 것이 없었다. 죽은 사람의 눈이다.

"가족… 이었나?"

그 둘을 바라보던 단운평이 물었다. 사내의 눈에서 어떤 빛이 흘렀다.

"아버지… 형… 그리고… 내 아들……. 불쌍한 내 아들……."

이렇게 중얼거린 사내는 순간 피를 토했다.

"이, 이런……."

사내는 온몸을 부들거리다가 힘없이 고개를 떨구었다.

"스스로 혈맥을 끊어버렸군."

관평위는 사내의 몸을 조심스럽게 땅에 눕혔다.

"바쁜 건 알지만 이들을 묻어주고 가야 할 것 같네."

관평위의 말에 단운평은 고개를 끄덕였다. 저들 역시 어떠한 이유 때문에 무림맹의 명을 따를 수밖에 없었던 것이 틀림없다. 여섯 사람 모두가 도망치는 것이 아니라 단 한 사람만이 도망쳤다. 그것은 다섯이 한 사람을 위해 목숨을 건다는 것. 일반적으로 같은 문도일 경우가 이렇게 행동하곤 했지만 이들처럼 가족인 경우도 있었다.

"어떤 일 때문이었을까?"

관평위의 말에 단운평은 간단히 대답했다.

"남은 가족을 위해서겠지."

단운평의 말에 관평위는 마음이 무거워졌다.

"계속 이런 일이 일어나겠지?"

관평위의 물음에 단운평은 고개를 저었다.

"모르겠네. 하지만 우리들이 좀 더 강하다면 이렇게 죽어야 할 자들은 줄어들겠지."

단운평의 말에 관평위는 몸을 돌려 굵은 나뭇가지를 가져와 땅을 파기 시작했다. 잠시 그 모습을 바라보던 단운평도 그의 옆으로 다가가 묵뢰로 바닥을 파기 시작했다.

"휴, 제법 시간이 많이 흘렀군. 도를 가지고 땅을 파다니, 다른 도객이 봤다면 기겁을 했겠군."

다시 기운을 차린 듯 관평위는 이마에 흐르는 땀을 닦고선 옆에 서 있는 단운평에게 말을 건넸다.

"손으로 파는 것보다 빠르니까 도를 사용한 것뿐이라네. 적을 만났을 때 손보다 도를 사용하는 것이 더 쉬워서 도를 사용하는 것이니 둘의 경우가 서로 다르지 않지 않은가?"

단운평은 너무나 당연하다는 듯 말하고선 고개를 돌렸다.

"이제부터는 전력 질주를 해야 할 것 같네."

단운평이 먼저 앞서 뛰기 시작했다. 관평위는 여섯 개의 무덤을 한참 바라보다가 단운평을 따라 뛰기 시작했다.

"그러고 보니… 우, 우리 아직 아침 전이군."

단운평의 말에 관평위는 땀을 닦으며 답했다.

"무슨 소린가? 우린… 어제부터 아무… 것도 먹지 못했네. 아침 전이라는… 말은… 어울리지 않지."

"그런가?"

둘은 대화를 나누면서도 여전히 뛰고 있었다. 처음에는 단운평만이 내공을 사용하지 않고 달리고 있었으나 시간이 흐르자 관평위 역시 경공을 사용하지 않고 순수하게 육체의 힘만으로 달리기 시작했다.

'묘하게 기분이 좋군.'

경공술을 사용하여 바람을 가르며 빠르게 움직였던 것과 달리 지금은 바람이 자신을 스쳐 간다는 느낌이 들었다. 호흡은 조금씩 가빠왔지만 간자들을 죽인 후 느꼈던 찜찜한 감정들은 어느새 사라지고 있었다.

"자네, 원한을 갚은 후에는 어떻게 할 건가?"

관평위는 길게 숨을 들이키고는 단숨에 단운평에게 물었다.

"글쎄, 아마도… 밭이나… 갈고 살지 않을까 하는데……."

단운평의 대답에 한동안 아무런 말을 하지 않고 묵묵히 달리던 관평위가 다시 물었다.

"밭을 갈아본 경험이라도 있는 건가?"

단운평의 표정이 진지해졌다.

"배울 거네. 하나하나."

그냥 생각해 본 말이 아니란 것이다. 관평위는 단운평이 진심으로 그것을 바라고 있음을 깨달았다.

"하지만 모든 것이 끝난 후가 될 걸세."

단운평의 말에 관평위는 조용히 고개를 끄덕였다.

아름드리 나무가 가득한 산이다. 한참을 달려가던 단운평과 관평위는 어느 순간 발을 멈췄다.

"잠시 쉬었다가 가는 것이 좋겠군. 이러다가 적이라도 나타나면 곤란하지 않겠나."

관평위의 말에 단운평도 고개를 끄덕였다. 서둘러야 하는 일이지만 황군명 일행과 만나기 이전에 어떠한 적과 부딪칠지 모를 상황이다. 적절한 음식물 섭취와 휴식을 병행하지 않으면 황군명 일행과 만나기 이전에 그들의 생명이 위험에 처할지도 모른다. 더군다나 단운평의 몸은 아직 완전하지 못했다. 단운평은 주변의 기척에 이상이 없자 쉴 만한 공간을 찾았다. 적절한 장소가 보이자 단운평은 관평위에게 손가락으로 한곳을 가리켰다.

"저기에서 쉬는 것이 좋겠네."

관평위는 눈앞으로 보이는 실개천으로 달려가 머리를 담근 채 허겁지겁 물을 들이켰다. 시간이 없다며 몇 시진 동안 쉬지도 않고 달려왔다. 배고픔이야 견딜 수 있지만 목이 타는 듯한 이 갈증은 견디기 힘들었다. 관평위가 목을 축이고 주변을 둘러보니 어느새 단운평의 모습이 보이지 않았다.

"이보게, 운평! 어디 있나?"

관평위의 물음에도 단운평은 대답이 없었다. 단운평을 기다리던 관평위는 슬슬 느껴지는 허기에 다시금 물을 들이키려 실개천에 머리를 담갔다. 그때였다.

"그리 물을 들이켜서 이걸 먹을 수 있을까?"

단운평이 손에 들고 있는 것은 두 마리 토끼였다. 그 짧은 시간에 어디서 잡아왔는지 물으려던 관평위는 단운평의 표정을 보고 급히 주변의 마른 나뭇가지들을 모았다. 나중에 물어도 되는 일이다. 지금은 저것을 먹을 준비를 하는 것이 우선이라는 것을 알 수 있었다. 단운평은 품에서 부싯돌을 꺼내 관평위에게 주고는 토끼를 들고 물가로 향했다.

"혹시 소금 가지고 있나?"

토끼의 가죽을 벗겨내고 내장을 덜어낸 뒤 고기를 부위별로 나눠 나뭇가지에 꽂아서 불가에 둔 단운평의 물음에 관평위는 고개를 저었다.

"음, 기다려 보게."

단운평이 또다시 어디론가 사라지자 관평위는 자신이 강호를 주유할 준비가 갖춰지지 않았었다는 것을 알 수 있었다. 물론 단운평에게도 소금은 없지만 그가 자리를 떠난 것이 소금을 대용할 것을 찾기 위한 것임을 쉽게 알 수 있다. 자신은 소금이 없으면 대용할 것을 찾지 못할 것이다. 게다가 단운평은 부싯돌, 화접자 등을 상비하고 있었다. 자신은 세류편을 제외하고는 약간의 돈과 전표, 그리고 독을 검출할 은침 외에는 가지고 다니는 것이 없지 않은가. 화위무사를 할 때는 장거리 여행을 할 때 그런 것들을 따로 준비해 주는 사람이 있었기에 그것들의 소중함을 잠시 잊었던 것이다.

'이것 참, 소민을 만나면 요리하는 법이라도 조금 배워둬야겠군.'

이런 것으로 단운평에게 미안한 감정이 들 거라고 생각지 못했던 관평위는 멋쩍게 웃었다.

"뭘 그리 생각하고 있는가?"

소리에 놀라 고개를 들어보니 어느새 단운평이 불가에 앉아 꼬챙이를 돌려 반대편이 구워지도록 하고 있었다.

　"그건 뭔가?"

　단운평이 들고 있는 것은 울긋불긋한 과실들이었다. 아니, 과실로 추정되는 것이었다.

　"고기에 즙을 뿌려서 먹으면 비린내를 없앨 수 있을 걸세."

　단운평은 그 과실을 손으로 쥐어짜서 그 즙을 고기 위에 뿌렸다. 치치직 하는 즙이 타는 소리와 함께 향긋한 냄새가 피어올랐다. 그 모습에 관평위도 자신의 몫의 과실을 받아 다른 토끼 고기 위로 즙을 뿌렸다.

　"상당히 향이 좋군."

　냄새를 맡는 순간 관평위의 입 안에 침이 고였다.

　"맛도 좋지."

　어느새 고기가 다 익었는지 나뭇가지를 잡아 든 단운평이 고기를 뜯었다. 관평위도 고기를 들어 기분 좋게 입으로 가져갔다.

　'……'

　역시 대단한 친구다. 소금보다 이 과즙이 고기를 훨씬 감칠맛나게 한다.

　"이제부터가 문제일세. 그들이 어디쯤 있는지 정확히 알 수가 없네."

　기분 좋게 고기를 먹던 관평위는 고기에서 입을 떼고 고개를 끄덕였다. 도림이 있는 방향으로 최대한 빠르게 이동하고 있는 그들이지만 도림에서 그들을 기다릴 수는 없다. 도림에 가기 전에 그들을 만나야 하는데 그들이 오고 있는 길이 어느 곳인지 알 수가 없었던 것이다.

"우리만이 무림맹에 쫓기는 것은 아니지 않는가."

관평위의 말에 단운평의 눈이 번뜩였다.

"그렇군. 그들을 찾는 것이 빠르겠군."

다른 사람도 아닌 독왕과 혈선의가 움직이고 있다. 그렇다면……

"천단이 아닐까 생각하네만."

관평위의 말에 단운평도 고개를 끄덕여 동의를 표했다.

"천단과의 충돌을 피할 수가 없겠군. 이번에는 내가 그들을 맡겠네."

관평위의 말에 단운평은 고개를 끄덕였다. 천단은 무림맹에서 후기지수들을 모아 만든 조직. 관평위의 실력이라면 그들을 가볍게 제압할 수 있을 것이다.

"마랑과의 겨룸을 대비하려는 것인가?"

단운평의 물음에 관평위는 씩 웃고는 고기를 다시 물었다. 단운평 역시 고기를 다시 입에 물었지만 이내 고기를 내려놓고는 관평위를 바라보았다.

"좋지 않군."

단운평과 마찬가지로 고기를 내려놓은 관평위 역시 한마디 하지 않을 수 없었다.

"이틀 만의 식사를 방해하다니, 좋지 않은 때 왔군."

부스럭거리는 소리와 함께 덤불이 움직이며 한 사내가 모습을 드러냈다.

"좋은 냄새가 나는군. 나도 같이 낄 수 있을까?"

걸걸한 목소리. 흰머리에는 무언가 덕지덕지 붙어 있고 옷은 누더기다. 시꺼먼 얼굴에 손에 들린 호리병 하나. 전형적인 걸인의 모습. 쭈

글쭈글한 걸인의 얼굴을 바라보던 단운평은 얼굴을 찌푸리며 차갑게
말했다.

"그냥 지나가시오. 당신 따위에게 줄 음식은 없소."

단운평의 모습에 관평위는 긴장하지 않을 수 없었다. 음식물 때문에
저리 차갑게 구는 것은 아닐 것이다. 이런 산길에서 걸인을 마주치게
될 경우 상대의 정체는 개방이라고밖엔 생각할 수 없다.

"자네가 풍룡이란 별호를 가지고 있든 무림맹과 적대시하고 있든 나
와는 무관한 일이네. 지금은 그저 향긋한 내음에 따라왔을 뿐이지."

환하게 웃는 노인의 얼굴에 관평위는 더욱 경계심을 높였다. 자신들
이 누구인지 상대가 알고 있다는 것은 그가 혼자가 아닐지도 모른다는
이야기다.

"내가 당신이 누구인지 모른다고 생각하는가? 조용히 물러가시오."

단운평의 기세가 변했다. 단운평의 눈에 나타나는 감정의 정체는 경
멸과 측은함이다. 관평위로서는 상대가 누구인지 알 수가 없었다. 어
찌해 저런 눈으로 상대를 바라본다는 말인가.

"내가 누군지 안다고? 내가 누구인데 그런 눈으로 날 바라보는가?"

노인의 목소리도 변했다. 아무런 감정이 느껴지지 않는 무미건조한
목소리. 그의 목소리에 단운평은 도를 잡았다.

"흑살개 양전! 당신에 대해서는 잘 알고 있다! 죽고 싶지 않다면 사
라져라!"

흑살개 양전이라면 천앙의 폭풍 이전에 황룡보에서 사라진 개방의
장로가 아닌가. 그의 등장에 단운평과 관평위는 벌떡 일어섰다.

"저기가 도림이군요."

도림의 거대한 벽은 보는 사람을 압도했다. 마치 성곽 같은 거대한 벽이 보이자 황군명은 마음이 착잡했다.

　'이거 왠지 느낌이 좋지 않군.'

　황군명은 자꾸만 가슴이 뛰는 것이 불안했다. 도림에 들어가서 일이 잘못될 경우 저 거대한 벽을 되돌아 나올 자신이 없었다. 그리고 이 선택이 잘못될 경우 단운평을 죽음으로 몰아넣는 결과가 될지도 모른다. 무엇보다 저곳에는 신(神)이 살고 있다.

　"도림에는 미리 연락을 해뒀으니 들어가서 편히 쉬면서 풍룡의 연락을 기다리면 될 거요. 아니, 어쩌면 벌써 풍룡이 이곳으로 향하고 있을지 모르겠군."

　전습의 말에 앞으로 걸어가던 서문호의 발이 멈췄다. 그리고 그와 동시에 황군명의 고민도 중단되었다.

　'언제 연락을 했단 말인가?'

　황군명은 머리 속을 스쳐 가는 생각을 기우라고 생각할 수가 없었다. 자신만이 그러한 생각을 했다면 모르겠지만 서문호가 멈춘 것을 보아 자신과 같은 생각을 하는 것 같았다.

　"역시 명불허전. 도림의 움직임은 신속하군요."

　감탄의 표정으로 도림의 벽을 바라보는 당이록의 모습에 황군명은 화가 치밀어 올랐다. 단운평이 그가 어리석지 않다고 했지만 아무리 생각을 해봐도 멍청이가 틀림없다.

　스륵.

　어느새 움직였던 것인가. 당이연의 검이 전습의 목을 노리고 움직이고 있었다. 그 역시 같은 생각을 했던 것이다.

　"장난은 아닌 것 같군."

전습은 특유의 무뚝뚝한 표정을 유지한 채 뒤로 물러섰다.

붕!

당이연의 검이 허공만을 갈랐다. 베이는 감촉이 전해지지 않자 당이연은 급히 몸을 옆으로 움직여 전습의 공격에 대비하려 했다. 그러나 전습은 조금의 동요도 보이지 않았다.

"무슨 짓인가?"

차분한 전습의 음성에 서문호 역시 도를 뽑아 들었다.

"오는 도중에 서로가 서로의 움직임을 계속 살폈소. 아무래도 우리들은 서로를 믿지 못하는 것 같소만……."

서문호의 말에 전습은 고개를 끄덕이고는 도를 뽑아 들었다.

"그런데?"

이번에는 황군명이 손에 쥔 봉을 들어 전습을 향해 걸어왔다.

"우리 모두가 당신이 도림에 연락을 취하는 행동을 본 적이 없다는 것이지. 그렇다면 예상되는 것은 하나뿐이지 않겠소?"

"무슨 말인가?"

여전히 표정 하나 바뀌지 않는 전습. 당이록은 멍하니 그들을 바라보다가 주화령의 어깨를 툭 치며 상황을 물었다. 그러자 주화령은 한심하다는 듯한 표정으로 당이록을 바라보고선 그의 발을 지그시 밟아주었다.

"큭."

"모르면 가만히 보고 있거나 해요."

주화령 역시 검을 뽑아 들고 전습에게 다가갔다. 자연스럽게 세 명이 그를 둘러싸자 남은 사람들은 그 세 명 뒤를 또 둘러쌌다. 전습을 도림에 들여보낼 수 없다는 표현이다. 전습은 피식 웃음을 보였다.

"분명 도림 안으로 들어가면 풍룡의 현재 위치를 알 수 있다."

"그건 거짓이 아닐지 모르겠지만 언제 연락을 했단 말인가? 처음부터 우리들을 도림에 데려가기 위해 합류했던 것인가?"

이번에 나선 이는 다름 아닌 당거영이었다. 그가 나서자 전습의 표정에도 변화가 일었다.

"나쁜 의도는 없소. 다만 림주께서 풍룡을 만나고 싶다고 말씀하신 적이 있으셨소."

"상황이 겹쳤을 뿐 의도는 아니었다?"

요호의 질문에 전습은 무서운 눈으로 그를 바라보았다.

"우리 도림을 어떻게 보는 건가? 풍룡을 도림으로 데려가기 위해 치밀한 계획이 필요하다고 생각하는 건가?"

자신감, 그리고 자부심. 그러나 그의 생각에 동조하는 이는 아무도 없었다.

"역시 그는 살아 있는 모양이군. 하지만 제아무리 도왕이라고 할지라도 그를 불러들이는 일은 쉽지 않지."

당거영의 말에 전습은 무시무시한 눈으로 그를 바라보았다.

"감히!"

당공진은 부친을 노려보는 전습을 보고선 분노에 찬 일갈을 질렀다. 그러나 당거영은 전습의 눈길을 태연히 받고 있었다.

"자네가 도왕을 어떻게 생각하는지는 알겠네만 철혈무제의 부름에도 나서지 않는 자가 도왕이라고 다른 태도를 취하겠는가?"

전습의 눈에서 독기가 사라졌다. 도왕을 무시하는 것이 아니라 단운평이라는 인물이 그러한 존재라는 것을 깨닫게 된 것이다. 적어도 철혈무제가 불러도 가지 않는 이라면 도왕에게도 마찬가지일 것이 분명

한 사실이다.

"이렇게 이야기만 하고 있을 건가?"

황군명의 뒤에 서 있다가 황군명과 서문호 사이로 움직인 요호가 창을 들어 올리자 긴장은 그야말로 팽팽해졌다.

"잠시만 기다리게."

"……?"

요호는 처음 듣는 목소리에 자신도 모르게 고개를 돌렸다. 그 순간 요호의 머리를 밟고 그를 뛰어넘는 한 사내가 있었다. 사내는 전습의 옆에 서서 주변을 바라보았다.

"이, 이……."

요호는 믿을 수가 없었다. 어찌 자신의 머리를 밟고 지나가는 사람이 있단 말인가? 상대가 자신의 머리를 밟는 순간 힘을 주었다면 자신은 이미 이 세상 사람이 아닐 것이었다. 그러나 그보다 놀란 사람이 있었으니.

"어째서 당신이……?"

당거영의 창백한 안색에 그의 옆에 있던 당공진은 당거영에게 다가가며 그의 안부를 물었다.

"무슨 일입니까, 아버님? 아버님?"

그가 불러도 당거영은 미동조차 하지 않았다. 다만 새로 나타난 사내에게서 눈을 떼지 못하고 있을 따름이었다.

"오랜만이군. 언젠가 자네와 재회할 날이 올 거라고 생각했지만 도림으로 자네가 찾아올 거라고는 생각지 못했네."

새롭게 나타난 사내는 쉰 정도의 나이로 아주 단단해 보이는 노인이었다. 머리칼이 없어 번들거리는 머리였지만 승려가 아닌가 하는 생각은 전혀 들지 않았다. 승려가 저러한 눈빛을 보일 리가 없다. 노인의 말에 당거영은 묘한 차가운 미소를 지었다. 그리고 품에서 무언가를 꺼내 노인에게 던졌다.

"그때의 빚은 갚았습니다."

노인이 받아 든 것은 작은 철 조각. 노인은 당거영의 얼굴을 바라보다가 고개를 저었다.

"아직은 아니네."

그의 말에 당거영은 고개를 저었다.

당거영과 노인의 대화를 듣던 당이록은 자신의 몸이 가늘게 떨리자 피식 웃으며 황군명을 돌아보았다.

"뭐, 뭐지? 추운 건가?"

그런데 황군명 역시 몸을 떨고 있었다.

'이, 이봐, 장난하지 말라구.'

황군명은 장난을 치는 것이 아니었다. 그리고 추워서도 아니었다. 결코 그들의 신체 변화는 우연히 일어난 것이 아니었다. 노인이 나타나자 전습은 급히 몸을 납작하게 엎드렸고 당거영은 묘한 소리를 하고 있다. 요호와 서문호 역시 눈에 띄게 안색이 달라져 있었다.

"도왕이십니까?"

황군명의 질문에 일행 모두의 표정이 창백해졌다.

『풍룡강호』 제3권으로 이어집니다

FANTASTIC ORIENTAL HEROES

청 어 람 신 무 협 판 타 지 소 설

독특한 소재, 괴팍한 주인공의 활약에 절로 신이 나는 작품!

음공의 대가 / 일성 지음

**"연주 한 번으로 대량 살상이라…
멋지지 않소?"**

음공의 대가

만월교의 남무림 통일 계획에 의해 납치된 천팔십이 명의 예능(藝能)에 재능을 가진 아이들!
그런 가운데 헌원세가의 어린 음악가 또한 사라졌다!
그리고 나타난 극악한 인물, 악마금(惡魔琴)!!
극악한 행동 패턴! 예측불허의 교활함! 고난이도의 정신 세계를 자랑하는 막가파 탄생!
신비로운 음공의 무한한 위력 앞에 강호가 무릎 꿇고, 누천년을 이어온 검과 도의 역사가 막을 내리니
이제 최고의 무공은 음공(音功)이라 말하리라!

**훗날 '음공의 대가' 로 불리며 무림의 전설이 되어버린
그의 흥미진진한 강호 이야기가 펼쳐진다!**

유행이 아닌 자유추구 -
WWW.chungeoram.com

FANTASTIC
ORIENTAL
HEROES

청 어 람 신 무 협 판 타 지 소 설

「Go! 무림판타지」를 점령한
최고의 인기와 화제를 뿌리는 대작!

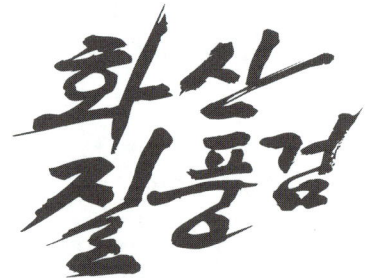

화산질풍검(華山疾風劍) / 한백림 지음

화산에는 질풍검이 있고 무당에는 마검이 있으니, 소림에는 신권이 있어 구파의 영명을 드높인다.
육가에는 잠룡인 파천과 오호도가 있고, 낭인들은 그들만의 왕이 있어 천지에 제각기 힘을 뽐내도다.

겁난의 시대에 장강에서 교룡이 승천하니, 법술의 환신이 하늘을 날고,
광륜의 주인이 지상을 배회하며, 천룡의 의지와 살문의 유업이 강호를 누빈다.
천하 열 명의 제천이, 도래하는 팔황에 맞서 십익의 날개를 드높이고…
구주가 좁다 한들, 대지는 끝없이 펼쳐졌구나.

"잔잔한 미풍으로 시작한 한 사람이, 천하를 질주하는 질풍이 될 때까지.
그의 삶은 그의 이름처럼 한줄기 바람과 같았다."

유행이 아닌 자유추구 -
WWW.chungeoram.com